索穷 著

拉萨话古

中国藏学出版社

目　录

老拉萨，老房子

八廓北街（金海摄影）

八廓街像一部厚厚的书一样，始终吸引着我不知疲倦地阅读它，欣赏它。最近两年，在八廓街复杂幽深的小巷里，我突然发现许多古老院落的墙上出现了一块块蓝色的铁皮牌匾，好生奇怪，走近细看，原来是文物管理部门颁发的“护身符”。

百余年甚至上千年的老房子

拉萨大昭寺始建于7世纪吐蕃时期，距今已有一千多年的历史了，在漫长的岁月里，围绕大昭寺逐渐形成了著名的八廓街。藏族先民在这里留下了许多宝贵的历史文化遗产，包括古老的建筑杰作，如贵族府邸、拉章 a、活佛的私宅、颇章

① 僧人的行宫。

八廓东街（金海摄影）

（宫殿）、民居等。其中不乏声名赫赫者，如桑珠颇章曾经是七世达赖喇嘛父母的住宅，传说中松赞干布、宗喀巴、仓央嘉措住过的房子，还有索康（已毁）、邦达仓、赤江、林仓等有几百年历史的老建筑。据考证，八廓街卧堆布[1]巷内的部分民宅，甚至已有上千年的历史，是当年松赞干布主持修建大昭寺时各地能工巧匠的住所。

在八朗学巷我找到了历经沧桑的“觉囊仓”。觉囊仓是一座两层高的古老建筑，布局奇特，墙体斑驳，显得陈旧而苍老。1998 年觉囊仓被拉萨市文物管理局公布为首批拉萨古建筑保护院落。在八朗学二巷，还有扎西甲措和哲通等古建筑保护院落，前者为典型的四合院建筑，窗小，墙厚，像一座坚固的碉堡，结实挺拔；后者则是一座面积很大的石木结构的老院

① 意思是支差的徭役所住房屋。

八廓南街（金海摄影）

落，雕梁画栋，富丽堂皇，宽敞明亮。

卧堆布巷集中分布着囊莫莫、东孜苏、那仓羌、达翁厦、容扎等挂牌保护院落，皆为三层小楼，显然是能工巧匠所为，天井内铺满鹅卵石和青石板，在熙熙攘攘的八廓街内，这儿格外寂静，甚至显得有点儿闭塞。八廓街内的古老建筑还包括阿康巷、郭瓦康村、佐姆热等。郭瓦康村高二层，上土下石，门前的巷道像羊肠一样细窄；年代久远的佐姆热由西藏文化发展公益基金会出资进行修缮。

旺堆康萨、尊姆康萨、平康等古建筑保护院落位于夏萨苏巷。平康是西藏和平解放前曾任噶伦的大贵族平措康萨家族的宅邸，至今保护完好。

八廓东街（金海摄影）

保护老房子的工作一度滞后

近20年来，拉萨大兴土木，老城区住房改造工程声势浩大，一幢幢新楼拔地而起。现在，还有那么多有历史文化价值的老建筑能够完整地保留下来，应该说很不容易了。

这些房子的产权大多数归拉萨市城关区所有，也有一些私房，是民主改革时分配给个人居住的，也有个别属单位公房，如夏扎大院是自治区某机关的宿舍大楼，这座大院险些被改建成旅馆，后被文物管理部门发现，及时予以制止，得以保护下来。著名的德木拉章大院属私人住宅，后卖给了一个尼泊尔侨民，被改建成宾馆，在原有的四层楼上又加盖了一层，且外观装修也与八廓街的整体风格相去甚远。

著名的索康曾是八廓街一座有上百年历史的著名建筑，有极高的历史文化价值和知名度，后被卖给开发商，一夜之间

八廓北街（金海摄影）

墙倒屋毁。距索康 100 多米远的清朝驻藏大臣衙门旧址也险些被毁，幸亏及时发现，才得以保存。

九十三处老房子被列为“古建筑保护院”

早在 1982 年，国务院就批准拉萨市为全国首批历史文化名城。

1999 年，拉萨市文物管理局正式成立。为了保护古城历史、文化资源，该局配合有关部门，首先明确了保护区域，划定大昭寺、八廓街为一类保护区，八廓街周边地区为二、三类保护区，林廓路沿线为四类保护区，保护区面积达到 1.3 平方公里。在大量调查、摸底的基础上，拉萨市文物管理局筹备处于 1998 年正式公布八廓街地区的 93 处院落为首批拉萨市古建筑保护院，造册挂牌。尚有 60 多处有一定保护价值的老房子有待专家进一步评估。许多专家非常关心八廓街老建筑的保护工作，有专家曾建议重建索康老宅，但因投资巨大，至今索康建筑仍未恢复原貌。

专家们曾普遍认为，大昭寺保护得不错，但光有布达拉宫、罗布林卡、大昭寺等拉萨还不能称其为全国性的历史文化名城。因此，必须加大力度，抓紧抓好对八廓街地区传统建筑的保护工作。

一个很有魅力的城市应该有别于其他城市，应有其自身特有的文化风韵。文物管理部门挂牌保护了这 93 处老房子，不仅注意到这些建筑本身所具有的历史文化价值，更是从宏观上通盘考虑了拉萨全城区的整体形象和风采。其实，个别老建筑仅从历史文化角度来讲，并没有太大的保护价值，但从保护老城区的整体风格的角度，从今后长远发展旅游业的角度，这些老建筑必须保护。这些受保护的老建筑，历史最短的也有四五十年了，大多数在百年以上，四五百年至上千年的也不在少数。

对于保护历史文化街区，不同的人有不同的想法和理解。在如何保护古建筑、如何正确平衡局部利益和整体利益等方面，当地居民也曾有不同的认识。大多数人发自内心地赞同政府的保护举措，积极地支持和宣传保护工作，也有个别人对保护工作有不同的看法。

过去，藏式楼房二层以上住人，最下一层关牲口或储藏货物，因此，楼房底层一般通风、光线较差，且潮湿、阴冷。但现在，由于城市人口增长快，流动人口增多，许多院落连底层都住满了人。对此，文物管理部门灵活掌握政策，在不改变建筑原貌、外观的前提下，允许对住房的内部结构进行适宜人居的改造，如加大窗户，增加照明、通风设施等。到目前为止，已完成拉让宁巴、桑珠颇章、冲赛康、门孜康等建筑的修复任务。

要彻底保护、及时维修拉萨老城区这近 100 处老房子，工作量巨大，投入很多，据初步预算整个项目约需资金 3700 万元。拉萨市政府、文物管理部门已经申报有关部门，请求国家解决 1000 万元的专项资金，地方政府准备自筹资金 2000 万元。经过努力，去年国家已经拨款 100 万元，今年还将解决 200 万元的资金缺口。拉萨市、城关区已先后投资 50 万元，今年又将安排资金 100 万元，用于危房维修及配套设施（如公厕，给、排水系统）的改造工程。两年来，拉萨市文物管理局与西藏文化发展公益基金会合作，由基金会提供援助资金，已维修危房及配套设施多处。

由于拉萨市夏季降水较多，很多危房年久失修，隐患重重，而且老房子面积大，数量多，分布广，这些都给文物部门的保护工作带来一定的难度。据了解，继布达拉宫之后，大昭寺、罗布林卡已经正式申报联合国世界文化遗产名录，各项工作已经全面铺开，其中包括保护老城区的古老文化和整体风貌。对于保护八廓街内的老建筑，这真是个福音。

曾经居住在这些老房子里的人和他们的生活就是拉萨城从古至今的历史，也就是拉萨的文脉。

2000 年 6 月

私塾先生娘容辖仁增·伦珠班觉
在拉萨七十年的生活经历

“如门巴仓”的时光（1898—1908 年）

雅鲁藏布江中游北岸山谷里有一个历史悠久、人才辈出的地方，叫尼木。

“尼木”，藏语意为麦穗，是卫（前藏）与藏（后藏）的传统交界。尼木自古有非常浓厚的文化氛围，这里曾经出生过不少在藏族历史上叱咤风云的人物，尤其是公元 7 世纪藏文创始人吞米·桑布扎的诞生，使这个地方闻名遐迩。好像是这位圣人所赐的福荫，在以后的年代里这里涌现出许多杰出的人物，其中不乏藏医历算学家、佛学家、器乐演奏家、建筑学家、书法家和历史学家等。

这里的人民向来以擅长经书印刷、制版、制药制香、制作颜料、造纸、造酥油桶、造箭、织布、修土木工程、造（牛皮）船、绘画、造鼓、泥塑等民间手工艺而闻名藏族地区。

这个地区曾经也是藏族教育比较发达的地区，这里的人对教育非常重视。在 1959 年以前尼木宗附近有七八所私塾学校，如“多贡拉扎”（多贡学校）“吞巴拉扎”“玛朗拉扎”“敏珠拉扎”“哲雄拉扎”“恰贵拉扎”等，每个学校有学生 20—30 人，培养了不少的人才。

在尼木地方塔荣镇（现县府所在地）以北约 1 小时马程的地方有一个风景秀丽的山谷叫“如”，这是一个有十多户人家的古老的小山村。如村是一处很美的地方，村前有山，山下有庙，庙旁有湖，湖边绿草茵茵、野花烂漫、牛羊成群。

一百年前，这里的村民过着平静而和睦的生活，他们对现实给予的一切无怨无悔，默默地接受着眼前的一切。时光仿佛凝固在这个美丽的山谷里。经过了几代人，在人们的记忆中没有发生什么特别值得纪念的事件。

果康色

藏历第十五绕迥土狗年（公元1898年），一个婴儿降生在一个藏医世家——如门巴仓·丹增觉杰家里，父母为孩子起名为土登次白（长大后改名为伦珠班觉），意为“佛法保佑而延年益寿”。新生命的诞生给这个平凡的家庭带来了不少的欢乐。

土登次白的童年是在这样一个如诗如画的环境中度过的。他长得非常健壮，也很聪明，从小跟大人学习文化基础知识，明理懂事，备受家人的喜爱。

对于这个家庭，村民们有相当深厚的感情。因为每当有人头痛脑热的，他们会自然而然地去敲丹增觉杰家的门，向藏医求医、讨药吃。藏医也理所当然地把一些自己配制的药给这些病人，除非病人自己带了一些答谢的东西硬要留下，藏医从不会去要什么报酬。他认为作为一名医生，为民治病，解除痛苦是医生的天职，而为钱财行医是有悖于先祖留

蓝色铁皮和石头牌子

石头雕刻的古建筑牌子

不同年代制作的古建筑牌子

下来的医德医风的。门巴仓·丹增觉杰是这个医药世家的第三代传人，他家祖辈都是当地小有名气的医生。由于这样的渊源这个家自然而然地拥有了“门巴仓”（医生之家）的称呼。丹增觉杰也像他的祖辈一样，平时在家务农，农闲时间采药，回来后配药、制药。尽管非常辛苦和繁琐，但他对此乐此不疲。

在土登次白之后，这个家又添了一女两男——其美、丹培和拉云。

当儿女慢慢长大时丹增觉杰觉得有必要给子女们传授知识。于是他又担当起严师，抓住一切机会教孩子们认字习读。他认为“门巴仓”的名号是先辈留下来的神圣的称谓，这不仅体现的是先辈们从事的行业，更重要的是体现了他们为人处世的态度。所以他经常教导孩子们一定要好好学习，延续家族的光荣传统，成为一个有作为的人。

门巴仓·丹增觉杰决定对伦珠班觉进行传统的藏医教育。他认为“门巴仓”的神圣名号不能在他的身上断后，必须世世代代传承下去。于是他把这个希望寄托在大儿子身上。他不仅对大儿子进行医学基础理论教育，还在实践中教他如何辨认植物药，如何进行搭配，哪些病人需要给哪种药等等实践知识教育，更是对伦珠班觉进行了医德医风方面的严格训导，这也是藏医中对医生的基本要求，是作为医生必须要遵守的准则。

传说，吐蕃赞普松赞干布十分尊重医生，尊称医生为“措结”，即保护健康、维护生命的使者。他针对当时藏地缺医少药的状况，下令凡是吐蕃子民只要学成医生，不论出身贵贱，一律准予行医，一律赐予“措结”的称号。并规定了病患者迎请医生的 15 个礼节，同时赞普也特别向医生提出了以下要求：医生就像父母一样，对病人要慈悲、怜悯；对病人的隐情不宣扬；不贪图财物，以免降低声誉；不挑剔饮食，以免降低身份；不贪杯饮酒，以免耽误治疗；人命关天，诊断要仔细；医生和病人，彼此不可讳言，以免病情得不到及时治疗。

被称作宇妥第二的医学家第司·桑结嘉措也在其医学著作《蓝琉璃》中指出：藏文“门巴”中的“门”字是从好处、益处一词转化而来的。“门”字的本意是有益于众生。藏文中“门巴”的本意就是为人类谋利益者，它十分准确地表达了医生的职业性质。因此，在培养一个合格的藏医时，在进行知识教育的同时还要进行为人处事和救死扶伤的医德教育，方才够得上是全面的医学教育。

就像这些医学鼻祖和先贤所要求的一样，丹增觉杰对儿子的要求是行医必须首先要学做人，做一位心怀病人、广结善缘的医生。通过耳闻目濡，少年的伦珠班觉对医生职业的神圣性有了深刻的认识。尽管年纪轻轻，但他在处事风格上已逐渐显露了大家风范。

罗布林卡——雪仲堆康撒（1914—1920 年）

对“门巴仓”而言，1908 年是一个不平凡的年份，这年伦珠班觉的父亲丹增觉杰留下同甘共苦的妻子和年幼的四个小孩撒手人寰。这个家庭的顶梁柱不在了，作为丹增觉杰医术的继承者——伦珠班觉年龄尚小，他所掌握的医学知识和病人对他的信任度还无法达到父亲那样的水平，一时间他家门可罗雀，与父亲在世时可谓天壤之别。他们家的处境和经济状况也每况愈下。原来他们家算是“如”村的中上等户，现在的家境，已无法与之前相比了。母亲次旦央宗虽然出身小贵族家庭，但毕竟已经另立门户十多年了，再不可能指望娘家经常的接济。伦珠班觉家的亲戚也为这个不幸的家庭捏了一把汗。

八廓街唐卡之都大院的背面高墙

这时候，恰好伦珠班觉在拉萨八廓街拉让宁巴吞巴家族的宅邸担任“强佐”（管家）的叔父回尼木老家过年，见到了伦珠班觉。叔父觉得这个孩子聪明又勤快，很喜欢这个既懂事又老实的小孩，就把他带到拉萨，想给他找一个好老师，让他学点东西。

从地域上讲，尼木与拉萨并不是很遥远，从拉萨骑马也就一天半左右时间。伦珠班觉从父辈的口中听到过许多有关拉萨的故事，尤其父亲能如数家珍般地举出很多尼木人在拉萨怎样学经论典、经商打拼，甚至给那些贵族当仆从的故事。

1910 年，12 岁的伦珠班觉跟随担任拉让强佐的叔父从尼木老家来到拉萨。

初到拉萨，叔父安排伦珠班觉住在八廓南街“门仲奴”大院的一间小屋里，平时到叔父跟前学习藏文，给叔父一家人提水倒茶，做一些力所能及的事情。

那是1914年夏季的一天，在拉萨罗布林卡的一间药房里，伦珠班觉见到了他人生中最重要的一位导师、时任十三世达赖喇嘛侍从医师的斋康基巧堪布·强巴土旺。

这一年，强巴土旺大师已经50多岁了，他是一位身材高大、神情严肃的老人。伦珠班觉施了简单的拜师礼，老师接过伦珠班觉敬献的哈达和封包后，问了他一些个人的问题，特别问他为什么要学习藏医。伦珠班觉毕恭毕敬地一一作了回答。回家后，叔父告诉他，强巴土旺大师答应收他为徒。

叔父曾反复地给伦珠班觉讲，人生中投拜老师是极为重要的。没有老师不仅学不到知识，更重要的是不可能走上正确的人生轨道。投拜老师，必须要找合格的老师，要寻找具有慈悲善良之心、品德高尚、精通大小五明、智慧圆满、能够身体力行的老师。要找到这样的老师没有因缘是不行的。斋康·强巴土旺大师正是这样的老师。

时任布达拉宫基巧堪布（即布达拉宫总住持）的斋康·强巴土旺，于19世纪50年代出生于西藏琼结强钦谿卡（庄园），从小受到良好的教育。青年时代，他到洛扎宗当宗本（相当于县长）。在此期间发生在当地的一件事情影响了他的一生。有一次他得了重病，宗府里的人一时慌作一团，不知所措。机灵的宗府秘书急中生智，想到了附近的一位民间医生，于是差人把他请来，权当救急。强巴土旺服了这位民间医生给的几粒药丸，病情奇迹般地好转。痊愈的强巴土旺亲身感受到医学的神奇功效，觉得治病救人、为民造福是一件功德深厚的事情。强巴土旺便产生了拜这位民间医生学医的念头。于是，他开始在这位医生跟前学习号脉等藏医基础知识。

从洛扎回到拉萨，强巴土旺见到了自己的故交挚友巴尔康孜仲·坚赞平措。坚赞平措把强巴土旺带到自己在拉萨布达拉宫雪区的住处，把自己的老师介绍给他。这位老师是一位精通五明学，尤其在藏医学方面具有深厚功底的康巴学者。强巴土旺见到这位慈祥的长者，内心生出无限的景仰和崇敬。于是他请求这位长者允许自己和坚赞平措一起，在他的面前聆听指教，潜心学习医学。这位长者欣然应允。老师从《四部医典》的开篇讲起，娓娓道来、循循善诱，两位学生听得津津有味、如饮甘露。有时候，碰到难解的问题，强巴土旺就把老师请到自己家里，请老师给自己补课。经过日夜苦读，强巴土旺的医学知识有了长足的进步。

1897 年藏历五月份，十三世达赖喇嘛授予藏医南方学派（传统上藏医传承分“南派”和“北派”）的医学家强巴土旺堪穷①和“拉门巴”（圣医师）的职位和称号，授予北方学派的医学家甲普·堂曲白登五品官和“圣医师”的职位和称号，并严令他们传承各派秘诀，培养优秀弟子，为藏医的传承和发展做出进一步的贡献。

在不长的时间里，强巴土旺培养了乌堆扎雅寺的根顿念扎、崔成念扎，山南达吉林寺的伦珠扎巴，澎波甘丹群廓寺的阿旺群觉以及来自山南泽当的钦热诺布、丹巴杨培等两批共 6 名亲传弟子。

平时，在强巴土旺跟前当随从和旁听生的还有色拉寺僧人拉鲁果巴，人称“小医生”的伦珠班觉等。伦珠班觉是强巴土旺十三大弟子中的最后一名，被称为先生的“关门弟子”。

实际上当时伦珠班觉并非斋康·强巴土旺的在编学员，早期多称“仆人”“仆从”，晚期多叫做“仆从”“随员”，医

① 小堪布，小四品官。

八廓街包子店窗口

（生）学（员）兼职，可以说是先生的亲信、爱徒。

但因为伦珠班觉勤奋刻苦、学习努力，后来的成就和名望与先生的其他在编学生相比，有过之而无不及，因此被斋康·强巴土旺视为自己得意的亲传弟子，并赐了“仁增”（持明）这个表示智慧和勤奋的名字。

在各种重要场合，强巴土旺先生都要带着年轻的伦珠班觉，伦珠班觉见证了很多重大的事件，各方面能力得到锻炼。譬如，在重建拉萨藏医历算院（门孜康）时，强巴土旺和弟子钦热诺布被任命为正、副总管。在门孜康创办初期，强巴土旺非常关心医算院的教学工作。由于他在医界的威望，门孜康的学员在答毕业考题——《四部医典》第一部《根本医典》时，试卷要送交先生亲自过目；作为毕业成果之一——学生自编的历算书也要由指导老师亲自拿给先生批阅。当时西藏的医疗条件落后，母婴保健措施不当，致使许多婴儿体衰智弱、病多寿

挂满金刚结的窗户

短。许多婴儿先天不足而又缺乏调理，极大地影响到人口质量。于是强巴土旺先生动手编书，将自己开发的 8 种儿科新药分发给 96 个宗豁，并指示宗豁负责人对领药、发药过程进行登记，以备查核。由于原有的母婴保健知识有逐渐失传的危险，他查阅医书，在门孜康开设了有 19 个章节内容的有关优生优育方面通俗易懂的课程。

跟随这样一位学者，几年的学习使伦珠班觉受益匪浅，在医学知识上大有进步。

这时候伦珠班觉在拉萨八廓街租了一间又黑又暗的小屋子安顿下来。老师强巴土旺夏天在罗布林卡工作，伦珠班觉每天一大早起床，从住处走七八里路赶到老师家，挑水、生火、熬茶，把老师的房间打扫得一尘不染。如果老师还没有起床，他就在屋檐下背诵医书。等老师起床了，他就把热腾腾的酥油茶端到老师跟前，恭敬地侍候老师用餐。

冬天，达赖喇嘛搬回冬宫布达拉宫居住，老师的办公地点亦迁至布达拉宫下的雪斋康[①]。雪斋康面积很大，老师的卧室、厨房、书屋都在三楼。有时候伦珠班觉忙得太晚了，老师会说："到我屋里拿两条毛毯，你今天就睡在厨房吧"。

藏医教学不仅注重口传知识，还注重实际操作，强巴土旺老师也不例外，除了对学生进行日常的医典传授外，还带学生到拉萨色拉寺东山脚的天葬场，亲手解剖尸体，让学生亲眼观察死者身体内部的结构和病变部位，并一一指点病灶和致病原因、治疗方法等。有时候，他会带学生到拉萨河边，教他们检验病人粪便的知识。在这样的场合，强巴土旺常常教诲学生，当医生不能有半点怕脏怕累的思想，并亲手在水中搓捏病人的粪便，耐心讲解粪便颜色、手感、气味、轻重、干稀与疾病的关系，并安排学生进行实践学习。

除了医学知识，学生还要学习正字法、诗镜论、文法和声明学等知识，先生根据弟子们的不同情况，讲授《菩提道炬论》《劝学书》《九乘要义》和《三要道》等著作。

藏族传统医学是医药不分家，学习和实践相结合，老师直接给病人看病，学生就是他的助手，也跟着看病。等学有成就时，自己独立行医，因此，学生既要懂得医学理论，又要懂药物学，还要亲自去采集药材，给病人看病，这样就增加了临床的经验。

斋康·强巴土旺也曾经历过这样的学习过程，使他不仅在医学理论方面，而且在制药方面，都有成就。

藏医把剧毒的水银经过特殊加工炮制后，炼制成无毒且

① 这也是斋康·强巴土旺私宅的名字。

具有奇特疗效的“甘露精华之王——欧曲左珠钦莫”，简称“唑台”，“唑台”被称为藏药的宝中之宝。历代名医经过两千多年的临床实践证明，“唑台”不仅对脑出血、炭疽、黄水病，以及各种炎症、过敏、中毒等症具有很好的疗效，而且对无病服用者具有滋补强身、增强身体五官功能及免疫力、延年益寿、抗衰老等特殊功效。“唑台”与其他药物合理配制，不仅可以延长药品的有效期，而且能明显提高原药的疗效。因此，“唑台”是七十味珍珠丸、仁青常觉等名贵藏药配方中不可缺少的主要成分，如果缺“唑台”，手中即使有千驮良药，也无法配制成这些具有神奇效果的药丸。

令伦珠班觉特别感激的是，1921 年，斋康·强巴土旺亲自炼制了“唑台”，配制了仁青常觉、仁青芒觉等贵重药品，并把宝贵的秘诀传授给了拉萨门孜康院长钦热诺布和药王山的次成坚赞、朗杰、仁增·伦珠班觉等。这些弟子中，出现了两位最优秀的继承人——钦热诺布大师和仁增·伦珠班觉。使这一藏药独门绝技得以代代相传，造福人民。

后来，伦珠班觉得到恩师的准许，自立门户，在布达拉宫脚下雪城正门旁边的“仲撒”大院租了一间房，独立行医。

创办“果康色”私塾

“果康色”大院位于拉萨老城区鲁普路的一条小巷内，是一座外墙粉刷黄色涂料的四层大楼。关于“果康色”，有两种说法：一、这是哲蚌寺果瓦康参（康参是寺院里的基本单位）在拉萨置办的产业，平时出租给商户和香客，每年传召大法会时用做接待该康参来拉萨参加法会的僧人，因此叫做“果瓦康色”。二、这是哲蚌寺“基苏”的房产。哲蚌寺基苏是专门管理哲蚌寺的经济事务，如庄园、商业、放贷等的僧官，他们是

八廓街上

西藏僧官阶层中有权有势的重量级人物。由于他们平时常住拉萨，又是哲蚌寺的僧官，所以，这座房子有时候也担负着类似于哲蚌寺驻拉萨办事机构的角色。如今，这里的住户都是普普通通的拉萨市民。

让时光倒回到80多年前（即1920年藏历新年），自立门户的仁增·伦珠班觉离开恩师强巴土旺，搬到果瓦康色大院居住，开始了人生的另一段里程。

20世纪上半叶的40年是西藏私塾教育繁荣时期，那时候拉萨普通人家的子弟，只要家庭条件允许，父母又愿意让子女上学，一般都能在私塾接受基本的识字教育。

仁增·伦珠班觉产生了创办私塾的想法，还有一个原因是仁增·伦珠班觉在“仲堆康撒”得过一场眼疾，由于当时的医疗条件有限，他的眼疾不但未见好转，反而有恶化的趋势。他找到自己的上师帕邦喀活佛等，请教消解病痛的办法。大师

八廓街东北角

按照藏族传统观念，让他最好做点积德利人的事情。根据仁增·伦珠班觉的文化特长，人们建议他办个私塾学堂，教书育人。仁增·伦珠班觉接受了该建议。又问及学校在“雪”办好还是在拉萨（当时的“拉萨”指现在的八廓街一带）办好，都说在拉萨办好。于是，伦珠班觉把家从“雪”搬到“果康色”。他积极筹办了“果康色”私塾，由于教学质量有保证，这里的学生很快由五六名发展到几十名，“果康色”的名气也逐渐在拉萨响起来。仁增·伦珠班觉把更多的精力投入到学校教育上，以致当他谋得“朗子厦”机关的公职这样的肥差时，也没有特别放在心上。只是从此以后，别人喊他的时候又多了一种称呼：“机关秘书”“机关医生”等，但这只是他的一个副职而已。

仁增·伦珠班觉是由拉萨居民组织推荐，担任朗子厦列空的秘书，负责机关的文牍工作。“朗子厦”的职责是管理拉

八廓街道

萨市区的社会治安，派人在各处巡逻，或派警察在人口集中的地方昼夜巡逻，如有杀人、盗窃等重大案件，呈报噶厦批准后进行处理，一般案件可自行处置；负责征收拉萨 90 家青稞酒店的营业税（按规定，拉萨青稞酒店铺不得超过 90 家）。该机构由两名五品俗官负责，另有文书一名由拉萨措巴（居民组织）派人担任，还有管理人员两名、房管员一名、警察连长一名、负责将停于市区的尸体送往葬场的头人一名、巡逻员二十余名（兼管对犯人用刑和监守）、看守员一名，此外，还有刑满后因无处安身，留在该机构由负责搬运尸体的头人役使的人员（此类人员靠乞讨维持生活）。

在管理社会治安时，将拉萨城区分段治理，巡逻员各司其职，各负其责。如果各自地段发生情况，当班的巡逻员应向朗子厦汇报。凡是要发到市区的通知一律由巡逻员递送。各地段巡逻员民间称其为“夏恰拉”（跑腿者）。

藏式巷子

朗子厦的刑具多种多样，刑法方面有古代律典十三条，当时它似乎是西藏的根本大法。朗子厦列空下发的行文中凡盖有棕色大印的，属于重要文告，需永远遵照。平时的管辖区域是拉萨林廓路以内、西边以宇妥桥为界。宇妥桥以西由“雪巴列空”管辖。“雪巴列空”还负责组织达赖喇嘛隆重的外出活动时的歌舞演出，以及监视拉萨居民和移居拉萨的蒙古人等。朗子厦列空还负责征收各种差税。可是仁增·伦珠班觉对这个非常重要的职务并没有多大的兴趣，上任不久便辞去朗子厦的工作，仍然去干他的私塾教师，这在当时让很多人感到不解。他为什么辞去朗子厦的公职而宁愿当一个平头百姓呢？当时许多人议论纷纷，这些议论可以归纳为三点：一是说仁增·伦珠班觉是一个虔诚的佛教徒。他不愿意看朗子厦机构对贫民犯人的残酷虐待和犯人在那里的痛苦生活，因此决定辞去公职。二是说 1922 年是仁增·伦珠班觉 25 岁的本命年（虚岁），藏族

风格各异的巷子

习俗认为本命年是个难过的“坎”，应读经念佛、处处小心，尽量做一些积德行善的事情。本着多一事不如少一事的想法，他在那一年辞职回家，不想到处抛头露面。三是说由于学校创办不久，仁增·伦珠班觉的精力过多的被学校事务牵绊，对机关工作并不尽心。有一次，由于教学任务忙，他没有时间处理公务，就请一位高年级学生帮他誊写机关公文，结果出了差错，被上司发现了，因此他索性辞职。

不管怎么说，辞去朗子厦列空的工作，对他而言并没有失去什么，这让他有更多的时间和精力去处理学馆和诊所的事情，为他日后在教学和医学上的发展创造了更好的条件。

1926 年，仁增·伦珠班觉与一名名叫曲吉的姑娘喜结良缘，后生下了两个女儿，大女儿叫朗杰卓嘎，小女儿叫赤列卓嘎。小女儿赤列卓嘎虽然只活了 25 岁，生前可是他得力的帮手，是一个非常能干的“根达”（小助手）。

娘容辖的辉煌日子（1928—1954 年）

1928 年，仁增·伦珠班觉的事业刚刚起步，一切都新鲜而又充满朝气。

这时候，“果康色”私塾固定的学生达到 50 多人，还有一些学生偶尔来听课。学生数量的急剧增长，使只有两个柱子面积的仁增·伦珠班觉一家住房显得拥挤不堪。

仁增·伦珠班觉考虑到学校的未来，觉得有必要找个更宽敞的地方。但当时他的私塾是免费教学，不收学生学杂费，只是在开学时学生们为了表示谢意带一些实物作为礼品送给他。由于没有其他财源的支持，仁增·伦珠班觉的生活压力很大。

要想把学校办大，必须找到至少有三十多根柱子面积的房子，而那样的一所房子，房租不会很低，光靠他个人行医的收入是根本支付不起的。一边是学生家长们恳切的目光，一边是自家微薄的财力状况，他陷入了苦恼。

一天，他来到拉让叔父的书房，两人谈到了这件事情，都觉得不太好办。

仁增·伦珠班觉把自己的一个想法告诉了叔父：他想租一间大房子，但肯定一时承担不了那么多的租金，就得适当向学生收一点房租和卫生费。

叔父一听很高兴，表示只要把学校办好，学生一定会很多，每个人收一点房租费，家长们是会理解的。

一出叔父家的门，仁增·伦珠班觉就迫不急待地上街查看各处的房子，看有没有出租的空房。第二天上课时，他向学生们说了这些情况，并要求学生们回去帮老师打听。很快，有人给他介绍了位于拉萨东孜苏路与八廓东街交界处的娘容

巷道

辖大院。

娘容辖东端紧靠清真寺，西侧依傍索康大院，南北两侧是密集的居民区，地理位置相当理想。从大门出来左拐两步就进了热闹的八廓街，可谓地处黄金地段。整个建筑面积有600平方米左右（建筑面积约40根柱子），两层楼，整个院落宽敞、明亮、大气，是学校的理想之所。

当时这里好像是大贵族索康家的房产，因为他家另有豪宅，故将此处房产出租。

这座建筑最初叫“囊容厦”，后来才改成娘容辖。在藏语中，娘容是长满树林的山谷，特指今天的四川省甘孜藏族自治州新龙一带。囊容厦怎么变成娘容辖的呢？民间传说很多，

石头房子的石头墙

其中一个是说藏东娘容[1]地方的强雄、绰号“布鲁曼”（瞎眼汉）、“独眼龙”贡布朗杰早年（有说是其后代）来拉萨经商时曾将此院买下并住过一段时间，因此改名为娘容辖。总之，康区新龙一带过来的人对此特别感兴趣，也很喜欢他们一家，总是问为什么这里还有我们新龙的一座建筑。但是如果细究，新龙县最早的藏语名字恰恰就是囊容，从年代上讲这个房子最初跟贡布朗杰有些关系也不是不可能。

仁增·伦珠班觉租下了索康家的娘容辖大院。

校舍终于有了着落，仁增·伦珠班觉终于松了一口气。

新学校开学那天，仁增·伦珠班觉和学生们都像过年一样，穿得漂漂亮亮来上课。

以前，私塾特别是大一点的私塾很少有全体师生开大会的习惯。但那天先生很高兴，特意召集大家坐在一起表示对新成立学校的祝福和庆贺。在那天的会上，先生希望同学们努力学习，早日成才，不辜负家长的期望。

从此，娘容辖大院成了仁增·伦珠班觉的私塾和诊所。经他精心策划和设计，楼下作课堂，楼上当诊所，楼顶上晒药材。他的事业从这里走向鼎盛。此后直至先生辞世，人们始终称他为“娘容辖医生”，他原来的名字反倒没有人叫了。

对于私塾学校最早的历史记载，传说在公元8世纪，赤德松赞在桑耶寺“甲噶林”设立译经场，创办佛学院，是为藏族历史上的第一所译经场所和第一所学校。

几乎在同一时期，“医圣”宇妥·云丹贡布创办了流动的私立藏医学校。藏医学校的开办，得到了不同阶层和不同信

① 拉萨八廓东街一著名古建大院的名字。娘容，清代汉文文献中称瞻对。

被磨得光亮的扶梯

仰的人们的欢迎和支持。据说宇妥·云丹贡布35岁开办学校时，学生只有30人；当他55岁时，学生已达300多人；当他110岁时，学生已有上千人。

宇妥·云丹贡布创办的藏医私立学校被认为是藏族历史上第一所正规的学校。

藏族私塾教育经过上千年的发展，到仁增·伦珠班觉这一辈，几代先人结合各自的特点，形成了私塾教育的基本模式和办学特点。

拉萨是藏族私塾教育最发达的地区，1959年以前，拉萨有大小十多家私塾。20世纪30年代末至50年代初，娘容辖私塾学校是其中规模最大、名气最响的一所，鼎盛时期学生达到300多人。

娘容辖私塾的教学和生活方式也有其特色。每年新生入学，首先要向先生申请，一经同意，新生家长要给所有学生每人免费提供三碗酥油茶，一勺楚玛哲斯（人参果米饭），给“根约”（相当于班长）以上的人员则直接盛在白瓷碗中端上来。新生家长还要根据家庭财力，给每个学生略备碎银，以示心意。然后，新生到楼上给先生敬献哈达和礼物，并接受先生的祝福和教诲。先生为学童念《皈依赞》和《文殊颂》，以示为其开启智门，并勉励学生勤奋读书、早日成才。礼毕，新生下楼，给师哥师姐上二道茶、三道茶，请“根达”（助理校长）、“根约”念《文殊颂》，并请求把自己的名字写入学童花名册，挂在教室的立柱上。入学仪式就此结束。然后根达根据学生的实际水平，将其编入相应的年级，并代表先生手把手地教新生写第一行藏文字母。

仁增·伦珠班觉认为制定这些规矩是为了增进新老学生间的友谊，让他们从小在一个和睦、亲密的环境里学会尊老爱幼、发奋努力，从小培养良好的品格。

仁增·伦珠班觉重视学生上早课，他认为早晨人的智力最佳，记忆力最好，应该充分利用这个时间，多学多记。每天早晨，当“肉眼能看清掌纹”的时候学生要到校，并要进行早点名。“根达”按照先生的嘱咐安排学生朗读、背诵课文。

学校白天的教学以藏文书法、文法为主，低年级的书法教学必须在木制的习字板“蒋兴”上完成，到了高年级才能在纸上书写。仁增·伦珠班觉先生定的书法模本是《萨迦格言》《水木格言》等。到高年级教授文法、筹算。所谓筹算，实际上是珠算的雏形，用小石子、小贝壳作筹码计数，特点是形象、易记。

为加强学校纪律，仁增·伦珠班觉先生亲自制定“十大纪律”，内容主要有不准打架、不准欺生；不准打球、不准爬树；不准喝酒、不准吸鼻烟；男女生着装有别；不准穿着奇装异服进校；为了安全不准在屋顶上放风筝；除了削笔刀不准携带任何利器；学生向“根达”或老师请教问题，应懂得基本的礼节；上课必须专心听讲，不得大声喧哗、拌嘴。不尊敬师长，在校内外打架斗殴，对老师和“根达”顶嘴，都属于违规行为，学校有权鞭打首犯，并有权罚施茶粥。学生平日要像兄弟姐妹相处，学习时，学生可以互相辅导，低年级学生可以向高年级学生请教，高年级学生不得推诿、拒绝。提倡在同学之间进行以比读、比写、比诵为内容的比学赶帮。

鼎盛时期的娘容辖私塾有300多名学生，4个年级，仁增·伦珠班觉按照藏文书法字体给各个年级起名，最低的班叫“嘎布西”，往上是“粗仁”“粗益”“基哲”。先生从每个年级的学生中选出4个“兴果”，称粗仁兴果、粗益兴果等。他们相当于榜样生或类似学习委员、辅导员。品行端正、学习好的学生才能做兴果。兴果上面设立4个“根约”，负责班里的日常事务。“根约”之上有4个根达，还有4个“益坚果巴”（相当于后勤管理人员），负责管理学校纸笔、墨水、书写板、坐垫等。这些人员都是从学生中选拔。其中益坚果巴年龄大一些、学习差一些无妨，只要责任心强、能吃苦、办事公道、有威信即可。学校每天安排专人做清洁值班员，他们除了负责打扫校内外的卫生外，还要检查学生的仪表，看进校门的学生谁没有放下发辫，谁没有套上袖子，谁鞋底钉了鞋掌，一经发现便立即纠正。而且他们还要对前来就医的病人起到导医的作用，对刚入学的新生起到导学的作用。人们说在先生这里，各种类型的学生都能发挥特长。这种学生管理学生的方式对激励竞争意识、熟悉未来社会角色、培养学生各方面的能力有非常大的益处。

每年的藏历十二月二十七日前进行新年会考，学生可以画各种吉祥符号挂在教室墙上，即兴发挥，当众讲解，非常热闹，可以说是苦读一年后的狂欢时刻。平时，仁增·伦珠班觉先生不允许学生把字纸带回家，但考试卷一定要带回家让家长过目，也算是先生对学生家长的交待。

娘容辖学校还有自己的一些办学特色，比如，在学生能写好藏文行草的基础上，继续进行书信、政府令文、报告、诉讼判决书、契约等写作知识教学，并进行政府机关日常工作、礼仪应酬等教学，总的特点是教学与社会实际相结合，实用性比较强。但是背诵内容特别多。很多朗读、背诵的内容像《儿童正字明灯》根本不知道是什么意思，老师只管叫学生背，不会进行详细的解释。老师说了，等学生长大后自然会理解。

每个书童都要学会削笔。竹笔的尖头用破后，再向上削，竹签一枚，可削成新笔十余次，也很经济。有人说，西藏大多地方不产竹，竹笔该很贵吧？其实，当时从西藏南部错那进来的竹材不少，并不觉得特别稀缺。为何用竹笔写字，有人说藏文是从古印度文创制过来的，竹笔写字为印度古制。

竹笔写字，与钢笔一样，并无不便；惟有吸墨太少，手法拙者，未完一字而墨已告罄。所以书写藏文者，备有一墨砚，时时入笔蘸墨。

行医是学校得以正常维持的经济基础。仁增·伦珠班觉先生行医非常认真，验尿的专用容器每天都要冲洗。当病人用尿把容器冲遍，再把尿液端到他跟前时，先生就从床底下拿出把新扫帚，从中间抽出一根扫帚丝，把尿碗端到眼前搅来搅去，看了又看。由于他视力不佳，尿液凑得很近，有时会溅到脸上。这还不够，有时候他把尿滴点在指甲盖上，用舌头舔尝，以做出正确的诊断。虽然靠行医生活，可药钱却是病人给

院落大门

多少算多少。

仁增·伦珠班觉不仅给别人看病，还要亲自采集、提炼、炮制药品。由于藏药在炮制过程中少不了各种金属成分，有的毒性很大，所以往往他的手全是裂口、眼睛红肿、头昏眼花。他非常清楚长期这样做的后果，但却义无反顾、从不退却。

虽然作学问很苦，但是在生活中，仁增·伦珠班觉并不是一个只会工作的苦行者、书呆子，事实上，他爱好广泛，懂得享受，朋友很多。当时西藏地方政府的行政机关只在星期六放假，称为“边吉”[1]。这时，他就会把贵族恰宗、饶嘎厦先生以及夏扎家的大管家马乃唐、回族艺人阿麦日等平常来往较密切的朋友叫到家中，玩一种称之为“川牌”的纸牌游戏，有时候还打打麻将或藏牌，日子过得逍遥自在。到了20

① 指周六的欢聚。

世纪50年代，仁增·伦珠班觉完全失明，曾两度去印度医治，均不见效。但是他对学生却说：“我这眼睛不是看书看瞎的，而是打麻将打瞎的。按照藏医的理论，手指头的血脉是和眼睛连在一起的，手指头太疲劳，眼睛会受到影响。你们以后可千万不要打麻将啊！”学生都知道他的眼睛不是打麻将打瞎的，只是先生用这种风趣的方式教育后人，不要把时间消磨在无谓的事情上。

这期间，仁增·伦珠班觉先生的原配夫人去世。后来他又娶了一个叫腊萨瓦·次仁白姆的女子，他们后来生育了5个子女。

在长达30多年的教育生涯中，仁增·伦珠班觉先生树立了“大众教育”“有教无类”的理念，兑现了“不分男女，不分贫富，为大众提供平等教育”的承诺。对于私塾学校，当时的地方政府没有任何形式的补贴，也没有收取学费的制度，因此，大部分私塾学校的财政状况令人担忧。当时的私塾先生，很多都有正当职业，有的是地方政府的文员、审计员、教师、僧官等，在大多数情况下，个人生活多少有点保障、学校规模又很小，有的甚至是大施主花钱养起来的，更不用为生计操心。

与之相比，仁增·伦珠班觉则面临完全不同的局面。首先，虽然他是个体医生，但收入却并不稳定；其次，学校的规模很大，他不能不考虑学生们的未来和前途。

在如此的困难面前，仁增·伦珠班觉采取了以下措施，使娘容辖学校得以正常经营和发展。

为了办好学校、养活家庭，他对诊所抓得特别紧。他不仅刻苦钻研医书，千方百计提高诊疗水平，对病人一视同仁、以诚相待，在服务质量上严格自律、精益求精，还注重培养后继人才。通过这些努力，使家庭收入有所保障后，便腾出时间和精力投入到学校的日常事务中，办好办活娘容辖学校。

其次是以富补贫。无论是自觉自愿也好，还是习俗使然也罢；说是送礼也好，说是馈赠也罢，总之，每到年节来临，很多学生家长按照自己的财力，都要给私塾先生拜送点小礼。

作为医生，他对自己的要求很严格。他经常说：无论爱憎、亲疏都要平等对待病人，在思想方面应具有不忍众生受苦的恻隐之心，对待病人有如父母爱护子女一样，舍弃亲疏、爱憎之念，只为病人脱离痛苦而高兴。

娘容辖先生的下半生（1955—1979 年）

1955 年后，仁增·伦珠班觉已经基本不用操心学校的具体事务，他的二女儿赤列卓嘎、三女儿赤列白珍等承担起了学校的教学和管理工作。据娘容辖私塾的学生回忆，赤列卓嘎和赤列白珍对学生的管教非常严厉，她们的藏文功底和书法基础都非常扎实，因此学校的正常秩序和教学进度都没有受到丝毫的影响。他完全可以放心地脱开学校的日常事务，专心行医看病，给学医的学生们上课。

娘容辖大院本来是拉萨贵族索康的房产，大约在 1952 年转让给了一个叫荣扎的人家。荣扎不想将房子出租给娘容辖私垫，想把房子收回来自己用，可是一时又找不出什么理由。后来，荣扎家以娘容辖诊所的捣药声太大，娘容辖学校噪音重，早晨学生的朗读声太响影响家人休息等理由，强烈要求学校搬走。仁增·伦珠班觉一边答应搬家，一边吩咐子女分头去找房子。

仁增·伦珠班觉在娘容辖大院已经住了 20 多年，对这里

八廓夜景

的一切非常适应，非常熟悉，特别是学校已经办出了规模和名气，突然要离开这里，他觉得非常惋惜。

从孩子们反馈回来的找房信息看，在拉萨市内想找到第二个条件和娘容辖相仿的房子几乎是不可能的。这让他陷入了困境。仁增·伦珠班觉亲自找荣扎谈了几次，请求再宽限几年，答应等找到一个面积和位置与娘容辖相近的房子，一定马上搬出。可是荣扎显然铁了心，说这事没有商量的余地，他甚至威胁说，如果学校和诊所不在某月某日搬出去，就把先生的东西全部扔出去。显然娘容辖私塾的日子已经走到了尽头。

1954 年，仁增·伦珠班觉先生的私塾学校曾一度迁至八廓东街的“宇托康穷”。无论从面积还是建筑结构，宇托康穷的条件都无法与娘容辖相比。这时候开始出现学生流失的现象，这是娘容辖学校创办 20 多年来从来没有过的。仁增·伦珠班觉痛苦地看着自己一手创办起来的学校就这样渐渐走向衰落，却没有任何办法来阻止它这样下去。与此同时，西藏的私塾教育也在新的局势下正走向它的终结。20 世纪 50 年代中后期，仁增·伦珠班觉边行医边带徒，把更多的精力转到了医学教学上，应该说，这也是无可奈何的选择。当时有近 20 名学生跟随仁增·伦珠班觉学习藏医。这些学生可以分为三个部分，一是寺庙的僧医和藏军部队里的军医；二是贵族大户人家的家庭医生（旧西藏由于缺医少药，贵族或有钱人出远门都要带私人医生）；三是个体行医者。

1950 年，人民解放军进藏部队主力抵达昌都，创办了西藏历史上第一所现代意义上的学校——昌都小学。这所学校的老师是原华西大学教授李安宅、于式玉夫妇等。两位大学教授为了发展西藏的教育事业，甘愿当一名小学老师，他们一面负责小学的领导工作，一面当藏汉语老师，没有教材就自己编写，而且经常是现编现教。于教授对学藏文的成年人和儿童，先从 30 个藏文字母教起，李教授对几位特殊的学生，如罗登协绕、谢瓦拉、德格·格桑旺堆和学汉文课的学生，先从汉语拼音和“中国、西藏、共产党、毛主席、解放军”等汉文名词教起。这些学生在两位教授的悉心教导下，成绩显著。

在两位教授的努力下，昌都小学不但成了教授知识的场所，也成了传播科学、卫生知识的阵地。

1951 年解放军进驻拉萨不久，在仲吉林卡开办了藏语文训练班，进藏部队政委谭冠三任董事长，李安宅任教育长，于式玉任教务办公室主任。训练班主要学习藏语文，同时设有印度乌尔都文和尼泊尔文班，后来随着形势的发展，又开设了英语文和汉语文班，共收学员 1250 人，编成 5 个队，多数是部队连排干部和地方机关一般年轻干部，也有部、处级干部数人，有中学文化程度的学生占多数，也有一部分大专生和极个别小学生。专家、学者汇集藏训班，曾被誉为“西藏当代的高级学府”。学校的师资力量很强，有社会学家李安宅和于式玉夫妇，精通英、尼、藏、汉语文的专家谢国安（系西康藏族，藏名多吉卓巴），精通藏语文的刘立千、张西新、傅湘以及语言学家金鹏，佛学专家韩镜清，社会学家林耀华等。

在创办藏训班的过程中，还聘请了雪康·土登尼玛、霍尔康色、金中·坚赞平措、唐麦·贡觉白姆、车仁·仁钦卓玛、桑林·次仁白珍、桑颇·晋美、崔科·德央、索朗班觉、央金卓嘎、次仁央宗、孜仲·强巴旦达等藏文老师以及英文教师噶雪·顿珠、三多仁青等。其中的藏文老师大部分都是拉萨各个私塾学馆的毕业生。

1959年，西藏实行民主改革，娘容辖私塾正式解散，娘容辖私塾的学生们高高兴兴地转到新政府创办的拉萨小学等官办学校里继续接受教育。

娘容辖先生培养的藏文人才很多，贵族弟子中有西藏大学著名教授多贡·桑达多吉，中产阶级子弟中有原中央民族学院著名学者土丹旺布等，平民弟子中有西藏第一代文博、考古专家索朗旺堆[①]等。培养的医学生中有边雄·强巴赤列、惹公昂琪、绒巴·加乌拉等，强巴赤列大夫后来成为边雄藏医学校的实际负责人和著名的日喀则扎什伦布寺藏医院的学术指导，日喀则市藏医院及扎什伦布寺藏医院的医师多为他的弟子。

娘容辖先生笃信佛教、乐善好施。每年藏历四月八日至十五日，学校放假一周，他就把学医的学生和家人带到郊外的林卡，请来职业艺人表演“喇嘛玛尼”说唱，进行劝人为善的教育，寓教于乐。

他性情温善，对穷苦人态度慈蔼。有的穷人受到官家、恶人的欺负，不得不打官司。他们会找到仁增·伦珠班觉，咨询打官司的程序和写诉状的格式，他都会热情接待，耐心讲解，尽量帮助他们。平时看到夫妻打架、家庭不睦等现象，他也总会尽力劝解和平息。

在日常生活中，他也是一个很讲生活情调的人。当时的拉萨，在藏历十月六日至七日间，有一个古老的民间习俗（类似如今的愚人节），就是在一张纸里包一点雪球，随便找一个人请他交到住在城里的亲戚家里。如果对方不经意间打开了纸包，就必须请大家吃饭；而如果对方知道来意，不看纸包

① 索朗旺堆（1942—2017年），考古学家、文化部专家、西藏自治区五届政协委员。对其访谈详见附录一。

就扔了回来，就得由捎纸包的家庭请客。他总是像孩子一样兴致勃勃地参加这些有趣的活动。

他确实不是传统意义上的“书呆子”，他也会饶有兴致地去听著名的“朗玛吉度”组织的音乐会，会去看“德吉维朗”的电影，包括放风筝[①]，一切新潮的东西他都不会略过。

20 世纪 50 年代中期，拉萨小学刚创办时，中央代表张经武曾专门派人到宇托康穷，诚请仁增·伦珠班觉出任拉萨小学校董，甚至提出他一个月来一次都可以，工资照发。由于病人太多，加之自己的眼睛又不好，怕完成不了任务，辜负领导的期望，所以就婉言谢绝了。

《西藏日报》的前身《西藏新闻简报》创刊后，邀请噶苏·顿珠、擦珠·阿旺洛桑、江金·索朗杰布、格西·曲吉扎巴等著名学者参加编委会的工作。报社曾派人请仁增·伦珠班觉担任藏文顾问，他说：“我年纪大了，身体也不好，眼睛也差不多瞎了，我没有精力担任这样的职务了，但是我还是非常感谢你们的信任。”

此后，仁增·伦珠班觉完全以行医为生。

走过 80 多年的漫长岁月，措结仁增·伦珠班觉于 1979 年辞世，享年 82 岁。在去世的前一天，他还给 17 个病人看了病，晚上还在病榻上嘱咐儿子强巴欧珠：这个病人应服什么药，那个病人要怎么治疗。最后他说：“好了吗？我想休息了。”从此他再也没有起来。

1975 年 10 月，经拉萨市城关区八廓居委会多方奔走，在原娘容辖诊所的基础上组建了拉萨八廓藏医院，仁增·伦珠

---

① 关于放风筝，详见附录二。

八廓夜景

班觉的子女和后代有的在此供职。经过几代人的努力，如今，八廓藏医院已经发展成为设备齐全、规模适中的正规藏医院，发生了很大的变化。

囊玛吉度与囊玛艺人——雪康·索朗塔杰师徒的八廓艺术记忆

“朗玛吉度”，是20世纪50年代前拉萨民间音乐舞蹈艺人团体。“朗玛”是拉萨地区群众最喜欢的民间音乐和歌舞种类，“吉度”意为苦乐与共的互助团体。

这个团体是公元17世纪后期根据当时执政的第司·桑结嘉措的命令成立的。桑结嘉措还专门颁发了文书，规定“吉度”的宗旨、成员、演唱内容和经济来源。每逢西藏地方政府宴请宾客和僧俗官员过林卡以及藏历年、萨嘎达瓦、雪顿节等重大节日，朗玛吉度成员必须无条件地表演音乐歌舞。平时，拉萨贵族、富商、大户人家或者民间团体遇到喜庆之事，郊游野宴，也请朗玛吉度成员到现场助兴。“朗玛吉度”由一个音乐舞蹈方面造诣很深的师傅总领其成员，每年推举两位公事人负责组织、联络和管理经济。早期，这个团体以演唱朗玛为主，后来堆谐（即西藏上部地区歌舞）从阿里、拉孜、萨迦等地传到拉萨，经过朗玛吉度艺人加工提高，以其奔放的旋律、欢快的舞步深受拉萨各阶层人民的喜爱，后来也成了朗玛吉度艺人歌唱和表演的内容。

早期朗玛吉度伴奏的乐器比较简单，只有六弦琴和竹笛，后来增加了扬琴、铁胡、二胡、根加（一种弦乐器）和串铃五种，演奏起来音韵更为优美和协调。从吉度的组织人员看，司乐者有藏族，也有回族和汉族，歌舞者几乎全是藏族妇女。晚近朗玛吉度比较著名的艺人有阿都热玛（回族）、阿觉朗杰（藏族）、阿麦惹（回族）、白玛（藏族）等。

二

2004 年 5 月 8 日，在拉萨河边的一座深宅里，我们见到了著名的藏族朗玛音乐家雪康·索朗塔杰。83 岁高龄的索朗塔杰出生于贵族雪康家。他在家中排行老四，退休前是西藏大学艺术系副教授，有专著《西藏音乐史》问世。他的大哥雪康·土登尼玛曾任西藏自治区人民政府副主席、自治区人大常委会副主任。

小时候，由于父亲远赴昌都任职，家中子女太多，雪康·索朗塔杰在两岁的时候就被送到家族的世袭领地——琼结宗的一座庄园，寄养在亲戚家里。那是个半农半牧地区，每年节日很多，村民们酷爱歌舞艺术，他常被佣人带到田间地头，无意间接受了许多民间艺术的熏陶。

长大后回到拉萨，雪康·索朗塔杰拜著名的朗玛艺人阿觉朗杰学习音乐，对朗玛艺术有了更深的了解。

雪康·索朗塔杰先生说，朗玛歌舞不同于其他音乐种类，是一种非常富有历史韵味、庄严典雅的歌舞品种，历史上的很多名人都对朗玛艺术的发展做出过贡献。18世纪末，西藏两度发生廓尔喀人入侵事件。廓尔喀第二次侵入西藏时，扎什伦布寺遭到洗劫，清廷立即从各地征调军兵入藏，给养仰赖四川接济。福康安将军率兵入藏平息廓尔喀入侵，巩固了祖国的西南边疆。后来，这次事件的重要当事人之一噶伦多仁·丹津班珠尔被召到北京觐见乾隆皇帝。噶伦·丹津班珠尔是个非常有才的风雅之士，他到北京后对当时京城的胜景以朗玛歌词的形式进行了描述，“黄金殿宇无量宫，鳞次栉比的房舍，宛如天界的一般”。在北京停留期间，他学习了汉族音乐，还把扬琴、笙等乐器带回西藏，丰富了朗玛音乐的表现手法。回到西藏后，他创作了一首朗玛《格巴桑波》：

若无东方的太阳，
和那和煦的春风，
美丽的哈罗花儿，
怎会如此绽放。

这每句词都有说道，“东方的太阳”指浩荡的皇恩；“和煦的春风”指入藏的清军帮助西藏人民驱逐贼寇；“美丽的哈罗花”比喻西藏人民从此赢得了安定的生活。歌词的意思是没有祖国大家庭的支援，西藏人民不可能过上安稳的日子。

还有一首著名的朗玛《嘉甲啦》，反映了自宋朝以来藏汉间茶马互市的历史事实，歌词为：

黑色的汉茶砖墙，
比那东山还高；
雅安姑娘的情意，
比清清河水还长。

每一首歌都有来头，这就是朗玛艺术的一大特色。在漫长的历史岁月里，出现了很多著名的朗玛艺人，其中就有我的老师阿觉朗杰。

二

朗杰 1894 年出生于西藏塔布地区朗宗一户贫穷的樵夫家里。父母每天上山砍柴，把出生才几个月的朗杰带到山上，放在河边，两人上山劳动。有一天，他们砍柴回来的时候发现孩子的两只眼珠被乌鸦叼去，满脸鲜血，昏迷在地上。看到这一切，他们惊恐万状、呆若木鸡。夫妻俩中年得子，视若心肝。万万不曾想到遭此打击。可是除了忍耐、克制，心中的悲伤无处诉说。善良的夫妻俩相信这就是所谓的“业果报应”，没有别的办法。他们按照当时的条件和当地的土方法给儿子治疗，孩子虽然获救，却双目失明，一生只能在黑暗中摸索了。

在当时的塔布地区，六弦琴弹唱非常盛行，朗杰的父亲和叔叔都会弹琴，就教朗杰从小学琴。在他学会弹唱后，父母早上把他送到河边的渡口，让其向过河的商旅乞讨，晚上再接回家来。

对此，朗杰回忆道：“从我 7 岁能记事的时候起，父亲和叔叔就教我弹琴。在我会唱一两首塔布民歌的时候，因为生活非常贫困，父母必须每天上山砍柴。因此，他们往我怀里塞上一块糌粑团，往脖子上挂上六弦琴，就把我送到渡口去要饭。可是有时候，一连几天都没有渡河的旅客，哪里有什么施舍的，只听见浪花击打岩石的声音，其他什么也听不到。肚子实在饿了，我只好自己挪动身子摸索着爬到河边，舀一碗冰凉的河水，把糌粑团吃下去。有时，暴风雨不期而至，河边无遮无掩。我就用慈祥的父母给我的毯子连人和琴包住躲避雨水；冬天的河岸非常寒冷，父母叫我不要去渡口，但那时候做农牧产品交换和采买年货的商旅比较多，因此我执意要去。父母看拗不过我，还是按时把我送到河边。为了防寒他们给我垒了一个小石圈，让我坐在里面少受点风寒，可以说父母为我想尽了一切办法……

几年后，我那恩重如山的父母却在同一年先后撒手人寰，撇下我一个盲乞丐。好在我的叔父是一个品行端正且心地善良的人，把我当自己的儿子一样疼爱和抚养。我每天照常到渡口去卖艺。

在我十多岁时，有一天，一位从拉萨来的人对我说，你弹琴的技术很好，乐曲很好听，但这里人烟稀少，如果你到拉萨去，情况就会不一样，至少可以维持生计。我心中第一次产生了去拉萨弹唱的念头。过了几天，又一位善心的旅客问我，你弹琴很好，可是两个眼睛都瞎了，这是怎么回事？我一五一十地把自己的遭遇说了一遍。他说：如果你愿意去拉萨，我可以把你带到拉萨。经叔父同意后，我跟这位客人到了拉萨。

1910 年，朗杰来到拉萨。白天弹唱乞讨，晚上无处可去就在拉萨吉日路达布林私塾的院子拐角与流浪狗睡在一起。私塾老师伍坚先生的夫人尼尼啦同情朗杰的处境，经常给点剩饭，早晚端点热汤热茶给他。8月，拉萨人开始过“亚久（夏末）林卡”，朗杰到林卡里去卖艺。在一个叫尼旭林卡的地方，“朗玛吉度”正在此过“夏乐”。朗杰在帐篷旁边唱塔布民歌，弹六弦琴。有人叫他进到帐篷里，让他再弹唱一曲六弦琴，朗杰满足了他们的要求。帐篷里的人问了朗杰很多个人情况，他的不幸遭遇引起很多人的同情。他们中的一位说，你年纪很轻，琴弹得不错，民歌也唱得很好，我们的组织就是拉萨有名的“朗玛吉度”，如果你想加入“吉度”，不用去要饭，在我们这里，你的生活会有保障。朗杰心想，我是个在黑暗中摸索着要饭的居无定所的流浪汉，怎么突然好运就来了。他感激不尽，表示一定要好好学习。朗杰回到达布林私塾，向善心的尼尼啦告别，感谢她的关照。尼尼啦说那再好不过了，并祝愿他事事顺心。她掏出一两五钱藏币作为“赈欧”——离别钱，让他好好的跟人家学本领。

朗杰被领到“朗玛吉度”的头领阿都热玛家里，阿都热玛安排人把他带到附近的绕赛赞康，打开了一件装满柴火和牛粪的小屋，在屋角腾出一块地方把他安置下来。每天有人按时送饭，朗玛吉度的成员还给他送来吃的、穿的，朗杰从此结束了乞讨卖艺的生涯。

阿都热玛是个虔诚的穆斯林，对人仁慈、宽厚。他给学生讲自己的身世，为什么喜欢上音乐，人必须有坚定的信仰等。他说，我的父亲是穆斯林，母亲是藏族，我是一个多种文化的混血儿，我在西藏长大，一直把自己当成藏族，我非常喜爱和钻研藏族文化。你们是藏族人，更应该热爱和学习自己民族的文化。

朗杰牢记老师的教诲，没日没夜地练琴。除了吃饭、睡觉，可以说手不离琴。由于自己的努力，三年后，基本学会了朗玛堆谐和六弦琴、毕旺、铁胡、京胡等乐器，而且开始学习扬琴。每次考核，没有不及格，受到老师的喜爱。

他除了参加“朗玛吉度”的集体演出活动，也开始有了固定的客户。

在朗杰24岁那年，他的恩师阿都热玛病故了。在朗杰心里，父母去世后，叔父和婶婶抚养了他，使他免受很大的痛苦。现在，对他恩重如山的阿都热玛老师去世了，听到这一噩耗，乐器从手中掉落，他真切体会到了人生无常。虽然老师的后事由穆斯林组织按照教规安葬入土，但朗杰和“朗玛吉度”的藏族会员们还是按照藏族的传统，在大昭寺为老师点灯、上供，进行祈祷。

三

朗杰到爱好朗玛的客人家中演奏时，由一位麻子歌女次仁卓玛牵着他走，日积月累的接触使他俩产生了感情，俩人结婚并在绕赛大院西楼租了两间房子正式定居下来。朗杰虽然是盲人，但他身材壮实、面颊狭长、鼻梁高挺，很有男人的气概。头发理成了清朝的“汉式头”，留长辫子，戴墨镜，从外表根本看不出他是个盲人。特别是他与次仁卓玛结婚后，相敬相爱，平时不叫名字相互以“次仁”相称。

又过了三年，“朗玛吉度”的新头领马加乌不幸病逝。朗杰得到成员的一致推举，被公选为“朗玛吉度”头领，那时他已经28岁，他自己也没有想到10年前还是个到处流浪乞讨的盲艺人，现在，生活境遇发生了如此大的变化。当时的社会上，无人不知朗杰，大小贵族和社会人士，无不一致称其为“阿觉朗杰”。

虽然他失去了眼睛，但听力得到极大的提高，听到什么声音好像眼睛看到了一样，无论什么旋律，他只要听上一两遍，就能记住，就像脑子里安装了一套“工尺谱”一样神奇。他平时住在一个两层楼上，去他家要爬一段石阶。无论谁来了，他都能从声音判断出来并说出来人的名字。有的人外出几年不回，有一天突然登门，他也能立即从声音判断出来。他还能从人的体味、喘气的声音辨别每一个人。因为听力发达，他很爱听各种故事。他有不少回族学生，从他们那里听了《一千零一夜》等很多阿拉伯故事，自己背会后又讲给别人听。由于在婴儿时期就成了瞎子，他没有见过自然界的颜色，除了能记歌词和旋律，没有受过正规的教育。但是他的老师阿都热玛文化水平很高，而且“朗玛吉度”的成员有贵族、有各族商人（汉族、回族、藏族）、手工艺者等，这中间有很多擅长文艺又有文化的人，朗杰向他们虚心学习，在他们的指导下口头创作了很多六言四句的朗玛歌词。这正像萨班在《音乐论》中所说，即使是坏心眼的人或残障者，外道乞丐和穷人，只要他们成为精通旋律的音乐家，就会变得比集会上的装饰还要美丽。

藏传佛教音乐中有所谓“歌音七品”，每个音代表一个动物的声音，例如“七品”中的“近闻声”代表大象的声音；“六合声”代表孔雀的声音。但是，在演唱的时候，又不是简单模仿动物的声音，而是由动物的声音联想到具体的环境，并以此抒发自己的感受。例如，由杜鹃鸟的声音而联想到春暖花开的季节，要把春天里的愉快心情表达出来。朗杰在这些方面领悟力很强，有很高的天分和表现能力。

在“朗玛吉度”，朗杰的最大功绩是对拉萨堆谐进行了创新和发展，按照萨班的音乐理论，前藏人的声音圆润饱满；后藏人声音的特点是吐字清晰、有力；阿里人的特点是嗓音尖细而音节像皮绳打结般突兀；东部康巴人的特点为声音重且硬如同他们的身材一样。

堆谐是从阿里传出来的。堆谐刚传到拉萨时，估计阿里人的口音比较尖利，音乐方面曲折顿挫也很少，这可能跟当地人喜喝带盐重的茶水和喜吃油脂食物，居住地势高且风雪多等有关系，久而久之形成了这样的口音。朗杰对阿里传过来的民歌虽未对歌词和结构作大的改动，但在发音等方面进行了符合前藏人声音特点和欣赏习惯的改编。例如走“喉音”，加“鸭声”等。

朗杰的名声越来越大，大小贵族的邀请不断。特别是西藏自治区政协原副主席拉鲁·次旺多吉的父亲龙夏·多吉次杰就是一个非常喜爱音乐的业余器乐演奏家，他经常邀请朗杰、阿里（回族）以及朗玛歌女耶查，堆谐歌女索朗金宗、央吉、普布卓玛等到自己家里，通宵演唱。当时，其他一些贵族像尧西朗顿、雪康、玛朗、霍康等也非常喜爱朗玛音乐，经常把朗杰请到家中演奏。

平常，无论上层贵族还是下层百姓，只要有婚庆嫁娶、红白喜事，无论家境如何，朗杰都要带领“朗玛吉度”的十多名成员，认真演出。有一次，一个叫夏洛的商人为儿子扎西诺布办婚事，在他家二楼的回廊上搭了一个帐篷演出。这天天气非常寒冷，不时有寒风吹来，朗杰衣着单薄，着凉了，患上赤巴病。一个月后，即 1942 年的藏历六月，在他 48 岁那年，不幸病逝，他的英年早逝，令人惋惜和悲伤，有很多人到他家向他的遗孀次仁卓玛进行慰问、捐献。他去世后，“朗玛吉度”的部分成员因各种原因退出吉度，雪康·索朗塔杰也因为赴后藏担任公职而离开了，“朗玛吉度”由兴盛逐渐走向衰落。

四

当时“朗玛吉度”里还有一位著名的人物，他就是马宝山（阿麦惹）。

关于阿麦惹，雪康先生回忆道：“阿麦惹本名马宝山，他的祖辈是驻藏大臣的轿夫，从四川进来的。他个人以钉马掌为职业，业余时间参加朗玛吉度的活动。他的声音条件并不好，但乐器知识比较丰富，而且热心朗玛吉度的公益事情。本来，每年都要推选两个公事人，负责组织、联络和经济管理。后来，成员们集体讨论决定马宝山可以不参加选举而连任朗玛吉度的公事人。因此，他是朗杰的重要助手和一度非常有名的成员。

“朗玛吉度有‘朗玛成员’和‘朗玛之友’之分。成员专门以演出朗玛为生，这样的人有十来人。而‘朗玛之友’来自社会各个阶层、各个民族、各种职业。平时集中在一起跟老师学习，有演出时，以自愿的原则带点钱或吃食，跟正式成员一起演奏、助兴。我属于朗玛之友，我跟朗杰老师前后学习了四年时间，才有了今天的一点成绩。”

雪康·索朗塔杰先生接着说：“今年恰逢朗杰老师 110 周年诞辰，我们不会忘记他对藏族音乐的重要贡献。作为学生，我谨对我的导师、著名朗玛艺人阿觉朗杰表示深切的怀念。”

八廓街的电影院往事

拉萨的第一家电影院是“拉达（克）卡奇”开的。

说到拉萨的电影往事，不能不提生活在西藏的穆斯林。

早在公元 14 世纪时，伊斯兰教首次从克什米尔传入西藏。当时，西藏的穆斯林已经形成一个比较强大的宗教社团，藏语中称呼来自拉达克方向的穆斯林为“拉达（克）卡奇”，他们住在拉萨“河坝林”街区，并在这一带建造了一座印度风格的清真寺。“拉达（克）卡奇”在西藏主要从事贸易和服务行业，凭着他们的精明和勤奋，在拉萨站住了脚跟。由于交通、地域和语言上的便利，那些从事贸易的穆斯林多从印度采买商品，长年往返于中国与印度间的崇山峻岭中，为西藏的市场带回很多令人称奇的新鲜玩意儿。

印度是公认的亚洲传统电影大国。自 1896 年，卢米埃尔兄弟的摄影师把电影带到印度，印度人便对电影产生了浓厚的兴趣。到 1925 年，印度全国已经有 215 家电影院（其中包括 87 家露天电影院），以孟买为中心的电影生产、发行网络也初具规模。

那些长年奔走于中印之间的穆斯林商人肯定敏感地嗅到了商机，最初，他们把一些价格相对低廉、携带起来也方便的 8.5 毫米放映机带到拉萨。按照八廓街回族老人乃白啦的说法：“开始时，他们把电影机放在家里，在家中一个四立柱的房间里挂上银幕，拉上窗帘，在家中放映印度影片招待亲朋好友和商场上的合作伙伴。”

后来，越来越多的拉萨人谈论起新奇的“洛念”——电影，这些精明的商人觉得时机已经成熟。1952 年 4 月，他们在拉萨城南的柳梧夏一带建造了西藏历史上第一家小型电影院。那家电影院的名字已经没有人记得，但人们无法忘怀它带给他们的神奇体验。回族老妇人斋啦说：“我在女伴的带领下曾到那个电影院看过几场电影。电影票价分为 4 等，最便宜的是 5 两藏银，还有 10 两、15 两的，以票面颜色来区分价格，买到这些票的人坐在一楼的大厅里。二楼有一排包厢，票价是 25 两藏银，坐在那里的人可以免费品尝甜茶和点心。”

斋啦记得当时放映的片子有《安那嘎日》《迦森》(又译《萨辛》)、《甲纳甲纳巴里巴儿》。这些电影在印度非常有名。经过几十年的风风雨雨，老人们的记忆还是那么清晰。他们记得《安那嘎日》是一部爱情片，讲一个国王爱上贫民的女儿，由于种姓不同、等级悬殊，他们的爱情遭到家人的反对。女孩子被人贩子卖到奴隶市场，痴情的国王勇敢地前去搭救，最后的结局是一场悲剧。歌舞片《甲纳甲纳巴里巴儿》表现现代文化与传统文化的冲突和矛盾，呼吁人们起来保护优秀的民族传统文化。影片中没有接吻、拥抱、暴露等镜头，场面非常干净。而《迦森》是一部以动物为主角的影片，讲一个黑人青年遭到歹徒追杀，躲到森林中生活，后来，他和森林里的动物成了朋友。当时，人们蜂拥到电影院看电影，拉萨还一度出现了专门倒腾电影票的“黄牛党”。

印度电影之所以在西藏受到欢迎，作家班觉认为印度影片那种轻歌、曼舞、音乐以及优美的自然风光，感人而悲惨的爱情故事对藏族观众有很强的吸引力。此外，印度人极为爱好喜剧，就连悲剧片也要有几个丑角出场，这也符合西藏人的欣赏心理。

这其中也有我们熟悉的影片。拉萨知名的足球教练饶杰啦的父亲米米仁增是个拉达克藏族，小时候被一个克什米尔穆斯林招为佣人带到拉萨，生活在拉萨穆斯林社区，当上电影院的勤杂工，看过很多电影。晚年，他双目失明，喜欢听收音机，每当电台里播放印度影片《流浪者》的插曲《拉兹之歌》，他马上会偏着头来一句“这不是阿可巴尔吗?”饶杰啦认为，阿可巴尔可能是《流浪者》的印地语叫法也可能是某种亲切的昵称甚至影片中某个角色的名字。

总之，这座穆斯林创办的小影院在拉萨断断续续经营长达几年，开启了西藏电影市场的先河。

最有名的电影院“德吉维朗”

1951 年 5 月，中国电影发行总公司的陈景华、傅电军、王云才在兰州和部队的 5 位同志一起组成西北西藏工委电影教育工作队，随后进藏工作，成为西藏电影事业的起点。

1954 年 2 月，西藏工委宣传部、西藏军区文化部成立影片联合发行站。解放军带到拉萨的电影不但好看，租金也非常低廉。当时，电影是宣传机器，是联系人民群众的最佳纽带之一。“德吉维朗”多次向军区和工委的有关领导申请放映新中国电影。上级部门同意了他们的请求，德吉维朗拿到不少内地影片的放映权，放过不少的国产影片。这样，印度进口片垄断西藏电影市场的局面逐渐被打破，其直接受益者当然是拉萨的普通电影观众，为他们了解新中国的发展和进步打开了窗口，对培养民族向心力产生了有益的影响。1957 年，西藏出现了比穆斯林电影院规模更大、设备更先进的“德吉维朗”电影院。“德吉维朗”是藏语“幸福之光”的意思。这家电影院由朗顿家出面牵头，据说由朗顿、阿哈提、柳梧夏等几家合资入股兴建，柳梧夏、朗顿家出资较多，阿哈提主要负责影院的管理工作。

据朗顿家的后代朗顿·班觉回忆：1947 年我到印度的噶伦堡上学，噶伦堡有家电影院，但那时候学校的纪律非常严格，不允许学生私自出门，更不要说独自出去看电影。我们只能在放假的时候由房东带去看几场电影。那时候，我的家人也经常到印度出差、旅行。他们可能注意到印度各地的电影市场，感觉办个电影院应该能赚钱，由此决定在拉萨开办“德吉维朗”电影院。

根据当时的条件，修建“德吉维朗”所需的一应设备，包括椅子、桌子、玻璃、水泥、放映器材都从国外进口。电影院的位置选在老藏医院的对面，大昭寺和宇拓桥之间的鲁布坝子空地上。班觉说，当时的拉萨古城周边有一座据说是由清朝驻藏大臣张荫棠主持建造的城墙（实际应该更早），从电影院的位置可以清楚地看到城墙的西门。影院的建筑完全按照标准的电影院全新建造，放映设备比较先进，有台 32 毫米的放映机。我记得那台机子很大很高，个子矮的人够不到机位，机子里阴阳电磁一碰闪出一片火花，引出一片惊叹声。

“那时候，拉萨年轻人的文化生活比较单调，我们给他们放映了好多电影。一般一天放三部电影，片子紧缺的时候，一部片子放上一个多月的也有。”

电影院平时由班觉的一个叔叔出面协调，具体经营由阿哈提负责。阿哈提的爸爸叫达吾提，是个从新疆喀什来的穆斯林商人，在拉萨饶嘎夏大院对面开一家烧饼铺，兼营甜茶、面点等生意。朗顿家的孩子在从色新小学放学回家的路上经常到达吾提的烧饼铺里买吃的，两家大人的关系应该不错。达吾提在西藏娶了后藏“香”地方的一个女人，生下儿子阿哈提，当地藏族人一般称其为“哈提啦”。在朗顿和阿哈提的合作下，电影院的生意还算不错。

生意固然不错，但是，疲劳运转的放映机也有“罢工”的时候，这时候只能借别人家的放映机救急，就管不了机子的大小和型号了。据摄影家旺久多吉回忆：“我的父亲德木活佛有一架小型电影机，经常在他的暗房里放电影。不过后来电影机没有了，五几年的时候借给了朗顿家的‘德吉维朗’电影院。他们有自己的放映机，也借了我家的。”

随着进口影片的增多，语言倒成了难题。电影院就安排懂外语的藏族青年做现场翻译。办法是先将原片的音量关小，翻译通过扩音器上的一个耳机收听对白，再将影片的情节和对白用藏语说出。有时候，翻译有事来不了，观众就会调侃“话筒”丢了，照样看得津津有味。

然而，进口的电影成本很高，运输方式全靠人背马驮。虽然经过西藏的商人们多方努力，印度供片商最终答应除去路上花费的时间，只从放映时间计费，但就是这样也不是每部影片都能赚钱。再说，观众也不能老看这些东西呀！

却说那位阿哈提，在西藏平叛后千辛万苦回到新疆喀什。改革开放后，阿哈提又从新疆老家回了趟拉萨。阿哈提向西藏自治区有关部门提出落实政策的请求。在有关部门的认真调查和当年那些合作者的协助下，他得到了自己想要的东西，高高兴兴地回了新疆。

拉萨的电影市场

乃白啦说，人民解放军的到来，对规范、管理拉萨的电影市场起到了积极作用。从 20 世纪 50 年代中期开始，进口的新片必须送交政府部门审查。允许进口内容和谐、健康，对社会有益的新片，禁止放映宣扬迷信、暴力等的影片，对不符合要求的片子必须经过“剪片”才可以进入市场。

这些举措对规范和净化拉萨的电影市场产生了影响，使“扶持民族电影产业”成为可能。

随着西藏自治区的成立，人民政府在拉萨老城周边，以八廓街为中心分别兴建了人民、胜利、光明等三家电影院。

1984 年，西藏自治区利用援助资金在“德吉维朗”电影院的旧址上建造了著名的拉萨电影院。

为了贯彻落实国家广电总局、西藏自治区广播影视局关于电影改革的一系列精神，盘活国有资产、开发原拉萨电影院的潜力，西藏自治区电影公司在2002年10月和四川珠峰伟业投资有限公司合作，以置换土地使用权的形式改造拉萨电影院。经过两年的设计、施工和精心装修，一座现代化的新影院矗立在举世闻名的大昭寺前。拉萨电影院因此更名为拉萨电影城，并于2005年4月22日被国家广电总局星级评定委员会授予“三星级电影院”称号。投资600万元的拉萨电影城，分5个放映厅，共311个座位。主要硬件设施为DTS和SR.D两种制式的数码立体声，为国内省会城市影院的顶级设备。一流的声光效果、人性化的座椅设计、时尚现代的室内布局为拉萨的电影观众打造了舒适的欣赏环境。特别是2005年5月20日，拉萨电影城首次与全球同步上映进口大片《星球大战·西斯的反击》，引起强烈的反响。

时代的变化如此惊人，拉萨的电影观众可以与世界各地的影迷同步欣赏最新的大片，至少在时间上已经没有距离。

娘容辖仁增·伦珠班觉后代及其弟子等
关于拉萨私塾教育的访谈整理

拉萨无疑是西藏的文化中心，而教育则是文化的土壤，也是拉萨文脉的具体传承。

就拉萨的私塾教育，笔者用几年时间曾对索朗旺堆、帕拉丛康·其美多吉、霍康·强巴旦达、格龙·洛桑丹增、德门·德庆卓嘎、丹巴芒堆、赤列白珍、强巴欧珠、旦增强巴、赤烈曲扎、朗苏·仁桑、多贡·桑达多吉、团旺·索朗多布杰、扎东·次旺伦珠、强俄巴·多吉欧珠、斋林·旺多、洛桑央尼、甲日巴·洛桑朗杰等老人多次进行深入细致的访谈并整理成文，对拉萨的私塾教育算是有了粗浅的、初步的认识。

拉萨是西藏私塾教育最发达的地区

公元 7 世纪，吐蕃贵族子弟吞弥·桑布扎等奉赞普松赞干布之命去印度求学，在掌握了印度的语言文字及其他知识后返回吐蕃，吞弥·桑布扎负责创造和厘定了现行藏文。据传，松赞干布带头隐居在玛茹堡（即后来的帕崩喀）向吞弥·桑布扎学习藏文和文法，4 年不出宫。这应该是西藏特别是拉萨私塾教育的雏形。后来，松赞干布又选派了一批精通藏文的贵族子弟到唐都长安求学，让他们学习中原文化，这些贵族子弟也把吐蕃社会传统的马球游艺等传授给了中原人。这批贵族子弟在吐蕃也应该是先接受了类似私塾教育，先学藏文，再去学汉文。因此，文化教育在吐蕃时期，对藏民族来说不应该是陌生的词汇，尽管这种教育当时还不可能普及民间大众。

关于吐蕃时期的私塾教育，今天几乎找不到任何史料，但从敦煌发现的大量藏文写卷看，其撰写者大部分应该是私塾培养的。特别是从吐蕃中后期社会生活重大事件的记述和政令文字的使用量来看，这些掌握和使用文字的人，如若没有不同

娘容辖大院局部（金海摄影）

形式的私塾和半官方教育是不可能完成这些写卷的。而王室、大臣、各级官吏，尤其是那些掌管书牍的官员应该说都是有文化的人，培养他们最可能的场所就是私塾。当时的吐蕃，特别是在其中后期，恐怕已经有比较成熟的私塾教育模式。一些专门科目，如医药等较为特殊的门类，从它们后来传播的实际情况推断，当时完全可能是通过私塾或父子传承、师徒传授进行的。据恰白·次旦平措等学者的研究，宇妥宁玛·云丹贡布（708—832 年）55 岁时，带徒来到工布曼隆地方，创建了一座非常别致的医学寺院，招收培养了 300 多名医学人才。他主要讲授自己撰写的《甘露要义秘诀窍》。从有明确文字记录的历史看，吐蕃最早的学校大概要算桑耶寺，最早的正规学生应为赤松德赞时的“七试人”。作为学校性质的桑耶寺明显具有两重性质：一是宗教（僧人）学校，它的目的是培养合格的宗教职业者；一是贵族（俗官）学校。

吐蕃王朝崩溃后不久，唐朝也于公元 907 年衰亡。公元 960 年，北宋建立。宋朝国势不如唐朝强盛，与远离汉族地区的卫藏等地藏族各部联系交往减少，但与邻近汉族地区的甘、青、川、滇藏族各部的经济、政治联系却更为密切。宋将王韶在今甘肃临夏、临洮一带大量开拓土地，招纳 30 多万藏人从事垦种。著名的茶马互市也在今四川雅安、甘肃临夏以及陕西一些地区专设的市场上进行，后来发展成为两族人民不可缺少的重要经济活动。同时，宋代汉族地区的文化也对藏族地区的宗教产生了影响，例如此时建立的夏鲁寺，其建筑体现了藏汉融合的风格。

藏汉两族的教育方式是否相互影响，虽然没有确凿的文字证明，但在办学理念和教育方式上有太多的相似性，使人不得不相信西藏私塾与宋朝蒙童教育之间有一种必然的联系。

仓姑寺茶馆

宋朝是中国古代教育发展比较快的一个朝代。宋代的中央官办小学创设于宋神宗元丰年间，崇宁元年又下令州县普遍建立小学，负责教育 8 到 12 岁的儿童，并有非常严格的教学秩序，如行礼、授课、练习、温课、训导、洒扫等。与官办小学相比，个人设立的私塾不仅数量多，而且兴办早，并深入到乡村。

宋代蒙童教育与前朝相比，最明显的特征是突破了门阀士族严格的等级制度，呈现出大众化的趋势。究其原因主要在于：宋代土地私有制的进一步强化，促进了庶族地主阶级与小农经济主体地位的确立，为宋代蒙童教育大众化趋势的形成奠定了广泛的社会阶级基础。宋代蒙童教育的对象，除了赵宋宗室子孙和一般官僚地主家庭的子弟以外，相当一部分是出身于

仓姑寺喝甜茶的老百姓

平民的农家子弟[①]。

宋代社会政治、经济结构的变化，促使蒙童教育重心下移至民间，蒙童教育出现了事实上的双轨制，即一是包括专为皇室、贵族子弟设立的宗学、诸王公学、内小学和国立、地方小学在内的官学教育系统；二是包括专门为广大中下层知识分子和普通百姓子弟设立的私塾、义学、家塾、村塾、冬学以及其他民间教化形式在内的私学教育系统。当时很多著名的学者和官员清楚地意识到，蒙童教育对于很多平民子弟而言，既是他们接受教育的开始，同时也是他们接受教育的终结，为此蒙童教育被看成是一个人一生成败的关键。

综上所述，宋代蒙童教育以其大众化的特点，不仅促进

① 李焘：《续资治通鉴长编》，卷150。

了整个宋代社会文化的相对普及和下层民众文化素质的普遍提高，而且在一定程度上促使上层精英文化向下层大众文化的传播和转变，对维护封建宗法社会的稳固和延续封建统治发挥了独有的文化效应，也开启了中国封建社会后期蒙童教育社会化普及化发展的先河。由于当时汉藏两地间文化交往的密切，这一切不可能不对西藏地区私塾教育的发展产生一定影响。

其实，西藏历世达赖喇嘛的经师实际上也就是他们的私人家庭教师，称为“雍增”，意思是“全面护持”。在历辈达赖喇嘛中，第十三世达赖喇嘛是最重视教育的一位。早在1913年，他“为了改革和完善西藏的教育制度，还曾委托青木文教提供一套日本的中小学教科书”[①]以作参考。1918年前后，他下令在西藏的96个宗谿开办公立学堂，规定了每年付给教师的俸粮。加之之前联豫、张荫棠等满汉驻藏官员的奔走呼吁，这一切力量的综合作用，使西藏的私塾教育事业在20世纪初叶迎来了一段繁荣时期。

近代拉萨私塾教育概况

在近代西藏的寺院教育、官办教育和私塾教育体系中，私塾是传统扫盲教育的主要手段，是蒙童教育的主体和职业教育、专业教育的前提基础。一般而言，西藏的“私塾学校是家庭、宗族或老师自行设立的教学场所”[②]。并非政府的公共行

① 秦永章：《日本涉藏史——近代日本与中国西藏》，中国藏学出版社，2005年，第178页。

② 洛桑央尼手稿：《老拉萨的私塾》，2009年6月。

为，因而“存在着较多的不确定性也是显而易见的”[①]。

根据笔者多年的调查，近代西藏的私塾学校一般分家塾和私人学馆两种。前者是领主、贵族、官员或富商聘请有学问的老师在自己家中为子女授课，后者则是设立在主要城镇的私立学校；藏军部分团以上营盘还设有小型随军学堂[②]。私塾作为20世纪50年代以前西藏最重要的教育形式之一，不管是封闭式的家塾还是开放式的私人学馆，都曾对西藏文化的进步和发展起到过积极作用。

1. 私塾学校的分布状况

据不完全统计，1959年以前，西藏有私塾学校70多个，分布在拉萨、日喀则、江孜、昌都、敏竹林、尼木和阿里，学生达2000余人[③]。20世纪20年代到50年代，拉萨地区规模较大的私塾学校有“达康拉扎”“吉热拉扎”“达布林拉扎”“娘容辖拉扎”等。另据记载，当时，拉萨市区比较有名的私塾有十三四家，加上叫不出名字的，可能有十八九家[④]。如，有一所原警察局“协敖”排头开办的小型私塾，其塾师原为警察局里专门从事占算工作的“孜巴”，学生最初只有2人，后来增加到13名。学生不知校名，只知称其塾师为“孜白根啦”即“算学老师”。另外，在江孜、日喀则、仁布、尼

① 综合中国西藏网文章《昌都教育60年回顾》等。

② 索穷：《西藏记忆》中《德格·格桑旺堆的传奇一生》，西藏人民出版社，2010年。

③ 强俄巴·多吉欧珠：《略论西藏私塾学校》，载《中国西藏》，1991年第1期。

④ 洛桑央尼手稿：《老拉萨的私塾》，另据吴德刚著《西藏教育研究》，“拉萨当时有私塾90所”。

木等地有不少私塾；在阿里的日土宗（县）等地有当地宗本开办的小型私塾；在藏北的三十九族地区有当地部落头人开办的私塾；在昌都镇有强巴林寺卸任知宾扎朗、孜仲迪森啦等人开办的11所私塾[①]。山南地区最有代表性的私塾教育是敏竹林寺私塾，该寺办私塾长达245年（1714—1959年），私塾设在寺院内，教室面积约160平方米，学生人数一般在20人左右，主要是贵族、官员、大商人家的子弟，也有少数僧人，有时不丹国王的子女也来留学。据《山南地区志》记载："其学制为七年，要求寺内僧人必须遵守，其他学生则来去自由，允许自动退学，不受学制限制。教育的主要目的是为布达拉宫僧官学校培养教师，以及为编撰西藏气象历书培养天文人才。"

据拉萨市政协文史资料研究委员会甲日巴·洛桑朗杰先生介绍，"上世纪50年代中期，从中央民族学院出来的一位藏文老师开办了一所小型私塾，由于有内地生活的经验，学校有新气象，纪律不那么严苛，打骂学生的现象少了，还新开设文娱体育等活动。此外江孜贵族帕拉·扎西旺久等到内地各省学习、考察后受到进步思想的熏染和影响，创办了帕拉私塾，允许农奴子弟入学"。20世纪50年代，昌都小学、拉萨小学相继成立，各地县逐步设立现代小学，中央民族学院、西藏公学、西北民族学院、西南民族学院开始大规模招收藏族学生，从此，私塾学馆逐渐淡出西藏教育的历史舞台。

同样，私塾的学生人数也始终无法准确统计，有的私塾学校有上百名学生，也有七八十个学生的，有的只有十几个学生的，甚至有的学校只有几个学生[②]。而且每个阶段学生的数

① 综合中国西藏网文章《昌都教育60年回顾》等。

② 洛桑央尼手稿：《老拉萨的私塾》。

八廓转经人

量也不一样。

私塾学生的来源主要是当地贵族、中小商人和差巴户的子弟，以及平民子弟，入学不受等级限制。平民学生多是作为贵族和商人子弟的侍读、陪护进入学校，他们的学习用具一般由贵族家庭提供。至于说贵族家庭为何派青少年作学童的陪护，主要是为了保护小主人免遭别人的欺辱并提供生活服务。这些佣人有时候还担任着类似“督学”的角色。在当时的私塾，侍读和佣人是既容易混淆又有所不同的角色，年龄较大的佣人很少作侍读，作侍读的小孩又经常以佣人的身份出现。而对于主人来说，教会下人识字，等于方便自己。他们虽然身份地位悬殊，但在学业上老师一般都一视同仁，既不歧视也无特殊优待，在年终大考时尤其如此。有的识字的佣人还是贵族家庭子弟"学前教育"现成的师资来源[①]。

2. 私塾的取名方式和创办者的职业

西藏和平解放前拉萨地区的私塾学校，是由地方政府各部门的秘书、藏医、历算师、官署职员、僧人、军队的文职长官、知识分子等以副业形式开办的学校，也有家长自请老师在私宅单独辅导子弟的更高一级的私塾教育形式。有的学校以家族承袭形式经营，如吉热拉扎，又叫达布林拉扎，1890 年由噶丹夏根创办，开始他自己当教师，后由其女婿吴建当老师，吴建去世后由其孙子经营。娘容辖拉扎在其创建者娘容辖医生去世后，由他的女儿赤列等一直经营到民主改革时。还有的属于老师个人有点儿文化，被亲朋友邻嘱托带子授课，后逐步扩大规模，如热加赞康拉扎[②]。这些学校，有的以塾馆所在建筑物为名，如达康（电报局）拉扎等；有的以教师职业、职务等为名，如艾巴仲译[③]拉扎等；有的以学校创建者家族为名，如吞巴拉扎等；有的以学馆所在的社区为名字，如门仲[④]拉扎等。

① 综合噶哇扎西著《旧西藏贵族子女，当代藏文翻译专家》等，载《中国西藏》，2011 年第 2 期。

② 强俄巴·多吉欧珠：《略论西藏私塾学校》，载《中国西藏》，1991 年第 1 期。

③ 艾：古代地名，"仲译"为司书之意，即噶厦政府从"艾拉加里"（今山南市曲松县境内）征召的书童，长大后多任噶厦公函誊写员等职。

④ 据霍康·强巴旦达讲："门仲"原意为门巴村庄，传说是跟随六世达赖喇嘛仓央嘉措从门隅到拉萨的门巴人被集中安置居住所形成的村落，位于老城木鹿宁巴寺后，附近的地标性建筑为著名的"门仲桑巴"（门仲桥）。

3. 私塾的师资来源

私塾的教师多为西藏地方政府机关的工作人员，如艾巴仲译老师，还有部分僧官和军人，如藏军第九代本德格·格桑旺堆在其藏东驻防地开办的小型随军学堂，也有像娘容辖先生一样边行医边教学，多属兼职，完全以此为生的职业塾师在启蒙教育阶段并不多见。达康拉扎的老师是位僧官，后来官升至扎什伦布寺的扎萨，学校停办。达布林拉扎的老师叫驼背吴建啦，学校为其岳父创办，他原是“根达”[①]，后作了老师的女婿，升为正式教师。一般而言，私塾的老师各自有薪水、俸粮和行医的收入，有的甚至由施主供养，他们并不指望依靠办学挣钱。据说当时办私塾，有的视为一种慈善事业。有一种说法，即教会一个学生识字，等于给了他一双眼睛。[②]从宗教信仰角度讲，有一种悲悯心在起作用，也是人情社会的一种生存哲学。

由于老师们有各自的工作和职业，当时的私塾不像现在的学校一样，老师不必每天去上课，而是在早晚或假日（一般在星期六即俗称“边吉”天——政府机构放假的时间）辅导、检查学业。平时由“根达”维持教学秩序。以娘容辖私塾为例，全校由1名老师（校长），2名正副“根达”（相当于校长助理），4名“根约（助理的助理）[③]，以及20名“益坚果巴”[④]组成教职队伍并形成教职升迁通道，即“益坚果巴”可

① 助教。

② 洛桑央尼手稿：《老拉萨的私塾》，2009年。

③ 相当于校长助理，旧西藏私塾学校里，教师直接任命的或从学生中指定的负责全校职责的人。

④ 藏文字母头之意，负责监督练习藏文字体。

以升为“根约”，“根达”多从“根约”中选出，出类拔萃的“根达”有条件成为“达尔罕根达”，而由“根达”成为正式塾师的也不乏其例[①]。

4. 教室教具及学费制度

当时，私塾的条件比较简陋，教室一般就在老师家，或由老师来解决。教室大都是屋檐廊顶、走廊、大院等，如吉热拉扎70多名学生的上课地点为大小五柱的两间廊顶[②]。像娘容辖拉扎，楼房两层，上层为塾师的住房、诊所和部分高年级的教室，里面是贵族施主的小孩，中间是商人等的小孩，大部分学生在底层大院内上课，安排部分小佣人和侍读生坐在楼梯下面用老师免费借用的写字板写字。院内冬季照不到太阳，非常寒冷，夏天为了避雨设置篷布，教室里不设桌椅板凳。

学生从家中自带教具和氆氇圆垫[③]。所带的教具主要有练字必备的写字木板、敲袋[④]、线囊[⑤]，墨粉（大麦烧黑）、酪胶[⑥]或用红糖制作的黄褐色墨汁，练藏文字母用的竹笔，练写行书、草书的铅笔，削笔刀，小木箱（相当于书桌）等；若要在纸上练字还需准备纸张、墨瓶和墨水；惩罚学生的竹条、藤

---

① 如赤列白珍等。

② 索穷：《娘容辖私塾的创办人仁增·伦珠班觉》，西藏人民出版社，2008年。

③ 是一种圆形的坐垫，视家庭条件，有以绸布、锦缎为罩面，用棉花、羊毛为里子的，也有往麻袋里塞点乱草来对付的。

④ 敲袋：四方小袋，里面装有白粉，是用来将写字板涂白的用具。

⑤ 线囊：小袋内装有白粉，穿一根线，用作写字板画线。

⑥ 久煮酯浆并加入紫草，所得的紫色胶汁，可做墨水，也可以做牧区妇女涂在脸上的防晒品。

鞭、马鞭等从学生处收集材料制作[①]。

按照私塾规矩，刚入门的初学者必须在木质写字板上写字，对写字板的大小没有严格规定，有的家庭希望孩子多写几个字，可能会备一块相对长一点的写字板，但这在孩子那里是不受欢迎的。因为老师布置作业是以书写的行数来批改，持有较长写字板的学生势必要写更多的字才能完成作业，为此他会感到愤愤不平，有的学生就会干脆把写字板锯短。[②]在纸上写字也有严格的规矩，所用纸张系一种叫"雪孝"（指售价一钱藏钞一张）的薄劣藏纸，被戏称为"鼻涕纸"，书写稍有不慎可能捅破纸张。再到一定时候，老师会安排学生在藏纸的正反两面都写藏文。通过木板书写（用力）——单面纸书写（提笔）——双面纸书写（再提笔）这样一个过程，学生的字会越写越好。

私塾没有明确的收费标准，只是开学或毕业时根据学生家庭条件给老师和管理人准备一定的束脩金（礼物），礼物的多寡靠的是双方心照不宣的一种默契，经济条件充裕的家庭这时候往往会形成共识并多担当责任（老师对这类学生往往有所优待）。也并非没有经济实力的家庭子女就不允许入学，像娘容辖私塾，除一两个月收一次掏公厕的钱，五六个月收一次房租，老师一般不再收取其他学杂费用。但是，不能参加卫生打扫的幼童要向高年级的师哥师姐象征性地交一份"值日代劳费"，并成为定制。

---

① 强俄巴·仁增多吉：《略论西藏私塾学校》，载《中国西藏》，1991年第1期。

② 帕拉丛康·其美多吉先生访谈，拉萨市色拉南路其美多吉先生私宅，2010年10月9日。

5. 新生入学仪式

西藏私塾对招生没有特殊限制，主要取决于家庭和书童个人的意愿，新生入学仪式基本相似。原娘容辖私塾学生桑达多吉的回忆道："我们几个兄弟上学的时候，父母找了一块白色的纱布，缝成筒状，里面整整齐齐地叠上藏币章噶，然后把纱布袋口打上好看的花结，找一个彩绘的木托盘，把几叠钱币放在上面，端上来送给先生。等先生说可以收徒，每个学生可以选择一个适合自己卦相的吉日，请求举办入学典礼。典礼那天，先去敬师，然后下楼找到指定给自己的座位，把带来的坐垫摆好，上面做一个青稞'雍仲'图案，表示第二天准备施茶，师哥师姐们就会在第二天带着茶碗来喝茶。然后'根达'对入学新生进行简单测验，根据学生实际水平，将其编入适当的年级[①]。"

6. 教学管理和校规

传统西藏私塾的教学管理工作由老师（即校长）总负责，实行一种学生管理学生的模式，即由学校任命的"根达"辅助老师工作。在老师不能事事亲力亲为的情况下，私塾设计学生自治组织，"根达"是实际管理者，如若"根达"没有到岗，由班内的年长学生负责教学，并安排高年级的学生承包两三名新生负责练习书法和阅读[②]。为了进一步细化管理，还制定了一系列制度：

（1）制定根据书法进度递进的学级制，即"粗仁"（长行

① 索穷：《娘容辖私塾的创办人仁增·伦珠班觉》，西藏人民出版社，2008年。

② 洛桑央尼手稿：《老拉萨的私塾》，2009年6月。

娘容辖大院屋顶（金海摄）影

书）班、“粗通”（短行书）班、“粗玛秋”（行草书）班和“秋益”（草书）班等四个学级，由四个督头（喜觉果瓦）具体负责。在高班学生中选三四名好学生，分别称其为字母督头（噶喜巴）、行书督头（粗益喜果）和总督头（基哲喜果），类似于年级教务长，负责管理各班学生的学习和纪律。其中字母督头是监督藏文字母按其部署组词和校正等；行书督头是负责监督长、短脚行书和行草书法练习；总督头是督导纸上写字。有的学校还设立“达尔罕根达”[①]、“纠尔本”（觉本）[②]、“益坚果巴”等类似班务主管角色的职衔负责管理班级。有些职务学生年龄大些、学习差些无妨，只要责任心强，能吃苦，办事公

① “达尔罕”，蒙古语“大汗”的转音，在蒙古语里是最高统治者之意，达尔罕根达，意为助教中之翘楚。

② 领诵官，晨读时负责领读经文、格言、旧式公文的人。

藏式建筑的木雕门框

道，有威信即可，这对帮助教师提高教学质量和加强课堂管理发挥了一定作用。

（2）大部分私塾施行称之为“结杂”的纪律条款，对学生的行为举止提出具体要求，如：男女生着装有别，不准盘起发辫进校，不准穿钉鞋进门，为了安全起见不得在屋顶上放风筝，除了削笔刀不得带任何利器在身，举手投足要合乎礼仪。个别农村私塾“开课时对不安分的学生除去厕所外，让其席地而坐，在其长袍下端堆上湿泥印记，使其不能乱动。如果湿泥印纹有破，便用竹条抽打该生或用木棒敲打头以示惩戒”。“维持教学秩序主要是靠皮鞭、竹板来体罚学生。受罚时，重者挨皮鞭，轻者打竹板。皮鞭一般抽在屁股上，女孩子不挨皮鞭，竹板也只打在手心上，男孩子竹板打在腮帮上，而且要让腮帮子鼓起来打（以防伤到牙齿）”。严苛的体罚制度致使学生中流传着这样的“诉怨”歌：“教过‘嘎喀’文字，感激教员恩情；头上挨过字板，我还等着报复”。[①] 对于学业不努力、成绩较差、违反校规、迟到、旷课、打架斗殴等，按照情节轻重实施中午留校、脸上打竹条、鞭打臀部等惩罚措施。[②] 像娘容辖私塾，一到上课时间，学校的大门就关上。迟到的学生只能从后门通过二楼先生诊所的门口，从楼梯下到教室。这时学校所有的人，包括就诊的病人都在看着他，按规矩该生必须要当众挨打。[③] 学校还每日轮流安排两名值日生，负责教室的卫生和临时性的“治安警戒任务”。这是因为当时各个学校之间经常性的发生小规模集体冲突事件，这不单是小学生年少无知、精力旺盛造成的，主要还是基于学生对各自老师在学问见识上的高下之争，从而引发的一种孩童式的维护荣誉的方式。起因主要是由于当时老师个人的书法流派不一，以及每个老师在个别语法问题上的看法不一造成的，例如在判位词（难木益）上经常出现不同理解，还如就书法教学来说，有的老师教的是“艾日”体（西藏山南艾地方产生的一种书写体，常见于藏钞用字等，他们中的艾巴元达为专职的藏钞编号抄写员），有的

① 中国民间文学集成编辑委员会、中国歌谣集成西藏卷编辑委员会：《中国歌谣集成·西藏卷》，中国 ISBN 中心出版，1995 年 8 月。

② 强俄巴·多吉欧珠：《略论西藏私塾学校》，载《中国西藏》，1991 年第 1 期。

③ 索穷：《娘容辖私塾的创办人仁增·伦珠班觉》，西藏人民出版社，2008 年。

老师教的是“雄日”体（地方政府公文常用书体），有的老师教的又是“艾玛雄”体（两种写法混杂的一种书体）。由于书写方式的不同，致使连削笔的刀功和笔头的特殊形状都不一样。于是互不服气，互不相让，先是“根达”之间单挑辩论，一旦辩不过免不了会引发全体学生之间拳脚相加的一场混战，部分学校甚至有专事负责召集“武斗”事宜的“根达”。由于“正字法”的稳定性，因正字而发生分歧的并不多见。

（3）传统的西藏私塾没有通用教材。就课堂情形而言，一般学生入学后的头几年，其学习内容主要练习写字，所谓“临池工作，常耗学时之半”。即先是在写字木板上循序渐进地练写各种字体，等有了一定的基础后，再在纸上写。教学内容有书写、拼读、朗诵等，但主要还是练习书法。书法教学方式是由老师为每一个学生写一个字帖，以其为范本在习字板上练习。诚如任乃强先生在《西康图经》中所云“番人作书，不用几案，但席地坐，左手持纸，以指托之，右手执笔，就指托处书写，自右蟹行，节节移动（原文如此，按照藏文书写规律，或是“向右蟹行”之误？）。或捺纸于两膝之羊皮袄而书之，均若甚便”。老师一般从《萨迦格言》等选择一首诗，让学生首先在木板上练习“粗仁”，重复书写一个多月。熟练“粗仁”后，才开始写“粗通”，也是抄写诗体格言，时间也是一个多月，等熟练后才开始在纸上书写，并慢慢往草书书写过渡，抄写内容主要是文告、书信、诉讼文稿、《十善法》等。学生平时除了练字，还要学习背诵文法《三十颂》《儿童正字》，以及从《水树格言》《萨迦格言》等格言和训诫中选

（索穷摄影）

择的段落[①]。

另外，部分私塾还开设有简单的计算课，如背诵乘法口诀、筹码算数（迪子）等，如娘容辖私塾在中午休息时间对部分学生辅导筹码算数，但没有专用教材，是将五世达赖喇嘛时期历算师堆琼阿纳达所著的20多页运算学教程《堆琼苏孜》

① 记得在拉萨八廓街一甜茶馆里，笔者听见对面几位藏族老人在议论西藏过去的私塾学堂，一个说："藏文粗仁字体很长，需要提写很长很长的竖条笔划，但是在书写的时候又必须使其连贯不显得停滞，这就迫使小学生们把小指下面的鲜嫩皮肉紧贴着凹凸不平、不乏小尖刺的练字木板上用力地上下移动，久而久之，写字板上往往血迹斑斑。一个学生是否课业努力，学业成绩究竟如何，几乎可以从其脸颊上的伤疤和小指下肌肉上的擦痕区分出来——脸颊上的伤疤多说明他考试没有考好，小指下的肌肉有伤证明他写字刻苦。学生要在教室里盘腿坐十多个小时，长此以往，致使骨关节变形，很多学生到年迈时落下了走路外八字的毛病。"一个说："我上学的时候，还没有学会一个字母，老师就先让我在练字板上写藏文字头符，整整一个多月，时间长了，有的学生能写一手非常漂亮的印刷（乌坚）体字，几乎可以跟现在的电脑字体媲美，不知道的还以为他们的藏文水平有多高呢，其实可能连简单的造句都还没有学好。正常情况下，一般私塾最终都能解决学生书写和阅读能力的基本问题，但缺乏理论素养成为私塾教育的短处。包括老师们也都如此，别人叫他写一篇文章，他写的文章可以做到不错用一个文法的惊人程度，但如果你问他为什么？他讲不出个所以然来。这种照猫画虎式的对书写和背诵的几近固执的单纯追求正是当时私塾的教育风格，有利也有弊。"一个说："西藏私塾可以说是特点特别突出的一种教育形式，刚才说的书法至上是一个特点，还有一个就是早晨的背诵朗读课，日复一日年复一年，诵读经文不多，主要是让学生背诵书信和地方政府的各种格式公文，他也不作解释，但时间长了，今年还完全不知所云，明年可能稍微有点感觉，后年终于开始理解其中的内容啦，所以私塾这种下笨功夫的教育方式是它的一大的特点，其结果就是文化基础打得比较扎实。"

（索穷摄影）

作为基础。等到其他学生去吃饭时他们去单独上课。教学内容较为单一。

私塾在个人品行方面灌输《在家道德规范十六条》[1]等传统的伦理道德观。除了娘容辖私塾初步学习《树王论》等语法知识外，其他学校大体只是扫盲教育而已，但是书法练得非常好。若要进一步学习，则要另外单独拜师，实际上这是私塾更高层次上的一种延续，学习方式更加灵活多样。典型的例子

①《在家道德规范十六条》是吐蕃赞普松赞干布制定的。即敬信三宝、孝顺父母、尊重有德、利济乡里、谨言慎行、追踪上流、饮食有节、货财安分、不听邪说、自持主见、温语寡言、担当重任、度量宽宏等。

是贵族后代拉鲁·次旺多吉在其撰写的《拉鲁家族及本人经历》中记载的："（私塾）毕业以后，呆在家里时，我还坚持在纸上练习写短足行书、小行书和草书，写完后遣个仆人拿去给老师过目。至于《正字法》《三十颂》《音势论》则专门拜请留在家中照顾产业的协嘎林巴·贡布旺秋为师。他的学识非常渊博，教我《正字法》《三十颂》《音势论》时，一面举例讲解，一面让我默写。每天把我写错的字拿来与正字字典对照着解释，并加以改正。在我申请担任地方政府办事员期间，噶雪·曲吉尼玛为我介绍了一个来自琼波丁青地区的具有高深学问的上师，听他讲解《正字法》《三十颂》《诗词学》等。在此期间，上师一直居住在拉鲁府邸内。"这种属于家塾的贵族学生有的还在放假时"为使不出现无教养之过并舍弃无知幼童贪玩的举动等，夏秋季节在上下堤洲和罗布林卡等河边，由一些竞技很好的随从当师傅，锻炼身体，进行丈夫九能的射箭、击石、纵跳、疾行、泅水、摔跤等有意义的游戏；冬春两季，有时呆在多仁府下棋、打牌、耍黑白子等，作种种消遣，有时到沙堤、罗布林卡一带跑马，顺便放枪射击，进行跑步练习。"① 这种类型的私塾对老师的文化水平要求更高。老师的待遇主要由束脩金（或等值的实物）构成，还有免费的膳食（即学东提供吃住）及节假日的红包或礼物等。由于施教模式、老师个人的学养及声望、学东家境及态度等不同，私塾先生所获得的收入多少也存在很大差异。除一日三餐之外，还会有小吃、茶水等供应，有的大户人家甚至还有佣人专门伺候塾师。一般来说，为了子女的良好教育，大户人家是不敢怠慢塾师的。但

① 丹津班珠尔著，汤池安译，郑堆校：《多仁班智达传——噶锡世家纪实》，中国藏学出版社，1995 年。

（索穷摄影）

这种“傍人门户度春秋”的日子更是要会看主人的脸色行事，“课少父兄嫌懒惰，功多子弟结冤仇”，因此他们会揣摩怎样掌握一种适当的平衡。这也就是说，近代西藏私塾实际上是存在着初级别的和比较高级别的教育之分，本文讨论的重点限定于初级私塾教育的情况。

私塾学校一般的课程是：黎明（星光迷离之时）起床，清晨（肉眼能看清掌纹的时候）朗读、背诵。有些学校晨读还要早点名，中午写字，按年级分别在写字板或纸上写字，写够定额。先生或者根达只念不讲，“记”和“懂”是两回事，即认为小时记牢，到老不忘。“读”是要读出声音来，强调读熟背熟。在读写生午休的时间，老师把学习算术的学生

乐器店（索穷摄影）

留下来，单独教筹算、乘法口诀和“堆琼苏孜”等。按年龄分别在写字板或纸上书写。傍晚接受先生和根达书体测试、指点验收和惩罚，然后放学。

（4）私塾学校每月小考，年终大考。学校规定每月十四日、二十九日进行会考，尤其是年终考试非常隆重，特别是已经在纸上练字的学生的试卷很讲究，在试卷上方及两边各自请画师画出佛像及五颜六色的吉祥图案，非常漂亮。在下方端端正正地写上自己参加考试的书法体，最后签上自己的名字。这时候往往出现一些不协调的情况，即有的试卷上方画得非常漂亮，可下面的考试字体很差，有的卷头画得不起眼，下面的字体却非常规范。[①] 但是在卷面上也很容易发现语法拼写方面的

① 洛桑央尼手稿：《老拉萨的私塾》，2009 年 6 月。

小巷

错误，奇怪的是老师并没有将其改判过来，这也许说明了一些问题，譬如，当时的私塾对书法的重视高于一切，而较少顾及其他方面；再如，从这点也能反映出当时的教学质量和教师的水平尚有待提高。而且，从试题内容看，多为赞扬老师的浮夸颂词，文字内容显得比较空洞、单调。

每次考试后成绩发榜公布。对考试成绩的奖惩办法是学生按照分数高低排队。首先由塾师和根达给全体学生训话、掌嘴以示威严，然后由第一名者从第二名开始以此类推往下各打一竹板，越往后挨的竹板越多（平时同学间关系好的打得轻，关系不好的打得重）。倒数第一名没有打竹板的对象，就只好让他把竹板打在“麻尔郭”[①]上，竹板打在麻尔郭上，嗒的一

① 麻尔郭：旧时的垃圾桶，由包装酥油的牛肚袋制成。

街头一景（索穷摄影）

声巨响，同时弹出灰尘，大家“哇”地一声呼叫，使考试成绩倒数第一名者感到非常羞耻和难堪。有的私塾让考试成绩倒数第一者把竹板打在装满糌粑的袋子上，表示该生吃了那么多糌粑不管用，还那么笨。但他也有解气的对象，即向挂在立柱上的一块生牛皮抽打竹板，尽量得到心理的平衡。倒数第一者常被竹板打得脸上伤痕累累，可能是用这种办法刺激学生，使其争先恐后，达到提高学习成绩的目的。[①] 对学习老没有任何长进的学生还起个损人的绰号叫“拉者康聂”[②]，意思是学校的房

① 强俄巴·多吉欧珠：《略论西藏私塾学校》，《中国西藏》，1991 年第 1 期。

② 洛桑央尼手稿：《老拉萨的私塾》，2009 年 6 月。

街头一景（索穷摄影）

产管理员。

（5）西藏的私塾没有学时硬性规定。一般达到熟练书写草书，能阅读各类书信、文告、合同、布告，背熟语法等即可毕业。达到这一目的也需要少则3年，多则5年的时间，为“长学”。也有为突击藏文字母和数字，只学三五个月的“短学”。所有的私塾学校都没有正规的毕业证书，稍微隆重一点则是离校那天毕业生视家庭条件给同学发份子钱，给全体校友供应毕业茶“团甲”，然后给老师献哈达，临走时在座垫上放一条哈达。有的给老师打招呼或写报告递给老师，即可离校。也有不打招呼走人的。平常藏历每月十五日和三十日为正常休息，因为十五日、三十日是特定的朝佛转经日。另外，传统节日放假，加上藏历新年放假10天，私塾每年总共有25天的放假时间。[1] 课间休息一般在学生用清水冲洗练字板上的墨水渍的间隙来解决。

7. 尊师敬老的传统意识

私塾这种场所比较完整地保持和延续了西藏普通民众尊师敬老的传统意识。在学子的心目中，人中至上者莫过于老师，大恩大德者莫过于师长，把老师视为福德之源，福田之首。老师不仅是知识的授予者，而且还是教你做人的上师。"那么，私塾学生要向老师学习首先就要认他为师，要尊敬他，这个观念是深入人心的。藏族格言关于这方面的内容举不胜举，人们也是遵循这些教诲去做的"。"概括起来，是老师（对学生）有威信，学生（对老师）有敬畏。我晚上下课前拿着作业请老师过目，自己先反复检查笔划、粗细、形状对不对（内容他倒不管），很害怕呀。临了，又把老师给我的书法样板看了又看，生怕过不了关。为什么？首先有这种尊师敬老的传统伦理道德的制约；其次是私塾那种约束性很强的非常紧张的气氛使你不敢造次；再次，由于老师的威望不完全是靠体罚打出来的，反而让学生将学习从强制性转化为自觉行动形成了良性的互动，无形中提高了学习成绩。能动的创造和被动的创造是教育学上一个重要的命题。发挥人的主观能动性，调动人的主观意识永远是教育的重中之重。"

私塾学校的一般状况——以娘容辖私塾为例

著名的娘容辖私塾特别重视学生上早课，认为早晨人的

① 洛桑央尼手稿：《老拉萨的私塾》，2009 年 6 月。

智力最佳，记忆力最好，应该充分利用这个时间多学多记。每天早晨，“肉眼能看清掌纹”的时候，学生就陆续走进娘容辖大院。这时候，先生已经嘱咐“根达”安排学生反复念诵“向喇嘛上师文殊菩萨顶礼致敬，嗡啊热巴杂拿迪、迪迪迪……”，而且按规矩要求学生把“嗡啊热巴杂拿迪”和“迪迪迪”音节念得越多越清晰越好。“上师”即喇嘛，“文殊”即“江白央”，在藏族文化中是知识和智慧的化身，向“上师”“文殊”致敬，也就是向知识和智慧顶礼，长期反复念诵被认为具有巩固意念、催人奋进的功效。至于念“迪迪迪”音节，实际上是训练口齿的特殊方式，认为念得越多口齿越清晰、伶俐。①

娘容辖私塾的特色课程还有背诵和书写公文，内容包括裁决书、报告、批复、呈文等。老师备有一份称之为“益古南夏”（即《书牍轨范》《尺牍指南》）的课本，它实际上是公文和书信的各种格式化的书写规范。

该私塾还兼顾职业教育，不仅带学习藏文、算术的学生，前后陆续还有十多名学生长期跟随先生学习医学。医学生的来源主要有三个方面：一是寺庙里的僧医和藏军的军医；二是贵族大户人家的家庭医生（旧西藏由于缺医少药，贵族或有钱人出远门都要带私人医生）；三是个体行医者。具体到娘容辖的医学教育，大致有这样两个特点：一是注重道德品行的教育。“医乃仁术”，讲究“非其人勿教，非其真勿授”，“无恒德者不可以行医”，对学生的素质和品德修养要求很高；二是注重口传心授。学生在完成识别药材、学习经典、背诵药性等基

① 根据2011年2月8日采访甲日巴·洛桑朗杰先生口述整理。

础课程后，要用大量的时间进行临床训练。娘容辖招收医学生的条件比较苛刻，家境太好的孩子不收，认为这种家庭出来的孩子吃不了苦，学不到真东西；家境太差的孩子也不收，老师通过自己的观察，看到他们中的有些人毕业以后经常连基本的常用药材都备不起，也就谈不上为大众解除病痛。学生毕业的标志是老师送给他一筒装满藏成药的药袋，但是当他们在老师诊所当实习助理时（无论时间长短）是不适合提出收入分成要求的。①

在旧西藏特殊历史条件下兴起的私塾有以下几个特点：

首先，西藏各地的私塾发展不平衡，不同的私塾，其规模、人数、教学内容也不完全相同；而且在办学地点上文化相对浓厚的城市或集镇私塾办得多，在农村尤其是在偏远牧区私塾则比较少。其次，私塾学校整体规模较小，一个老师带七八个学生也叫私塾，对办学条件要求不高；而且教学形式相对单一，虽有听读、背诵、辩论等内容，但是以书法练习为主，这对老师的要求不是很高；教室等一般在老师家里解决，文具由学生自带，对学生数量和入学年龄也没有限制，这有利于普及推广识字教育，很切合当时西藏的实际。当然，私塾不具备正规学校的条件，没有教材，教学不配套，而且还有纪律过于严苛，效率不高，偏科严重，以及重视人才的培养而忽略儿童身心健康等缺陷。但是，当时凡是经过私塾学习的学生均书写规范，字体漂亮，连在寺院里精通大小五明的高僧也常感到欣羡不已（《甲玛沟的变迁——西藏中部地区农村生活的社会学调查》中提到的赤康拉扎“教学内容为实用天文、医学、算数，

① 根据 2011 年 2 月 8 日采访甲日巴·洛桑朗杰先生口述整理。

街头一景（索穷摄影）

高年级还教公文”的说法或许有误）。当时拉萨著名的娘容辖私塾都才勉强完成这些教学内容，何况农村私塾。因此，西藏传统私塾教育在特殊的历史条件下对启发民智、发展民族教育发挥了不可替代的作用。以娘容辖私塾为例，在长达 35 年的教学实践中，塾师仁增·伦珠班觉以不屈的精神，勤奋工作，努力探索，牺牲自我，甘为人梯，为藏族私塾教育的发展作出了贡献，他的主要功绩是：提倡人人受教育的理念，实现教育为大众服务的宗旨；教育与实践相结合，培养学以致用的人才；创立正规的私塾教育形式，规范教学管理。他创办的学校在西藏当时落后的教育形势下，发挥了特殊的作用。

其次，私塾学生写字都是在专用的写字木板上书写，不但节约纸张、保护环境，而且能使书法的底子打得扎实牢靠，这如同练汉文书法必须使用毛笔，这是长期经验积累形成的规律。木板上写字还有利于保护学生视力。“传统私塾为什么在学写书法上要耗去三四年的时间，实际上，私塾的书法课不但教人写字，它实际上也是一种品行教化，教你坐得住、坐得稳，培养一种为人做事严谨、细致的态度。”[①] 当然，这也是在培养学生的耐力和扎实的基本功。

再次，通过私塾教育可以比较集中地学习藏语文知识。如索朗旺堆生前告诉笔者说目前的小学藏文语法教育是在长达五六年的时间里每年安排教一点儿，间隔时间过长，不利于学生产生连贯性的记忆。至于目前中小学学生的书法教育更是较为滞后，书写方式五花八门。因此，私塾教育有不少值得现代学校借鉴的方面。部分传统私塾还曾开设职业教育，除上文提到过的娘容辖私塾附带医学生，西藏学者德门·德庆卓嘎先生告诉我们她小时候在江孜、拉萨等地看到过私塾开办卡垫、毛纺编织课程，初具手工教育或职业教育的意识。

最后，过去的私塾教育无论从规模上还是质量上，虽然无法与现代的正规公办教育相比，但是，从目前国际国内现代理念的私塾或家教盛行的情况看，它可以弥补公办学校的不足和义务教育的遗漏。它的课程机动、灵活、简便，针对性强。几个家庭凑起来，合请一个老师，或请一个合格的家长讲课，孩子就可以受教育。私塾不受僵化的学校课程的束缚，可以专门教学生想学、家长想教的东西，许多大胆的教育理念可以在私塾里试验。私塾如果适当发展，我们的教育不仅可以多元化，文化也会因此而更加具有创造力。

① 根据 2011 年 2 月 8 日采访甲日巴·洛桑朗杰先生口述整理。

拉雅甲日巴·洛桑朗杰说老拉萨

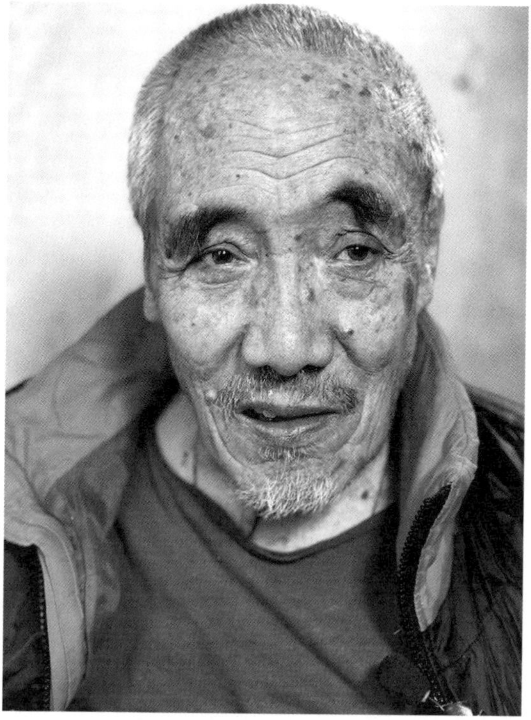

甲日巴·洛桑朗杰（索穷摄影）

拉雅甲日巴·洛桑朗杰，2018年3月7日，在拉萨市政协接受笔者的采访。

甲日巴·洛桑朗杰，1940年12月生。拉萨市政协文史民族宗教法制委员会退休人员，西藏自治区政协八届、九届委员，拉萨市政协六届、七届、八届、九届委员（1996年起任拉萨市政协常委），曾任拉萨市人大六届、七届、八届代表。西藏大学客座教授。

我们打算首先从八廓街外围开始大致了解一下一个“整体观里的八廓街”，因此把一张拉萨老城区的老地图带给甲日

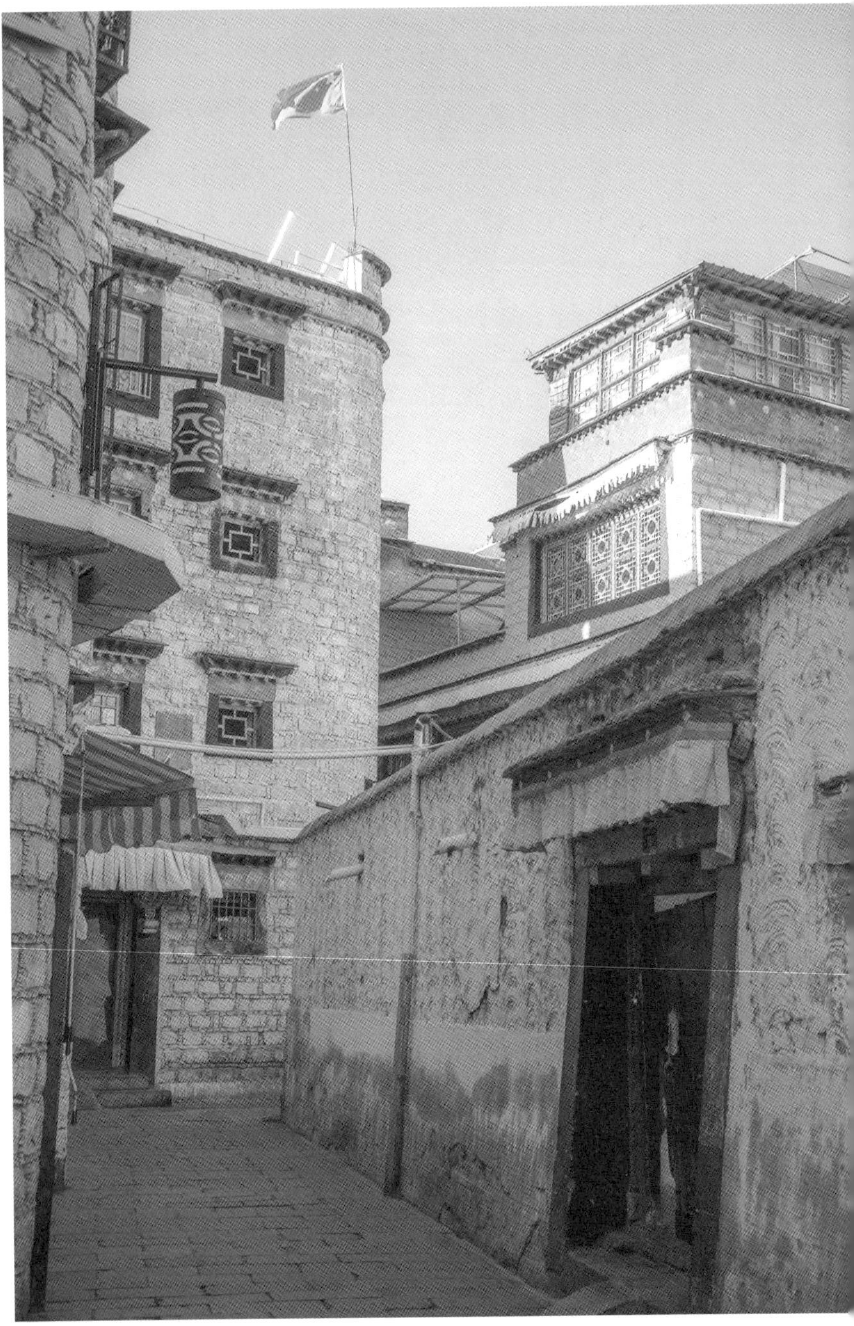

吉日街区（金海摄影）

果瓦康色（索穷摄影）

巴先生看。

甲日巴·洛桑朗杰说，西藏人使用地图的历史是比较早的。

当年，甲日巴·洛桑朗杰的父亲是藏军第八“代本”（清代西藏地方政府军职名，相当于团长）主官，他小时候曾跟随父亲去昌都赴任，看到过父亲用一种简易驿站图制定行程。“那还是一种非常象形的简陋地图，拉萨这边画上布达拉宫，那边在方框里画一个圆圈就代表昌都，中间是一条蜿蜒曲折的道路和沿途各个驿站的名字。如果路过的地方是牧区就画一座帐篷，是农区则画上一块青稞地，是渡口就画上一艘牛皮船，下面再写上地名，每天看着地图安排行程。当时，军人和公职人员出差时必须按照驿站的距离走，大概是平均一天走 4 个小时，必须要给支差的当地人留够当天返回的时间（当然还包括给坐骑吃草喂水的时间）。否则，按照规定，差巴和驮户承担超出规定距离的劳役是有权提出申诉的，除非特殊情况，一般公职人员不得不有所顾忌。

我们带去的是《西藏档案》杂志刊登的一张“拉萨古城手绘图”，虽然西藏历史档案馆专家对此没有给出更多交代，根据熟悉藏文历史档案的甲日巴·洛桑朗杰初步考证，此图应是出自八世达赖喇嘛强白嘉措时期一幅有名的唐卡画。

八世达赖喇嘛强白嘉措于 1804 年圆寂。

当然这得结合原图唐卡做进一步研究。

甲日巴·洛桑朗杰是位治学严谨的学者，对于自己的判断他是这样说的，我对它的断代主要基于几个方面的考量：第一，我在一幅八世达赖喇嘛时期绘制的唐卡上看到过跟这一样的地图，可视为同一作品的印刷件；第二，在这幅绘制非常详尽的地图上没有标出 1916 年建造的拉萨门孜康（藏医院）建筑，那个位置当时还是一片树林和沼泽，说明绘制地图的年代门孜康还没有建成；第三，辛亥革命期间西藏发生川军哗变，丹结林寺支持川军对付噶厦，川军撤退后丹结林寺被毁，这个时间比门孜康建造时间还早，但地图上却清晰地出现丹结林寺完整建筑，说明地图绘制年代远早于辛亥革命；第四，从手法上讲，这是比较典型的藏族传统绘画方式，没有明显外来影响的痕迹，图注也是藏文。综合这几个因素，我认为地图是 19 世纪初、八世达赖喇嘛执政时期的经典作品。

我们之前也没有过多研究，但是仔细看去，这幅手绘地图比例关系得当、立体透视处理准确，几乎是面面俱到、不厌其烦地再现了当时拉萨几乎所有重要建筑的形制、朝向和周遭自然地理环境特征，无疑具有极高的参考价值和研究价值。

在先生家中我们展开地图一一识读。先生说，看，这是门仲桥。门仲桥是当时的一个地标性建筑，位于拉萨古城东北角，即今市人民医院到八郎学街路口。但桥下面的河水不是拉萨河的支流，当时，拉萨城东北郊区加荣地方有很多农田，修了一条水渠，很多人到那儿洗衣服、戏水。

拉萨古城周边小水塘、小泉眼特别多，这些水流汇入门仲桥下，汇集沿途脏水、生活用水流到丹结林寺附近一处叫“丹结林当惹”的水塘。拉萨城北即扎基林卡、雄卡林卡附近也有一条小河流经小昭寺多桑巴石桥汇入“丹结林当惹”。现城关区影剧院那边也是一片沼泽地。冲赛康附近还有“色穷当惹”（小湿地），城市污水从宇拓桥下流过。这些在地图上均有记载。

甲日巴先生告诉我们说，门仲桥名头响，它是出拉萨城东的门户，实际上桥身没有多大，地图上标的是两眼孔桥，我记得是三眼孔桥，这可能是后来维修的结果。每个桥孔可能有两三米长，上面覆盖着长石板，桥头圆形柱子上雕刻着花纹。小的简易桥在地图上还有几处。

他边指点边说，门仲桥西南侧这座孤独的建筑应该是“江冬藏”大院旧址，这是当时拉萨不多的几处接待旅客的车马店。

江冬藏，意思是围墙环绕的小树林，当时，拉萨有限的几个车马店大多是这种形制，它有利于防盗，因为旧时的毛贼有挖土墙偷盗旅客财物的惯用手法，车马店用大墙围起来比较安全。

地图上城市四方数得着的大门有十多处，据甲日巴·洛桑朗杰介绍，大门中比较大、历史比较长的是鲁固大门，在一些老照片上能看到此门。

门仲桥和江冬藏都是林廓路的重要节点，甲日巴·洛桑朗杰说林廓就像拉萨河谷的坛城，得益于释迦牟尼佛和观世音的保佑，特别吉祥，所以民间谚语说：林廓内出生的人心地善良，还有一句谚语说：林廓内出生的孩子不会得麻风和癫痫。

值得一提的是，地图上我们在八廓街西北角原驻藏大臣衙门前看到两重带有内地汉族风格的牌楼式金顶大门，显示出拉萨是多种文明、汉藏文化的汇聚之地（拉萨曾经生活着很多汉族和汉人后代，有自己的帮会组织）。这两座大门后来不知何时被拆毁了，只是现在的人不知道罢了。

笔者听一些藏族老人说起拉萨曾有不连贯的城墙，这个在地图中部分得到证实，即鲁固坝子到城市东南拉萨河岸一带可明显见到有连贯的深颜色墙体。

甲日巴先生继续介绍：八廓北街嘎喜果林塔现嘛呢拉康所在地过去是拉萨市政机构朗子厦列空的刑场，有些罪行轻微的犯人在挨打示众后即可先行回家，但一般是慌不择路地进入旁边的寺庙供佛念经以祛除监狱的“晦气”。因此他们中流传着这样一个歌谣：“我的颜面发烫，屁股蛋也发烫；比起屁股蛋来，丢失颜面的痛苦更让我无地自容。”出嘎喜果林向北的小巷里当时有很多糌粑零售店，通往冲赛康坝子。

冲赛康（市场）过去就是一片水塘和空地，啥都没有。冲赛康市场的崛起完全是改革开放的产物，康巴商人最多，还有山南那曲的商人。

八廓街东南角上是“东孜苏”，那里的班丹拉姆浮雕像对着城市东北方向的拉萨河河堤，据说祈祷和供奉班丹拉姆会起到抵御洪水的作用。

在西藏的神殿里，班丹拉姆是位来历复杂且脾气古怪、变幻莫测的女神。据说她是千千万万女神的首领，被誉为“三界主母”，掌管欲界、色界和无色界一切生灵。她有很多化身，在民间传说中，她的化身又成了她的三个女儿：大女儿白巴东赞，二女儿东苏拉姆，小女儿白拉姆。因而其与拉萨河对岸的宗赞神之间的故事，就出现了各种版本，并有些自相矛盾。但主流的传说是，得知宗赞和白巴东赞的恋情后，班丹拉姆十分愤怒，于是将宗赞流放到了拉萨河南岸的奔巴日神山下，规定这对恋人一年中只能在藏历四月十五日这天相见。成为拉萨河两岸著名的节日——梅朵曲巴（鲜花会供节）。

最后，甲日巴先生给我们讲起地图上出现的一个陌生名词——热觉林卡，意思是牛角林卡。他说，过去拉萨这样的建筑不少，这是因为拉萨市场屠宰户留下的大量牛羊角被穷苦人家拿去用作建房、砌墙的材料，有些看菜地、守青稞田的穷人也喜欢用现成的牛羊角覆盖屋顶，在阳光下闪闪发亮，成为一景。先生记得大约是西藏和平解放前后拉萨曾建造一家胶水厂，人们把这些牛羊角拆下来熬成胶水供应市场，曾经的热角林卡就这样从拉萨地图中销声匿迹了。

他说拉萨古城的核心区八廓街可以算是当时拉萨的商贸中心。

1959年西藏民主改革之前，拉萨的城市面积非常小。拉萨老城最繁华的街道就是八廓街。环形的八廓街有来自各地的商人经营各种商品。八廓街东面和南面的商店大多是来自克什米尔的穆斯林开办的，他们主要经营各种毛皮、皮鞋、藏式帽子；八廓北街的大部分商店是来自尼泊尔的商人开办的，他们

东孜苏街区（金海摄影）

主要经营彩缎、手表、布匹、毛料、糖果、煤油、玻璃等商品。当中有几户商家还会制作铜器和银器，有一家还能修表和收音机。八廓北街朗子厦对面有家尼泊尔人开的照相馆，因店主肤色较黑，被称为“撇布纳日”，还有一家汉族人开的“理发店”[①]。这儿也有藏族人开的店，像江孜丛康（商店），“国医大师”、著名藏医学家强巴赤列就是江孜商户的儿子。还有“崔那丛康”商店等，但是八廓北街大多还是尼泊尔和藏尼混血的“卡杂热”开的商店。其余才是汉族和藏族商人的商店。

八廓北街再往北的清真寺一带居住着一些风筝[②]匠人。

八廓街西北角连接吉日街区的小巷是云南商人汇聚的地方。

街东和街南有北京商号等汉族店铺和饭馆，主要卖瓷器、

① 拉萨等中心城镇过去主要由汉人后裔开办理发馆，但不做发型，也不接待女客，只会剃光头和刮脸。寺院僧人自行理发。藏军中的汉式兵营老兵习惯理一种“清朝发”，即“阴阳头”，头发的前半部分剃掉，后半部分编成发辫，这是因为早期清兵以骑兵为主，剃掉头发前半部分有利于马上驰骋挥刀、不挡视线。西藏和平解放后，拉萨等地出现大量居委会合作社性质的现代理发馆。

② 格调独特的西藏风筝流行于拉萨、日喀则、山南等地，并传到邻国尼泊尔、不丹，清代盛行于藏族上层。传说十三世达赖喇嘛偏爱风筝，曾为专供风筝和加工筝线的艺人“上哉”加封印章。当时西藏最有名的风筝艺人就是穆斯林工匠“上哉”（拉萨当地人称其为巴依沙木哉），以及藏族匠师次仁和日喀则的拉达卡其等，其产品有特殊标记且制作技术精湛、特色鲜明，颇具影响。藏历八月，卫藏地区风力较足，是放风筝的季节。民间认为，风筝放早了，秋季就会过早终结。可见西藏风筝的放飞有许多规定。在时间上，拉萨在雪顿节后放飞，日喀则则必须由东头宗的俗官先行放飞。风筝的形制与使用也有年龄的规定，如六轴、八轴、十轴风筝，必须按年龄大小分开选择。

绸子、锦缎、海干菜、鱼翅、鱼肚、虾米等①。

被环形街道包围的宏伟建筑就是大昭寺了，冬天这里要举办非常重要的节日“白莱岁却”。

而八廓南街是藏商的集中地，从内地进货的藏商卖醋、酱油等，从印度进货的藏商卖丝线、印度毛料、葡萄干等。这里的吉堆巴院里曾经创办有“国立拉萨小学”，培养了很多藏汉语人才，西藏著名学者赤烈曲扎等，都是从那里毕业的。据说吉堆巴院里还有国民政府设立的“测候所”，具体情况不了解。

再往南的拉萨河河堤附近住着拉萨独有的“坝后人”热加巴。

西街唐柳处有位叫“阿妈波觉”的老太太卖藏纸、墨水等文具，拉萨的小学生家长都去那儿采买“文房四宝”。拉萨本地商人在这一带卖各种土产植物染料、炒菜锅和炒青稞锅等，以及鞍具、卡垫、栽绒藏被等。

八朗学一带基本是康巴茶商。夏扎府邸附近有很多乞丐专事修补陶器等活路。

热木齐（小昭寺）一带当时叫作“撒康雄”，意思是饭馆一条街，有甜茶馆。

鲁布地方有八九家汉族人家经营的菜地和养猪场，以及大部分汉族人参加的帮会组织。

吉日为皮匠街之意。

---

① 甲日巴先生说：西藏人过去是有吃“虫子”的历史的，藏语叫“放桌子”，为所谓汉餐十八盘，但不吃蛙类。20 世纪 40 年代达扎摄政时期以奢侈浪费为由禁止了一段时间，因此，肉丸子、碱面条等藏餐在此期间得到较大的发展。

八朗学街区（金海摄影）

八朗学街区（金海摄影）

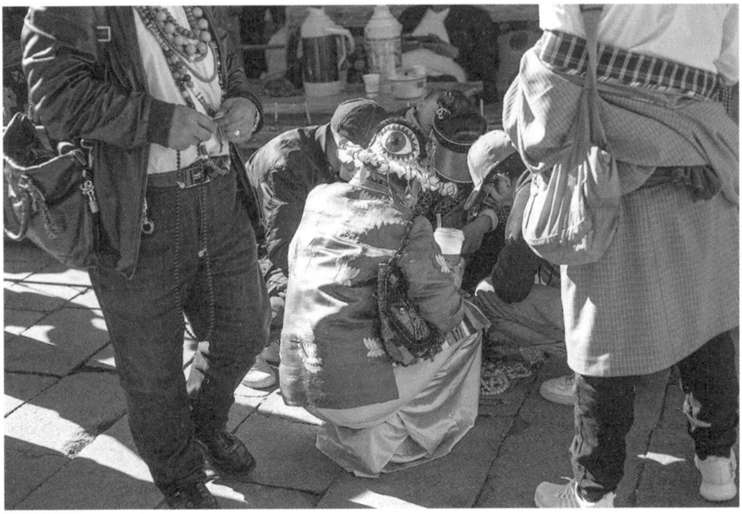

移动地摊小贩

钦古为蒙古人支毡帐居住之意。

据先生回忆，当时，拉萨古城卫生条件差，上述丹杰林当惹湿地实为城市露天下水道，妇女出门需备两双靴子，一为水靴一为干靴，因为到处是污水塘无处下脚。

洛桑朗杰先生说，八廓北街嘎喜果林塔现嘛呢拉康，出嘎喜果林向北的小巷里当时有很多糌粑零售店和地摊儿，通往冲赛康坝子。当时有些生活非常贫困的人只买够一天吃的糌粑。

说到冲赛康，说到糌粑店，不能不说说吉苏先生的故事，他是 20 世纪三四十年代拉萨城里的落魄贵族。他虽有为官的名分，生活却极其俭朴；他家徒四壁，但却饱读诗书，才华横溢，是一位具有平民性格和叛逆精神的幽默大师。据说他居住的小小居室是按照西藏比丘僧舍的内部规格布置的（西

清真寺外的夜市

藏过去有一种说法：真正潜心修行的僧人家中往往仅置炉灶和茶壶，主人临终时一蹬腿，把这仅有的家什也踢翻了，寓意“无常”与“寂灭”）。吉苏啦也是这样，虽然生活穷困，为了钻研学问而不问俗务，然而这一点儿都不妨碍他拥有一颗智慧而快乐的心。

正是由于他专事学问，不务俗事，导致家贫，每天早晨买糌粑充饥被人耻笑，他就在脑袋上挂串核桃，在好事者面前昂首挺胸、招摇过市，意思是叫人少管闲事、好自为之，在市场上引发哄堂大笑。

八廓街除了商店外，还有小型的、家庭式的饭馆和酒馆等，以及露天的鞋摊、帽摊。

当时的冲赛康没有商店，是一小圈空地，主要经营饲草、陶器等，鞋匠的行会组织“杭所基巴”等设在这里的一栋房子

东孜苏街区（金海摄影）

里，大昭寺附近还有画师的行会组织“随炯哇”，以及小巷里零零星星的裁缝铺。

八廓街从四面八方向外辐射，形成许多相对独立的中、小街巷。走出八廓东街不到十米的措那巴小巷，有一个专门经营牛肉的市场，经营牛肉的人都是拉萨的回民，这条街因此被称为“夏冲沃”（卖牛肉之地）。夏冲沃东边是“翁堆星喀”（上庄稼地），这里是露天商场，许多摊贩摆摊销售旧衣服、旧家具等，凌晨天不亮前还有“鬼市”也叫“那丛”（黑市），卖些来历不明的货物和死人用过的东西，聚得快散得也快，有一句谚语说：“翁堆星喀的早市，匆匆忙忙只有一个早晨。”而天亮后，这里则成了一个骡马市场，还有几家给骡马钉铁掌的门面。

“翁堆星喀”东北面的一条不很宽敞的街道上集中了民间皮革加工作坊和他们生产制作的皮革商品销售街，这条小街因此被称为“吉日”（烧制皮革的地方）。八朗学街道上居住的大部分是来自昌都地区的康巴人，主要经营茶叶。“铁崩岗”街道是郊区农民销售牛粪、木材等燃料的地方。老城区商业活动的主要场所大致如此。

著名的拉萨藏医院（门孜康）创建于1916年，他们出版了西藏著名的“门孜康历书”，开办有全西藏独一无二的“历算门诊”。

门孜康

大昭寺正西，丹吉林寺西南面，宇妥桥东北处一块长着树木的风景优美的沼泽地，1916年，西藏地方政府在此创建了门孜康。

在藏语中，“门”指医药，“孜”表示历算。因此，门孜康意译为“医药历算院”，后发展成为引人注目的西藏自治区藏医院。

西藏地区素来重视医学教育，五世达赖喇嘛阿旺罗桑嘉措时期就兴办了药王山医学利众寺。十三世达赖喇嘛时，医学教育再度兴盛，1916 年创建门孜康，并任命钦绕诺布为该院院长，主持工作。在钦绕诺布主持下，门孜康建立了一套较为严格的教学制度。学员由各地寺庙选送，最多时达 150 名。学习内容除医学必修课外，还包括佛学、语言学等，医学本科主要学习经典著作《四部医典》。此外，还着重讲解人体的脏腑解剖、藏草药知识。

1959 年以后，门孜康与原药王山医学利众寺合并，成立拉萨藏医院，即西藏藏医院的前身。成立住院部及设备先进的藏药厂等。不仅在国内知名，国际上也很有名，每年来求医购药者，络绎不绝。

老门孜康建筑为一坐北朝南二层藏式楼房及巨大的院落。老门孜康的创办者钦绕诺布曾住在小楼西头，后在建设朵森格路时拆毁了一部分，中间的大房间是教室，著名国医大师强巴赤列晚年一直住在由教室改建的套间里，接诊号脉，直至最后无法动弹，他把毕生的精力都献给了藏医药事业和患者。

此外，藏医院还有一所研究所和制药厂。研制的藏药，除自用以外，还供应全区各医院和区外医院。他们生产的“珍珠七十味”丸药，获得国家银质奖章。

门孜康被称为中国藏医药界历史文化的“活化石”。如今，百年过去，门孜康依然伫立在雪域高原澄澈的蓝天下，由它而来的自治区藏医院（现已搬到娘热南路）成为了全国规模最大的集医疗、预防、保健、科研、教育、藏药生产为一体的国家级藏医院。

藏历历书

西藏历书由寺院及藏医院出版。

藏历的历书在藏族地区的农牧业生产方面起着一定的指导和参考作用。农业方面，它给农民提供了当年的雨水、霜露、干湿、地力肥瘦、早中晚播时间以及风、雪、雹等方面的气象预报；牧业方面，它为牧民群众提供了当年的牧草长势情况，风灾、雪灾方面的预报甚至还有牧民迁场时间、骡马驯化时间等方面的具体指导和建议，深受牧民朋友的欢迎。

在过去，拉萨八廓街的露天书摊上很少见到当年的历书。传说八廓一带有这样的习俗，每当新年的历书出来后，门孜康的一位喇嘛就把《春牛芒神图》画在一张大纸上，挂到八廓街的人行道上，对着图画，用唱腔给街头的行人讲解来年的天气形势和农事方面的情况，听的人总是里三层外三层挤得满满的，这曾是拉萨一般老百姓（特别是农牧民）了解历书内容的主要机会。图画中是一位牵着黄牛的牛倌（芒神），身后有农田、房屋，天上有云团、飞龙，远处有山岗、树木。画中人物的穿着、打扮、性别、年龄和黄牛走路的姿势、颜色、形态等每年都有变化，是依据天文观测结果而绘就的，象征着来年的天气形势。绿色的牛头，说明春天要刮大风；黄色的四肢，表示山谷、低洼地里收成不错；蓝色的腹腔，预示着雨水丰盈、涝害较多。对着历书，他们会朗朗上口地念出“牛王皮毛呈红色，青稞晚熟产量减，雷电雨水冰雹来”；“（牛倌）单穿左边靴，右脚靴子挂腰间，妇女忙来男儿闲”；“牛倌走在牛王前，庄稼早熟利于畜”；“牛王张嘴往前跑，人口兴旺乳品多”等等。

冲赛康是值得感恩的地方——八廓街区冲赛康摆摊老人阿觉口述

我们看见阿觉老人手上的佛珠串装饰物竟然是用古旧的伊拉克蜜枣核穿成的，日久天长，油光温润，微光闪烁，煞是好看。

阿觉感叹说：“这就是为什么说我们藏族人实在是个爱美物爱装饰的民族，玩古董的不愁找不到饭吃。”

此话怎解？30年前，阿觉去藏北剪收羊毛，当时还属于“文化大革命”破四旧、文化荒芜的年代，物资短缺，装饰品更是少之又少。他看到当地村庄附近有驻军，部队士兵丢弃的垃圾中有穿旧的翻毛大头皮鞋，附近的老百姓就把旧皮鞋鞋帮上穿鞋带用的那种白色的铝圈一个个仔细剪下来，擦拭得亮晶晶明晃晃，串在牧区少女的发辫上当做特殊的装饰品，给他的感觉是“一刻都停不下爱美之心”。

阿觉说：“我天生喜欢做生意。但对孩子们的要求是好好学习文化，没有文化的人就像牛羊，连上厕所都会找错门。至于我自己，只能而且只喜欢做点儿小生意。我要用做生意挣来的钱好好供孩子们上大学。关键是我不但说到了而且做到了。”

童年时期的经商路

我叫阿觉，今年70岁。我出生在西藏北部的安多部落。我的舅舅是当地非常有名望的一个商人。我从小喜欢这位舅舅的见多识广和伶牙俐齿，他也喜欢我的聪明、勤快。父母从小让我跟着舅舅学做生意。舅舅他们每年都要带着商队外出几次。一次是每年深秋季必去的“藏聪”（指去后藏的江孜、白朗等地区做盐粮交换)。

为什么选在这个季节?从我们这边讲,这时候的牛羊膘情好,驮东西不累;从农民那边讲,秋收结束,粮草丰盛。

可能时间长了舅舅他们觉得累,我是小孩,每天看到新鲜的景色和新鲜的人,只有好奇,只有兴奋。

我们一般是每天天蒙蒙亮出发,中午休息让牛羊吃草。

现在想起来舅舅那时候的生意可以称为"世交贸易":他这一辈子都只跟固定的对象即"聪夏"做生意,只跟他们打交道。

那么这些神奇的"聪夏"究竟是谁呢?他们是后藏当地的庄园管家。

依我看,做这种生意一点都不让人担心。因为按照沿袭至今的古老的规矩,每到一地,你只需把当地预订的湖盐、羊毛、皮张、油脂等清点、卸下即可,剩下的事情自由庄园管家们全权打理。

我看到他们办这种事情很有经验,除了留下自己及庄园所需,他们还会把附近农户都叫出来,让他们把粮食交上,把交易来的牧民的东西拿回去,还帮你把粮食装好袋,码整齐,你到时驮走就是了。

这时候,再穷的人家也会拿一小袋糌粑、青稞,面带着难色请求换点儿羊脂球、毛线,说等着给孩子过年用,也怪可怜的。

打小鬼精灵的我当时还奇怪庄园管家那么辛苦奔波图什么?一方面这是他们作为庄头、管事应尽的社会义务;另一方面,我看到舅舅从家里出发时,有一个箱子专门装了牧区上好的美食"忒"(用白糖、奶渣、酥油做成的糕点),原来这就是他送给庄园管家们的"见面礼",很受欢迎。

而且这种生意据我的观察，带着浓浓的人情味，你到庄园的空地上扎下帐篷，对方就会立马送来烧茶的柴火和煮肉的清水，嘘寒问暖；而你的牛羊下的粪料就像是送给农民的“礼物”，你走了他们会捡得干干净净。

返回前你再把牲口中老弱病残的卖给当地人，皆大欢喜。

江孜、白朗的青稞真好，我们总是满载而归。

但并不是所有生意都那么顺利。我们后来还去过拉萨北边的一个小村落，那里的老百姓就很滑头。那里有一种颜色和形状特别像青稞的小石子，你一不小心，人家会把粮食和石子儿混装，那你就惨了。

除了这个“藏聪”，还有一次是要参加藏历六月在当雄草原举办的“当吉日玛”物资交流会，印度商人、尼泊尔商人、卫藏商人、羌那曲的商人、康区及安多的商人都聚在这里，以物易物。

我就跟着舅舅学做生意及识别珠宝的知识。

我们藏族人为什么喜欢金银珠宝，因为这是财富的象征，没有这个你不能算是富人。你有千万存款，别人是看不到的，所以这也是个“面子工程”。而且珠宝是移动财富，一有风吹草动，容易携带转移。

长大以后我去过上海、北京、山西。

上海很大，高楼大厦，我看到了大海，还有黄浦江。那么我就把内地现在的东西和我们西藏的老东西比较一下，内地的东西是种类和数量极其丰富，要什么东西只要你能说出来他就能找到，还比较便宜。

那么西藏过去的老东西有几个特点，一是美观大气，二是特别结实耐用，想得长远，过去买一套上好的马具能用两到三代人，一件衣服能穿十几二十年，三是西藏留下的老东西相对比较少，“物以稀为贵”，收藏家有攀比心理，大概这也是现在那么多内地人喜欢淘西藏老东西的原因。你看过去，人们比吃比喝；后来我记得七八十年代参加赛马会，你穿一条崭新的羔羊皮袍子，别人就围拢过来看你的稀奇；再后来比汽车、摩托、房子；现在你到我们老家过年，人们只注意你脖子上戴了什么。人挨饿的时候一袋糌粑最珍贵，黄金、珍珠你咬不动，所以这就是人们生活富足的表现。

旧时代的牧民没有安全感

你带来的这个东西可以叫做“火药桶”，是藏式枪保存火药的装置，也是计量单位，正好是放一枪所需要的火药量。装火药必须用牛角，放得越久火力越大，放在木桶或布袋里，容易受潮，药力消失也快。

你看，这就不是你说的木质，虽然像，其实是用牛角磨出来的。

外面打磨得很光滑一目了然，但是里面是怎么弄得呢？当时没有别的工具，猎人们找一根粗铁钎子，在火里烧红了，往里面一点一点地掏，直到把里面掏空，这需要一定的技术。牛角的处理也有讲究，掏空里面之前在火上烤出来的叫“美惹”，比较脆硬，在水里煮出来的叫“曲惹”，非常有韧劲，有经验的老人看一眼就知道。

所谓藏式杈子枪，从历史上讲并非产自西藏，最早是蒙古人带来的。

后来看这种枪销路好，又被内地人仿造了一大批带到西藏来，这种枪管是三角形的汉式藏枪很容易认出来，而蒙古藏枪的枪管是圆筒形的。而且蒙古藏枪的枪膛里有一种螺旋线，不知道专业上叫什么，因此火力比枪膛光滑的汉式藏枪大。

你这个带花纹的皮袋子是装铅弹的工具。西藏有铅矿，有经验的牧民把铅矿粉堆积起来，覆盖一层厚厚的牛粪。过两天一看，把土里的小铅块一个个捡出来。再把铅块熬成铅水，放进专门的一种石质模子里压模，铅弹就制成了。

以前的铅弹有两种，一种是纯铅弹，打野牦牛等大型猎物用，另一种是在模子里放一块石子，用铅水包圆压模，打小猎物用得多，一是射程远，二是节约材料。火药的做法也有很多特点，就不多讲了。

我的舅舅有一次用一把进口钢枪和几十发子弹从安多牧区换了二十几头牦牛，绝对算是暴利生意了。这就说到了牧人为什么那么喜欢枪？打猎是一方面，还有一个原因是当时的人在生活中没有安全感。

旧西藏特别是我们遥远的羌塘牧区，社会治安是比较乱的，因为没有人管。甚至有穷苦人家以打家劫舍、偷盗为生。

你看现在的人都喜欢露富露财，当时哪儿敢呀！家里有点儿东西藏还来不及，谁会去显摆呢？为了安全，人们就特别需要配备刀枪等武器。如果一个家庭没有男丁，那就更受欺负了，人家会撇嘴说“她们家，没有人嘛！”可以说是朝不保夕。当时的真实情况就是这样。

没有税赋的市场

冲赛康就在八廓街西北面。刚开始就是一块空地，再早前听说是小水潭，叫色琼当热（湿地）。

我小时候湿地已经干了，记得一块不规则的空场上停放着马车，摆放着燃料，有小孩玩闹。

我自己到冲赛康是 20 世纪 70 年代末 80 年代初以后的事情。

那个时候政府在这里盖了块遮风挡雨的铁皮大棚，人们就自己拿一条板凳占一块地方摆摊，放上家里带来的地方特产，什么桃干、核桃、苹果、青稞酒、酒曲子，牧民的话什么羔皮、牛羊皮、羊毛、牛尾、奶渣、酥油、盐巴，就是西藏各地的土特产品的集散地，倒是蛮有味道。

但是市场刚开张的时候，管理人员很少，不像现在这么有安全感倒是真的，什么强买强卖的，因口角、纠纷打架斗殴的也不是没有，我也遇到过，但是你强他就弱，你不能怕他。

我自己刚开始做皮张和绒毛生意，当时西藏的羊绒生意被外贸部门垄断，个人不能私下交易。那么我转行，后来才做的旧货生意，也图个方便，因为卖个羊皮、酥油，东西放久了是要坏的，旧货生意不存在这个问题。像现在这种珠宝“站商”，当时还没有出现，人们的第一个念头还是吃饱穿好。

珠宝“站商”是80年代初期才出现的，这本身就是人们的生活水平得到提高的表现——肚子饿的发昏的人对面前“诱人”的珠宝不会有多看一眼的兴趣，它当然也是商品市场繁荣的表现，因为当时政府开始盖商品铺面以满足越来越多商人的需要，但是铺面毕竟有限，有些人就开始把珠宝首饰挂在身上游动出售，何乐而不为呢？什么时候冲赛康的生意彻底好起来？1985年以后了。这之前的冲赛康是有好东西，但是人们的购买力不行，可能买个千把块钱的东西，有时候一个人还承担不起，需要几个商人，大家合伙出资，然后等货出售以后再把利润平分。

我们这些流动商贩，包括很多康巴人，漫无目的地游走在人群中，看到一件中意的东西，就会用西藏最具特色的“袖筒生意”讨价还价。

这种交易的便利和保密性显而易见。即伸出食指为1；伸

冲赛康市场

出食指和中指为 2；伸出食指、中指和无名指为 3；伸出食指、中指、无名指和小指为 4；一只手手指全伸出来为 5；只伸出拇指和小指为 6；握拳为 7；伸出拇指和食指为 8；伸出弯曲的食指为 9。两次伸指，第一次伸指为十位数，第二次伸指为个位数。例如第一次伸出 4 个手指（食指、中指、无名指和小指），第二次伸出 2 个手指（食指和中指）合起来就是 42。又如，第一次伸出拇指和小指，第二次伸出拇指和食指为 68，以此类推。

但是我听一些老人说，西藏和平解放前拉萨的旧货市场并无此交易习俗，只是在翁堆兴喀一带叫做“达充木”的骡马市场上人们喜欢用这种方式“搓价”。

冲赛康的康巴站市和他们的袖筒交易方式完全是改革开放、市场经济繁荣后自发产生的事物，有着鲜明的时代印记。

那时候商人是很多，但是兜里揣千把块钱的可没有几个。

你说内地人吗？那个时候内地商人在冲赛康只做成衣、食品等生意。1987、1988 年以后他们中的一些人主要是江浙一带来的镶牙匠人看到珊瑚、猫眼石等非常值钱，凭借职业特长，开始回家琢磨制作高仿“珠宝”，又回流到这里，冲赛康的生意开始需要“小心”了，特别是新手。

不识货的人开始被淘汰，歪打正着，人们有了钻研的欲望。

以前来这里淘货的汉族人非常少，宝物多在藏族人之间流通。最近十几年，藏传古物价格疯长，越来越多的内地人包括游客和专门收购古董的人趋之若鹜。也有外国商人连着住几年专门收购旧东西的。

看老东西，靠上手，靠经验，靠天分，教是教不出来的。老猫眼石，那种几百年来人的精、气、血渗透在里面的感觉，做假做不出来，懂的人就是能看出来。所谓老猫眼石上的“朱砂”，是早期人类在制作它时，在原石上划黑白两道线，为了使线条看起来天衣无缝需要在不大不小的羊粪蛋火中“酿”很长很长一段时间，那么“朱砂”就是火烧留下的痕迹。就是时间的力量。就是这个道理。

当年特别是20世纪70年代我们一起在冲赛康“站街”做生意的老面孔已经基本看不到了，有也的撤到朗赛商场、尼桑辰波商场租柜台经营，不大到这里来。

我为什么还在这里，第一我的生意没有他们那么大，我要养活全家，做生意挣的钱存不住，没有他们那么多本钱；第二，我是在部队里学过很多手艺活（石匠活、铁匠活、木匠活、烧锅炉、修理都在行），修修补补都会；再就是我年纪大了跑不了太多地方，我就坐在这里收东西。因为我腿脚不灵便，（当有人出货时）抢东西我抢不过年轻人，那就把别人不要的“残次品”（其实都是挺不错的老东西，品相差点、有点瑕疵而已），以较低的价格买下来，然后用我的手艺特长，加个把子，补个缺口，安个铃铛，镶块银片，捅个洞眼，拿出来看，有模有样，再出手就容易了（别人可能也会加工，但那得做的像模像样才行呀，我老了嘛，看的旧东西毕竟多，这也是优势）；第三，商场里的那些大老板一般有人专门看店，他们自己经常出去，国外呀内地呀，建立商业人脉，我呢第一出不去，一个人嘛，第二我也去过上海等“藏传”市场比较红火的南方地区，但是正如商场谚语所说“藏人毁于希冀，汉人毁于猜忌”，那边的商家要相信我这样一个陌生老头很难，那我还不如回来；最后一点，现在的藏族大商人和有文化的年轻人在“电脑上、网上做生意”厉害，动辄几万几十万，不见硝烟，这个老汉我不懂，就安安静静待着吧。但是拉萨民间最好的古玩其实不在这里，在那几个著名的大商场和私人家中，不会出现在这里。所以冲赛康只是个末端市场，但是它带给你的热闹、惊喜和乐趣是别的任何地方找不到的，这就是我喜欢它的原因。

我给你说个故事，是 30 年前我在冲赛康亲见。当时有个康巴老板，他的摊上摆着一块其貌不扬的瓷器，谁也看不懂，也没人要。放了很长很长时间，价格从几百块钱降到几十块钱，还是没有人问津。有一天来了一位安多的朝佛喇嘛，他左看右看后问多少钱？老板说 30 块钱。安多喇嘛也不还价，掏出 30 块给老板。“我可以拿走了吧？”“可以，拿走”。安多喇嘛二话没说“当啷”把瓷器摔到地上打碎了。在人们惊愕之际，碎片中出现一块黄灿灿的东西——一枚金币！安多喇嘛对着金币吹了口气，似乎是自言自语：“我要找的就是这个。”飘然而去，一群看傻眼的人杵在那里半晌没有反应。

所以说冲赛康是永远“读”不完的。你觉得明白了，更多的疑惑还在后面，这就是为什么说藏族文化博大精深。

从小时候到现在，我一辈子做生意，半辈子在冲赛康，窝在家里打麻将，晒太阳我也不会，也不习惯，我特别喜欢冲赛康的氛围，看别人挣钱，识别各种稀奇古怪的玩意儿。乐趣太多。

可以说这是小古玩商的福地。开饭馆的、卖百货的在这里租个房子你就得掏钱，天经地义。你一个卖酸奶、卖土豆的，只要把东西放下，人家有权撕下一张纸：“卫生费！”我们是把东西挂在身上走来走去，人家要收费都觉得不知道怎么开口，其他生意人嫉妒我们是肯定的，所以说冲赛康是值得我感恩的福地，就在这里。

公堂梅朵曲巴——来自汉地的武士赤宗赞

“曲巴”，即祭祀、供奉、供养。

西藏古代有四大供养（曲巴）之说，吐蕃王朝的牟尼赞普时，首创每年定期在拉萨大昭寺供养律藏，在昌珠寺供养论藏，在桑耶寺供养经藏和大菩提等四种宗教活动，称之为四大供养节。

随着时间的推移，四大供养节逐渐演变为拉萨坚阿曲巴（元宵供养）、桑耶夺得曲巴（经藏供养）、热振库优曲巴（杜鹃鸟供养）和公堂梅朵曲巴（鲜花供养）等新的四大供养节。

萨嘎达瓦节前一天，藏历四月十四日一早，赤宗赞在自己的寺庙里接受供养，准备出发。

藏历四月十五是西藏萨嘎达瓦节，著名的公堂寺“梅朵曲巴”节也在这一天举行。拉萨河南岸次角林村村民都要于前一天前呼后拥地将宗赞神像护送到距此十多公里的公堂寺，与女神同住一宿，互诉衷肠。

节日当天，人们欢歌跳舞庆祝宗赞与女神相会、重逢，十六日再将宗赞神像抬回次角林村林卡净身，然后送回庙里，盼来年再会。这一民间宗教节日成为次角林村颇具特色的民间习俗，不但全村人倾巢出动举行欢庆活动，也引得附近村落及一些拉萨市民前来参加观赏。

来自汉地的武士——格萨尔部将的对手赤宗赞

出生于1930年的尼玛平措老人是次角林村四组人，老人性格倔强、阅历丰富，曾经是公堂梅朵曲巴节的主要组织者和参与者，堪称是次角林村及宗赞大神历史的活字典。

老人告诉我们说：我们这个地方有个赤宗赞大神，宗赞在藏语中的意思是占据山尖要塞的地祇。本地寺庙经卷里记载，赤宗赞原是古代中原地区汉国先帝的战将，他战死在沙场后成为今四川省内一座大山的厉鬼。

400 年过后，一个叫直孜达西的佛教中观大师来到该山岩修行，那个本事超强的鬼神变成一条大蛇缠绕大山，并且引来天兵龙将把各种兵器雨点般砸向大师修行处，显现各种鬼形怪态干扰大师修行。但是，鬼神使用各种伎俩并没能阻挡住大师修行。于是鬼神只得现身，说明自己的来历，请求赎罪。在大师给他传授了许多因果经教后，他发誓自愿变成佛教护法神，要求在各地佛教寺庙的门廊里立他的塑像，或在廊墙壁上绘画他的像，并跟随文成公主来到拉萨，成为佛教的重要护法神。

尼玛平措老人停顿了片刻，继续说道：我们当地民间传说中则说赤宗赞是从成都府一个叫桑唐马不（红铜坝）的地方来的，据说是唐朝的皇帝派他进藏为文成公主一路护驾来到这边的。他属于米西赞杰（就是人死后变成的暴厉鬼），他生前是格萨尔大王手下军官们的对手中一个叫霍尔·巴桑香波的赫赫有名的战将，所以这个地方的人自古以来没有说唱格萨尔故事的传统，如果当地人听到有人哼唱格萨尔故事马上会制止，因为宗赞大神听到后会非常烦躁。另一个方面是我们这个地方的人从来不会去拉萨关帝庙（藏语称格萨尔拉康）朝拜，我们小时候跟父母一起转林廓别人径直上帕玛日朝拜关帝庙，但父母总是拉着我们低头疾行，不会让我们跟着他们上去。

巴桑香波据说是格萨尔主要战将丹玛的死对头。有一种说法认为格萨尔勇武是因为有神助，而丹玛的勇武完全是靠自助，所以丹玛自称人杰、人雄。但即使这样，格萨尔大王在他 37 岁的时候还输过一场战役，而丹玛是战无不胜的，这说明宗赞的对手多么强大。丹玛和巴桑香波互相斗箭比试武艺，丹玛把巴桑香波的头盖骨都打破了，所以现在有一个说法就是宗赞大神的脑袋是由狗的天灵盖代替的。

正因为赤宗赞生前是被丹玛极不情愿地打败的，内心有大怨愤，所以死后很暴躁。而丹玛则善始善终，据说他的故乡在天竺，战争结束后他回到天竺颐养天年，这在格萨尔的众多部将中也是少有的。

至今，尼玛平措老人还记得宗赞拉康原来的位置在半山腰，“我出生的地方就在那边，小时候经常放羊去那儿，能看到一截建在岩上的石墙废墟，旁边有个废弃的水井一样的地方，传说那是宗赞大神找矿挖矿的地方，岩墙上还有一些石刻佛像。在我们本地的传说中，宗赞是‘鲁’（水中的精怪）和赞神合二为一的化身，而‘鲁’与猪相克，所以次角林村民虽不禁食猪肉，但为了避免激怒宗赞，绝对禁忌在村中养猪。”这条禁忌代代相传，很多村民已无法完全明了其中的确切含义，可是仍然自觉遵守。后来村里也曾养过猪，但全村的猪在某次发生猪瘟时全部死亡，村民认定这是地方神对破坏禁忌的惩罚，至此再也不敢养猪了。

正像尼玛平措老人所说，该护法神最初住在山顶，后来供养到崩巴日山腰上一个叫玛顶浆果的小屋里。因为大神性格极其暴躁，稍不如意就给当地造成灾祸。比如，过去当有人走到拉萨河北岸能望见土地神或护法神所在小庙——旧时西藏最主要的官道——江唐那噶（即今拉鲁湿地一带）时必须下马脱帽，不然会得癫病。传说他甚至曾把达赖喇嘛的坐轿都掀翻过。

因此，第八世达赖喇嘛降白嘉措不得不下令将其塑像搬到人们见不到的山下深沟中，并给凶猛的神像用金粉装饰，使神像的面容变得温和宁静。当地村民层啦告诉我说，公堂梅朵曲巴这个节日本身就是为了安抚和取悦宗赞大神暴躁的魂灵，让他也跟受他保护的俗人百姓一般享受天伦之乐，使其得以过上平和安详宁静的世间生活。

“听说从此以后，宗赞大神再也没有祸害过人了。”尼玛平措老人讲，传说当时在拉萨八廓那个地方有一母所生的三姐妹，大姐就是后来的公堂拉姆，二姐叫拉姆贝巴或拉姆扎木（俗称蛙面女神），三妹名叫班丹拉姆。母亲很喜欢乖巧听话的小女儿，对次女的态度一般。大女儿好吃懒做、性格怪异，还经常顶撞母亲，伤透了母亲的心。母亲预言她：由于你行为不端、五体不勤，将来要托生为受饿的乌鸦，因为饥饿而去偷牧羊人的干粮，被牧童用吾尔多绳石击中，伤及手臂。（预言灵验）她的手臂果然是断成两截的，现在的公堂拉姆就是一个断了手臂的残疾女神。而且母亲还不解恨，同时警告她即使以后找到爱人，一年也只有一次见面机会。这就是他们只能在公堂梅朵曲巴庙会上见上一面的来由，她等于是被母亲贬出拉萨城去的。

但是后来，这个面相丑陋的女人竟不可思议地爱上了拉萨河对面英俊威武的宗赞大神。这事被天母知道以后非常生气，不准他俩随便见面。从此，每年藏历四月十五日拉萨木如寺的僧人把女神塑像抬到八廓街南面的夏扎宅邸前，遥望河对岸心爱的人。她的身旁放着一口浅锅，意思是她如同坐在热锅上的蚂蚁一样强烈地盼望着与心爱的人见面。

而且，母亲在把她赶出拉萨城后，刚开始还不让这位女神住在富丽堂皇的公堂寺，而是让她在相距不远的地处山沟的曲龙暂栖（意思是让她长长记性），每年由曲龙寺属老百姓把她背到公堂寺与宗赞大神见面。

善良的曲龙百姓后来慢慢也知道了公堂拉姆那些不太光彩的过去，平时睁只眼闭只眼也就相安无事罢了，但有一次，在把她背往公堂寺的险峻山路上，突降暴雨、天昏地暗，不辨方向。时间也很晚了，村民们互相一递眼色，边是借着酒劲边是出于一种恶作剧的心态把她“忘”在山路上自己唱着歌迈着醉步回家了。恰好有公堂寺前来迎接她的僧人看到凄风冷雨中女神那副狼狈样，于心不忍，就把她接到公堂寺让她在公堂寺常住下来。这个故事的另一个版本是说衣衫褴褛、面黄肌瘦的曲龙人在把她送往公堂途中因劳累过度纷纷倒在地上睡着了，公堂拉姆醒来突然感到饥饿难耐，她偷偷变身为一匹母狼想去吃羊，被放羊的牧童发现，挨了一块石头把她的手臂打断了，她有点不好意思返回曲龙就躲了起来，被心怀怜悯的公堂寺喇嘛收养。

但因为她是路上“捡来”的，没有专门供奉她的殿堂，就把她请到一处名为贡布萨冲（指在当地自生自长出来的）护法神殿里一个非常偏僻的角落。历史上公堂寺曾遭受大火灾的破坏，很多建筑被毁。但贡布萨冲殿虽然也着过火，至今还能在半糟朽的屋檐下部看到被火神舌头无情舔舐出来的痕迹，奇迹般得以保存下来，据说就是因为护法神贡布萨冲凭借那种“强龙压不住地头蛇”的蛮劲一边恶狠狠地念咒一边死死用铁掌抵住大门，任凭如何毫不退缩，殿堂建筑才没有造成实质性的损毁。

当地人后来告诉我，公堂寺历史上发生过火灾是千真万确的事情，幸存下来的老建筑就只有这几个不多的殿堂。之前这里不叫公堂寺，叫崩唐寺，意思是有十万名僧伽驻修的寺院，据说早上这边念经拉萨都能听到。火灾之后元气大伤，人们在废墟上重建了现在这个规模不大的寺院。其结果是公堂拉姆因祸得福，她开始对公堂寺僧人特别感激，终于成了一个不再那么心猿意马老老实实待在庙中的女神，并逐渐受到当地百姓的喜爱和供奉。

尼玛平措老人还额外给我们补了一课，他说：宗赞大神最早的情人还不是公堂拉姆，而是一个叫卓玛吉姆的民女，她的塑像现在还在公堂寺的一处石阶边，她的这个极其简陋的居所其实跟公堂拉姆的住处只隔着一层窗玻璃，但一个在屋内被人朝拜供奉，一个在走廊边上遭受着风霜雨雪的袭扰。她为啥要被安置在公堂拉姆的窗户底下呢？就是因为公堂拉姆虽然把她的丈夫抢走了，但作为三角关系中的强势一方，她当时假惺惺地说“我虽抢了你的窝，嗨！还是给你一条路吧”，答应“照顾”卓玛吉姆的生活，早中晚为其提供一捧“够装在核桃皮”里的糌粑和一小杯清茶，算是抢走她丈夫所付出的“补偿”。

要论起由头，这个事情其实也是心狠手毒的公堂拉姆使坏的结果，因为刚开始宗赞大神与卓玛吉姆还有藕断丝连的关系的时候，每当宗赞大神四月十四日出发去公堂寺与公堂拉姆幽会的路上，在拉通鲜卡附近需乘坐牛皮舟渡过一片风平浪静的沼泽地，但却每次都是风云突变、事故连连，用当地人形象的说法是“欲渡百匹骏马，百匹骏马被掀翻；欲渡白条壮汉，白条壮汉落水”，原来这都是自私自利的公堂拉姆欲与宗赞大神独享爱情故意念咒作恶的结果，宗赞大神拿出纯金做的索儿（耳坠）苦苦哀求，公堂拉姆不为所动。无奈之下，宗赞只能选择与原配夫人卓玛吉姆“协议离婚”。拉萨的老人据此说：挖别人的墙角，夺别人的丈夫，是从公堂拉姆开始的。

显然，他们之间的所谓“爱情”难言甜蜜。

我们芝巴人曾是十五的丐帮主，十六的贵妇人

但是当地人非常信奉“负心汉”宗赞这个乡间土地神，发生了任何不幸的事情（如丢失家畜、生病等）总要先到土地神庙去占卜算卦，除了每遇吉日供奉之外，每年的藏历五月和十月人们都要身披古代盔甲，手持刀矛等武器，舞着古老的歌舞举行盛大的夏供和冬供；每年的藏历新年三号那天该村的人们带着敬神的食品、青稞酒等供品从四面八方聚拢到该庙祈祷供奉土地神，集体念诵酬谢神佛的颂词。

他说，当宗教信仰政策得到落实的时候，我们把“文化大革命”中受到损坏的宗赞塑像重新立了起来。

后来我们找到给大昭寺维修工程工地的金属匠铺，那里有一些来自康区的能工巧匠在维修大昭寺的佛像，我们带去的宗赞到那儿就小巫见大巫了，工匠们说这儿缺个玉石，那儿缺个玛瑙，我和一个同去的叫波拉巴的老人把自己耳环和脖颈上的宝石摘下来送给他们让他们将其镶嵌在宗赞身上。还是不够，我们同村的一位叫波多不杰的老人也在场，他有一颗单眼无孔，花灿灿、亮晶晶，极其漂亮的猫眼石，他就拿给工匠们看。康区的工匠都是识别金银宝石的行家，他们都凑过来问波多不杰啦这是从哪里来的？波多不杰啦轻描淡写地说这是我捡到的。他们互相传来传去，啧啧称奇。20 世纪 80 年代初期，西藏最时兴的贵重商品是高原型东风大卡车，有钱人都趋之若鹜。他们说老人家您这个宝石可够买 4 辆东风车呀，您愿意奉献吗？波多不杰啦毫不犹豫地说不要说 4 辆东风车，给 10 辆我也不要，就把它献给宗赞，镶嵌在大神身上，我就心安理得了。总之，就这样，我们费了九牛二虎之力重新把自己的宗赞大神迎了回来。

尼玛平措感叹道，我们次角林人对梅朵曲巴节的感情可

以用深入骨髓来形容，现在的人多幸福。但过去可不是，为了过好梅朵曲巴，旧社会我们被称为“十五的丐帮主，十六的贵妇人”。家境贫困的人十四号下午就渡过拉萨河，不管多晚多冷露宿露布绑仓（旧时代的乞丐窝）的旮旯角落里，十五一大早就在拉萨林廓路上乞讨，从一分一厘，“尕玛”“卡刚”“雪刚”“雪多”攒起来，都是当时谁都看不上的碎银子。我们兄妹三人辛苦乞讨一天的收入能买到小半人高的一袋糌粑，回到家，十六号就要把家里最好的衣服穿起来高高兴兴地去参加公堂梅朵曲巴节，连替人放羊为生的佣人这一天都会把牲口关起来喂点饲草去公堂看热闹。

当时的次角林村有 60 户人家，要每户出动一个男人作为这一活动的传承人，每个人的名字登记在册，再具体分工，敲鼓的 6 个人，引道的 12 个人，还有奏乐的，背面具的，每个人的工作分得清清楚楚。每到一地接受当地人的朝拜，为宗赞献青稞酒，为坐骑喂料喂水。高高兴兴地过一天。

原来在没有现代化运输工具出现的时候，背送宗赞到公堂寺的差事都是由次角林村当地的农民来承担。对这些人的挑选是非常讲究的，必须从所谓“骨系干净”、充满优越感的原住民约 12 户，包括德吉绕丹、拉古夏巴、紫噶、沃玛、次仁康萨等人家中挑选精壮男丁组成，一旦这些人被定为背送宗赞的人选，他们必须在藏历三月十五日集中在一起发誓在从此之后的一个月不同碗，不同床，不说脏话，不从事一切不洁净的事，并下跪向宗赞大神发誓服侍好他。在宗赞面前端起专属于自己的酒碗一饮而尽。宗赞自用的大铜碗平时是谁都不能动的，但这天每个发誓背送宗赞的男人都必须从宗赞碗里倒出头道美酒一饮而尽，以表忠诚。在四月十七日当一切活动结束之后他们到宗赞跟前再把誓言“赎”回来，才可和妻子同房。前提是首先必须让两位“情人”顺利相会、互诉衷肠。

尼玛平措老人笑言他们仅仅是“露水夫妻”，公堂梅朵曲巴的更多意义在于它所蕴含的民俗风情、传统文化及其在道德劝诫方面的丰富联想。

正如一位学者所说，每年一次的“梅朵曲巴”节更多是西藏村落文化的一个独特载体，其节庆仪式使村落的共同记忆不断得以加强，起到了维护地方文化、凝聚地域群体的作用。而且，这一节日俨然是一场人神同悦的演示性剧目，以迎合的方式表达了当地人对宗赞的尊崇，使人们建立了和神的密切关系，并获得了受神佑护的心理慰藉。

白莱岁却，大昭寺的吉祥天母节

“白莱岁却”是西藏古代祭祀女护法的节日。如今，“仙女节讨钱”已经成为节日里部分女士喜爱的活动，也可以说是西藏妇女地位得到提升的一个明证。

一

2014 年 12 月 5 日是藏历木马年的十月十四日。

下午，生得一副蛙面的班丹拉姆吉祥天母塑像便已被迎请到大昭寺中央的天井处。

大昭寺内的僧人在众人朝拜时给塑像刷上金粉，为迎接“白莱岁却”节做准备工作。

十五日清晨零点起，信众便已披星戴月地从四面八方涌向大昭寺。夜幕之下，人们向煨桑炉内抛掷桑叶、五谷，抛洒酥油水、青稞酒，以表虔诚，还有众多信众如往常一样，在大昭寺门前亮如白昼的灯光下彻夜磕头、念经祈福。

零下几度的气温丝毫没阻挡信众们的热情。大昭寺内人潮涌动，歌声阵阵。信众按顺时针方向经过蛙面吉祥天母塑像前，或抛掷哈达，或敬献鲜花。

天井内，来自西藏各地身着靓装的女子们手拉手唱歌跳舞，相聚在大昭寺内。歌舞谈笑之余，她们还不忘品尝青稞酒。亦有自带青稞酒的信众将酒倒入位于大昭寺院落中心的银质酒壶中，再从壶口处取饮或拿些去与家人、姐妹分享。他们相信，这样的酒是经过女神特别“加持”过的酒，会给他们带来一年的好运和福气。

走在大街上，可以看到成群结队的西藏老百姓，穿着节日的盛装，骑着自家的三轮货车，三轮车里载着青稞、面粉、豆子、水果等供品。大昭寺的僧人说：“每到这时候，各地的百姓都会把自家当年收获的粮食、水果、鲜花中品质最好的拿到寺庙供奉。”

供奉完后，人们聚集在寺庙前、广场上及院落内，以载歌载舞的方式迎接班丹拉姆节的到来。

寺院里还可以看到很多人排着队，这时人们将去世以及在世人的名字，由僧人用金汁写在红纸上，再由受人们尊崇的、知识渊博的住持以及僧人一起为活着的人们祈祷，为去世的人的来生而铺垫。百姓会把住持烧的供品及酥油残余的类似碳灰的东西拿回去，撒在自家的田地里，这样下一年又会有好的收成。

这一天，僧人们在服务大众的同时，会祈求众生平安，祈福世界和平。

二

拉萨著名文史专家甲日巴·洛桑朗杰先生说，在很早以前，在今山南市加查县境内的塔布琼果杰寺有僧人450名，附近还有大型“剁架”（驱邪仪式）场所，而其北山后的“西藏魂湖”拉姆拉错又是女护法神班丹拉姆的颇章“宫殿”和主要的驻锡地，因此每年都会在琼果杰和拉萨大昭寺同时举行盛大的“白莱岁却”，这个日子其实并没有现代人演绎的那么复杂，可以简单理解为“祭祀并求福于女护法神班丹拉姆的节日”。

据先生介绍说：“早年，苯教的女护法神叫色吉玛。吐蕃时期，佛教势力大兴，苯教逐渐式微，退出西藏腹心地区的历史舞台。传说班丹拉姆向松赞干布奉献了一件器物承诺担任大昭寺的护法，得到松赞干布首肯，等于她接了色吉玛的班成为大昭寺的新护法神。实际上，后来，班丹拉姆是不分教派、很多寺庙‘措勤’大殿及密宗殿供有的护法女神。”

如今，祭祀并求福于班丹拉姆的“白莱岁却”节已基本转移到大昭寺。对此，甲日巴先生说：“但是这个节日以前跟大昭寺的僧人应该说没有太多的干系。在早前的拉萨，宗教场所被分为‘宫巴’寺院、拉章、佛殿、拉康、‘日追’（山间修行地）等。大昭寺是一座地位殊胜的佛殿，里面没有学经僧，只有管理佛殿的香灯师等。”

“在当时的拉萨古城里，只有木鹿寺和喜德寺是属于布达拉宫孜译仓列空直辖的噶厦官方寺院，只有这两个寺庙有堪布，也只有他们才被允许身穿黄色的布质袈裟布道讲经，地位极高。当时，整个大昭寺三楼所有神殿的管理权，包括所得的一切收益都归属于木鹿寺，而班丹拉姆神殿就在大昭寺三楼，理所当然被视为木鹿寺的管理范围。

“每年十月六七号，木鹿寺的僧人把班丹拉姆的塑像抬出来，换上新装束，用藏族特有的‘巴琪’（糌粑面团粘净法）

清洁班丹拉姆的面具，将班丹拉姆的塑像用布帘围起来，面朝南，供奉在楼顶上。木鹿寺的僧人每天在此念经祭祀。另外从拉萨12家贵族大户中选出12位名为‘白岁玛’的盛装女（代表着‘丹玛久尼’即十二永宁地母）护伺女神。她们的装扮是各家女主妇亲自打理、隆重推出的，代表各家各户的脸面出场，仿佛拉萨的‘时装秀’。

“这时候，‘白岁玛’们自己还会从12个人中根据年龄和资历挑选领头人和领诵人，除了负责照应班丹拉姆，她们每天也跟僧人一起在班丹拉姆座前诵经祈祷，从六七号一直要坚守到十五号节日结束，所获得的生活待遇也跟木鹿寺的僧人一样，回家还有个女佣‘跟班’，很出些风头。

“十五日‘白莱岁却’正式开始的时候，班丹拉姆便被迎到楼下，沿途左手边的墙壁用白布包起来以示洁净。在一楼大殿，她先拜释迦牟尼佛像，再抬到天井里，等待出发。

“等到天快亮时，由一位经过特别训练、身强力壮，且有闭关修习经历、谙熟经咒的僧人钻进班丹拉姆的体腔，抬着她走出寺庙大门。抬着班丹拉姆经过的范围比今天的八廓街大得多，大致经过冲赛康、噶玛厦护法神殿、夏扎府邸、催科宅、桑珠颇章到鲁布坝子，每到一户人家门口，家庭主妇要盛装亲自迎接班丹拉姆，祭祀求福，中间有好几处地方要停下来抛掷‘朵玛’。最后返回大昭寺，迎坐在原来的宝座上，继续接受人们的朝拜。”

过去的习俗是拉萨百姓就在这一天正式统一换穿皮袄冬装（这之前哪怕孩子挨冻也只能加褂子不能套皮袄）。很多女孩在这一天先朝拜班丹拉姆，在班丹拉姆像前焚香祈祷，为自己将来许个好愿（据说女性这天许的愿通常是很灵的），然后参加由家长操持的成人仪式，第一次穿戴邦典和“巴珠”珠冠，以示可以择偶成家。

甲日巴先生说，在后藏等地也有女童戴邦典的，但这有严格的规矩，就是只能戴两幅料子拼接的邦典，寓意父母双全。而“白莱岁却”那天，拉萨的女孩成人新戴的一定是三幅料子拼接的邦典，中间的代表夫君，右边的代表自己，左边的代表子嗣，从此就可以成家立业。

再就是发辫，未成年的女孩只能梳独辫，成年仪式上可以梳两条辫子。一般是女孩 15 岁，男孩 18 岁举行成人礼，但结婚成家都比较早。

有的家长性子慢，女孩子都十七八岁了还没有穿戴“巴珠”和邦典，所以有一首女孩们中间悄悄传唱的“诉冤歌”：

阿妈咕叽咕叽，
普姆巴珠耀当；
蚌佐江洛沃乃，
大拔杰杰恰松。

意思是阿妈阿妈求求您了，您再不快点给女孩戴“巴珠”，本姑娘可就有未婚先孕的危险了。

三

刚才的说法是针对平民而言。而噶厦地方官员统一更换冬装的时间则是 10 天后的藏历十月二十五即甘丹安曲燃灯节时（而更换夏装的统一时间则为次年藏历的三月八日后）。

噶丹安曲，即一般所说燃灯日，宗喀巴于藏历十月二十五日圆寂，藏俗多于是夜燃灯供佛。

当时拉萨老城和布达拉宫下的“雪”还属于两个行政区

划，老城区由市政机构朗子厦管理，雪城则是由布达拉宫下的雪巴列空墨本管辖，雪巴人到大昭寺朝佛会说“去拉萨”，连小昭寺（热木齐）都不属于“拉萨”范畴，有言为证：“拉萨大又大，外加热木齐”，极言此地之繁华富足。

更为离奇的是，拉萨人偏爱“白莱岁却”节，而雪巴人却习惯过甘丹安曲节。拉萨人在“白莱岁却”夜晚要吃咖喱米饭，会给住在雪巴的亲朋送咖喱米饭吃；而雪巴人过甘丹安曲的时候也要给拉萨人回赠一种特殊的汤面“娘图”（意为怀念宗喀巴大师的面汤），礼尚往来。

甲日巴先生还对一些常识性的东西作了解释：“西藏的班丹拉姆有多种法相，除了人们熟知的温和相和威猛相外，另一种就是白莱岁却那天展示的蛙面相，虽然面相不一，其实都是女护法的不同法身，通俗地说等于就是一个人。

“人们一般流行的所谓班丹拉姆有几个女儿的说法当属民间故事范畴。很明显的一个例子是八廓街东南东孜苏拐角墙上的浮雕女神像人们喜欢称其为是班丹拉姆的女儿，其实呢，是班丹拉姆的另一个变身，因为早前在拉萨河还没有建设好防护堤的时候，从现在的贡布塘那个地方每年发洪水威胁拉萨古城，人们在此雕刻班丹拉姆神像，面朝贡布塘方向，意在震慑水妖，保护城区安全。”

“每个人都能讲出几段班丹拉姆的故事，她是我们拉萨城的护法神。每年的今天都会过来祈福，希望能够保佑家里的女儿们健康。”拉萨老妇人白玛次仁说。她手持系着哈达的青稞酒壶，为班丹拉姆敬献美酒，口中念着经文。她们会身着盛装、盘着极其好看的头发，带着各种精致饰品，到天母像前焚香话愿，带着调皮的表情讨点“酒钱”，就连年过半百的老阿妈也不例外。白玛次仁老人介绍说：“这是以前过节时，家里的爸爸或者哥哥因为疼爱女孩就会给钱或者礼物，但很少有主动讨要的。”此即所谓“白莱顿羌”。

拉萨的老辈人又会告诉你，所谓“白莱顿羌”最初的来源是辛苦钱或小费之意。

具体说来，在操办“白莱岁却”的十多天时间里，寺庙的执事和香灯师，地方政府各个机构的清洁员“改巴”，贵族家的仆从等连续工作辛苦，又没有“加班”补贴这一说，因此在节日当天有讨要“辛苦费”即“白莱顿羌”之说。但不是当面索要，仆从们会在一个洁净的铜盘子上放置一块折叠整齐的哈达向主人伸舌讨取小费，寺庙的值日僧和香灯师则会在大殿门口设置一张狗蹄桌，上面摆放一只木托盘，上面再贴上藏文字条，人们就会把小费放到里面。甚至于有些人家会在这一天向平时有求的寺庙、拉章、活佛送哈达和羊腔肉，这也叫“白莱顿羌”。

川帮后裔赤烈曲扎访谈录

赤烈曲扎（1937—2018 年），汉名瞿国纲，男，出生于西藏拉萨市。1958 年毕业于中央民族学院（今中央民族大学），编审，曾任西藏人民出版社社长、总编辑，西藏博物馆馆长等职，退休后受聘担任西藏大学客座教授、硕士研究生导师。享受国务院政府特殊津贴。

2013 年 6 月的一天，时年 76 岁的赤烈曲扎在拉萨寓所接受了本书作者的采访：

1937 年底，我出生在拉萨市一个汉裔裁缝家庭里。我的祖辈都是裁缝手艺人。

我的祖辈可能是清军进藏时来西藏的，到我这辈大概是第五代了。他们这一批人大都是手工匠人，有制鞋的、做豆腐的、理发的、种菜的，还有裁缝和厨师等。他们随清军进藏到拉萨后定居下来，跟当地的藏族妇女结合，生儿育女，扎根在那里。

我的家在原拉萨市南城区敏珠康琼院里。

我的爷爷叫坚参啦（汉名叫瞿玉堂）。作为川帮一员，瞿玉堂这个名字也刻在拉萨拔玛日关帝庙的匾额上（关帝庙是过去川帮年度祭庙的地方，川帮们自愿捐助钱物，大概民国初期川帮集资修缮了关帝庙，完工后制作了一块纪念匾，匾上有捐助者名字，以示纪念）。当时，拉萨的汉裔以川帮和滇帮为主，川帮比较杂，它是陕西帮和四川帮合在一起，以川帮为主而组成；滇帮的据点是云仁拉康（云仁拉康在拉萨市东城区吉日社区），滇帮大部分是做生意的，如茶叶、布匹等生意。

起初，拉萨有称为“嘉色麻钦”的汉裔厨师，拉萨的贵族和有钱人办宴会都请这些厨师，他们的身价是比较高的，因为大的汉餐所谓十八种菜肴只有他们会做。后来汉系各种菜肴的烹调手艺逐步传授给了拉萨各大贵族的家厨，这是后话。那时裁缝也很吃得开，因为当时藏族工匠都是手工缝制，而我爷爷他们那个时候已经开始使用缝纫机，做工快，线脚也很整齐，这就把他们的手艺提高了一步，有了竞争力。我手里至今还有一个当年爷爷用的熨斗作为传家宝保存了下来。我爷爷擅长做汉装，如中山服、长衫子等，很多国民政府驻藏办事人员、“国立拉萨小学”的汉族老师以及八廓街的汉族商人经常到我家定做衣服。爷爷还会做藏式长衫服“才齐玛”。

活路不太多的时候，爷爷还会结合市场需要做藏式的金丝帽，请人代销增加收入，他的手艺是很不错的。

我的奶奶叫格桑，是藏族。我的父亲长大后娶了藏族小商贩家的女儿贡觉。我父亲跟母亲结婚以后，我不到两岁父亲就病逝了，我还有一个姐姐。当时我母亲还年轻，父亲过世后她要求回自己的娘家，按照当地习俗，母亲只能带走我的姐姐，我属于父亲家，只能留在老屋，从此家里就我和爷爷奶奶三个人相依为命地生活。

1943 年，大概我 7 岁不到的时候，拉萨蒙藏委员会驻藏办事处的楼上建有一所“国立拉萨小学”。我印象最深的是爷爷把我送到那里读书。那个学校的学生大部分是汉裔后代。记得有一天回家后，爷爷严肃地对我说：我们家境不宽裕，就靠我们老两口做裁缝手艺过活，你父亲和我一样，也是没有文化，跟我一起撑这个家，他是积劳成疾早早病逝的。你一定要记住，我们家祖祖辈辈没有一个文化人，我特别希望你将来成为一个有文化的人，不要再去做裁缝这个苦活。我们老俩口商量以后决定把你送到学校去，学校的罗训导主任也同意接收。那个学校不用交一分钱的学费，家境贫困的有时还给一点生活补助。最主要的是人家教你知识。爷爷一再强调要我好好学习，千万不要贪玩。他的这番话在我的心灵深处刻下了很深的烙印。

后来我顺利上了这所学校，这所学校跟旧社会内地的中小学校差不多。学校还接收贵族与大商人的孩子，并迎合他们的意愿，开设了一个“特别班”，教学主要是汉藏文一起上。直到 1949 年出现西藏“驱汉事件”，从此学校关闭了。我在那里上了 5 年多的学，这给我打下了很好的汉语文基础。

学校关闭后，我没有地方去上学，只得靠我母亲家帮忙。

我母亲的老家是后藏南木林地方，她有个亲戚在色拉寺藏巴康村当僧人，母亲就求他收我为徒。

1949 年底把我送到寺院剃度受戒。在寺庙里待了一年多后，我的这个舅舅洛桑罗布当时在帕邦喀拉章当秘书，他是个有文化的人，藏文非常好，也很喜欢我，他就跟我奶奶讲：我看这个小孩非常聪明，可以把他送到私塾去继续学点藏文。

这样，我就保留僧籍，到甲巴康萨私塾学习藏文。私塾的老师是帕拉家的司库，舅舅跟他熟。我母亲在八廓街开铺做日常生活用品零售生意，生活稍微宽裕一点，她就给老师送了点礼，就把我收进去了。

我在甲巴康萨私塾上了两年学，一直到解放军进藏。这一段学习使我的藏文打下了比较好的基础。

1951 年，解放军进藏。当时拉萨城里谣言特别多，说解放军戴着口罩，是为了遮挡“獠牙”要“吃小孩”。我们小孩子感到好奇，部队进城的那天，我和邻居家的几个孩子一起早早地在街上等候进城部队的到来。不一会儿，我们看到队伍最前面的仪仗队彩旗招展，军乐队演奏着中国人民解放军进行曲，战士们迈着雄健的步伐，雄纠纠气昂昂地走过来。

由于高寒缺氧，长途行军，不少军人的嘴唇都干裂着，却不断地向路边观看的群众微笑致意，他们根本不像是坏人。

我们几个小孩子也不知道累，就跟着他们继续走，一直走到现在西郊的八一农场那个地方。当时那里是一大片荒地，解放军不住在城里，为了不扰民全部在野地里扎营，纪律非常严明，他们给我的第一印象很好。以我一个小孩的判断，觉得他们是好人。他们还给了我们一个传单，现在回想起来应该是有关《十七条协议》的内容。

跟他们接触久了，我的脑子里就开始起了个念头，想到解放军刚开设的社教班去学习。这在当时是不允许的，因为我是色拉寺的在籍僧人，寺庙控制严格，怎么办呢？

大概是 1952 年，雪顿节刚过，我从寺庙里逃出来，逃到我舅舅家，在他家躲了几天。舅舅问我是怎么回事，我母亲也赶过来了，我就如实相告不想当僧人，我想到社教班学习，在那儿藏汉文都可以学，两门课我都有基础，我很愿意到那里去。他们商量以后认为寺庙一定会追查，最后疏通关系，先把我寺庙的僧籍退掉，然后才开始准备送我去社教班学习。

但是怎么联系他们呢？恰巧我当年拉萨小学的几个同学在社会部当通司（翻译），他们把我介绍给了社会部一个姓王的干部。姓王的同志问我有什么要求？我说我很想学习，这是我最主要的诉求。他说学习是很好的，但是你这样走是不行的，你家里是怎么说的呢？意思是不经过家里同意随便走是不行的。他说这样好不好，如果你真想学习，你带我去你家里看看，我见见你的家长，看他们怎么说。他们做事很谨慎。

我就把他带到我家里，我奶奶简单介绍了我的家庭情况，告知王同志我爷爷在世时经常督促我努力学习文化，我也喜欢学习，请王同志帮忙，只要我能学习文化顺利成长，她没有意见。就这样，王同志正式把我介绍到了社教班去学习。

社教班是西藏军区干校附设的、为拉萨社会青年学习文化的一个教学班，得到西藏爱国青年文化联谊会的极大拥护和支持。很多青联会会员、社会进步青年包括很多开明贵族家的子弟纷纷前来报到。社教班的老师们非常和气，我在那里学了一年多。

1954 年，达赖喇嘛要去北京参加全国人大会议，西藏工委要组织一个参观团，参观团附设一个歌舞队，工委宣传部从社教班挑选有一定基础的一些小孩参加歌舞队，我被选上了。1953 年 9 月正式吸收我为参观团歌舞队队员，我从此正式参加了工作，开始拿到学员工资。1954 年 6 月，我们从拉萨骑马到昌都，从昌都开始有公路通往内地。

前后算起来，我在“国立拉萨小学”学了5年汉语，在私塾学了两年多藏文，在寺庙里住了一年多，虽然在寺庙待的时间不长，但是经书学了不少。经书需要背呀，虽然当时背的经书搞不清楚内容是什么，但后来在藏汉翻译工作和深造藏文时想起来小时候背的那些经书，有很大地帮助。总体上觉得社教班的学习对我影响很大，我到中央民族学院以后一下子可以插到初二班，而且完全能跟得上。

在我上的几个学校中比较起来，“国立拉萨小学”跟当时内地的学校差不多，是一个比较正规的学校，一二年级还有藏文课，我估计不少学生听不懂汉语，一开始讲藏语有个对照就好理解，三年级以后以汉语文为主，还有算术、公民、常识等课程。

公民教育主要讲国父孙中山的故事。星期一有个周会，要向国父遗像敬礼，念诵“国父遗训”，校领导交代这一周学校的活动安排，每天早上上课前列队升“国旗”、唱“国歌”才进教室。我们的操场设在联欢社，大概位置是现在西藏自治区群艺馆一带。联欢社的礼堂就是搞周会的地方，那里也是驻藏办事处搞各种联谊活动的场所，还有一个简易操场可以进行体育锻炼。联欢社又是幼教班所在地。西藏和平解放后拉萨的第一个部队便民诊所就设在那里。

“国立拉萨小学”还有“国语”课本（不是人手一册，我跟同桌同学共用一本课本），不管是油印的还是铅印的，总之很重视“国语”教育，课本可能是从内地带过来的。像《三字经》等都要背，背完了要默写，四年级开始要写作文。

还有普通常识课。讲为什么刮风、下雨、下冰雹等，内容不光讲科学常识，还有一些哲理。这些课给我的印象很深，对小孩的启蒙教育有很大的作用。再就是音乐课，课上不会讲多少乐理，老师用一个脚踏风琴伴奏教大家唱歌，把歌学会就行。我们上个把小时课，课间让人家休息一下。

私塾我上了两年多，私塾一般是由“根达”（相当于班长）和“遮架”（意为“纠正”或“书改”）负责，这两个人都是由老师指定的学生担任，“根达”负责日常管理和纪律，“遮架”专门纠正你的书写字体规范与否，老师不定期进行抽查。私塾对一年一度的年考很重视，每个学生都要认真做好准备，老师会将每个学生的藏文书写成绩进行评比，分出优劣，排出名次，给前三名优等生献哈达，以资鼓励；劣等中的最后一名学生要向文殊菩萨磕三个头，用竹片敲打空酥油包三下，以示处罚。私塾的特点是阅读能力和书写能力抓得很紧，早晚注重念诵，白天用于书写，而且在这些方面很有成效。

寺庙的教学又是另一种方式。凡是剃度受戒、穿了袈裟的僧人首先一律要学习背诵，叫“曲觉布迪”（ཆོས་སྤྱོད་པུ་ཏི），意为平时要念诵的所有经书之汇集，要在三五个月内背完，大经堂法会上念的就是这些经，如果师傅好的话还会做些讲解，但很少。

寺庙教育有个特点是，即到一定时候入寺僧人分为“拜恰瓦”（学经僧）和“扎居”（一般僧），一般僧又包括艺僧、杂役僧等不同的层次。就是说一部分人专心攻读经书然后去考格西或者谋求僧官职位；另一部分则自愿选择体力劳动，拜师学艺，慢慢成为有着一技之长的僧人，他们之中有一部分会成为唐卡画匠、木匠、雕塑匠、裁缝（缝制袈裟）、“商人”等。

如果是学经僧，这第二步就要学习“堆扎”（བསྡུས་གྲྭ）了，这是初学法相理论的必修读本，是因明学的基础部分，“堆扎”学完了要开始辩经，再往后学显宗五部、密宗等，由浅到深，一步一步地继续往上走。

像我这样一边学藏文一边学汉文的，当时在拉萨应该不是很多。

再说社教班。这个班是新成立的，学校的条件相对简陋一些，用作教室的房子也不多。我们这个基础比较好点的班，人少，就在林卡里搭个帐篷，帐篷杆子上挂个黑板，大家席地而坐上课。尽管条件比较差，但是大家的学习态度非常好，积极性也很高，社教班讲爱国主义和民族团结，非常注重学习藏汉双语。这个社教班就像一个转运站一样，把愿意学习的社会青少年陆陆续续送到内地接受更好的教育，一旦去内地学习，一切费用由国家承担。当时，送往内地学习的也有不少贵族子弟，人民政府团结一切可以团结的力量，其结果是培养了很多包括贵族子弟在内的有用的建设西藏的人才。

经过在“国立拉萨小学”、私塾、寺庙等地读书，我学到了一点儿知识，后来进入解放军开办的社教班，心里感觉生活更有奔头，更有希望了。

1954 年，我们随西藏参观团到全国各地巡回演出，演出结束后回到北京，领导问我们回去还是留下来继续学习，我坚决地说我要留下来继续学习，于是中央民族学院把我留在预科一部学习。大概是 1956 年初，周总理有个指示，大意是少数民族没有文字的要创造文字，有文字的需要规范的就要好好规范。根据这个指示，国家民委、社科院语言研究所、中央民院三家联合组织了一个很大的语言调查队，调查队成立之前要进行培训。当时，我还没有读完高中就从预科一部调到语文系，专门学习语音学和语言学概论，除学习理论外，还注重学习和训练用国际音标记录语音，为少数民族地区语言调查打好基础，现在想起来我们当时的老师都是名家、教授，学校培养我们的起点是很高的。

1956 年底，我们开始实习，分了安多队、康巴队、西藏队到实地进行语言调查。我们从北京出发在四川康定待了将近 9 个月，进行语言实地调查。后来，涉藏地区的社会形势发生变化，上级要求我们暂停语言调查，协助地方组织参加社会工作。不久派我到昌都住了半年多，协助昌都分队参加丁青语的调查工作。工作结束后，大概是 1957 年底，我从昌都回到设在拉萨的语言调查队等待重新分配。

1958 年初，我到西藏工委组织部报到，我被分到了自治区筹委会文教处，当时的处长是多杰才旦，我向多杰才旦请求把我分到拉萨中学，我还是想学点东西。当时拉萨中学的藏文老师大部分是由噶厦旧地方政府指派的知识分子，其中有两位西藏知名的高僧学者，他们的藏文水平很高。这两位学者主要是指导藏文老师的藏文教学，等于是小老师的大老师。后来我也从他们那里学到了居・米旁降央朗杰嘉措（འཇུ་མི་ཕམ་འཇམ་དབྱངས་རྣམ་རྒྱལ་རྒྱ་མཚོ）著的《智者入门》（མི་ཕམ་མཁས་འཇུག）和希瓦拉（ཞི་བ་ལྷ）所著的《入行论》（སྤྱོད་འཇུག）等。

在拉萨中学，开始我有两项任务，一是校领导上政治课时当翻译，这是很重要的一个工作。二是我教预备班的藏文课。

1958 年底，我做了一件非常有意义的事情，当时全国第一次搞中小学教学改革，我们几个年轻教师觉得藏文课光讲文法和经书也不太合适，应该讲一点文章，这个想法得到学校的支持，于是我自己动手翻译了方志敏的《可爱的中国》，魏巍的《谁是最可爱的人》等，自己刻写、油印，没想到学生很喜欢，就这样一直贯彻下去了，要知道 1959 年以前是没有人敢这样做的，我觉得这是不容易的，心里很自豪，这对拉萨中学的教学改革起到了一定的示范作用。

1959年初，西藏形势日趋紧张，工委要求藏族干部们走向社会，为西藏的安定团结向群众进行宣传教育。3月10日拉萨发生武装叛乱，2月23日我们还在拉萨街上宣传。当时街上的情景是一部分人捂着嘴巴远远地看着我们，再就是“四水六岗”的所谓“卫教”队的人，骑着高头大马，马脖子上挂着响铃，他们身背长枪、斜挎嘎吾（用于“护身”）耀武扬威，在我们身边跑过来跑过去想捣乱，听我们宣传的那些老太太们胆战心惊地一边听一边四处张望，气氛十分紧张。但我们还是在街头进行宣传，因为组织上的要求是哪怕一个人在听你也要说。那天，堪穷帕巴拉·索朗降村被叛乱分子害死了，那件事对我触动很大，一个爱国的人何罪之有？帕巴拉堪穷是一个很优秀的爱国人士，好端端的一个人，后来被一小撮坏人害死，罪名说他是“共产党的尾巴”，我们当时心里很难受。

堪穷帕巴拉的被害是拉萨形势的一个转折点，从此情况就更加严重了。工委指示我们停课，学生都放假回家，1959年2月28日，我们全校教职员工都集中到藏干校去了。那个时候谣言很多，结果是单位里头噶厦旧地方政府派出的那些教员都走了，过去同一个教研室的人相互间连话都不说。这是很明显的一个分化，政治态度非常明显。我在中央民族学院的一些要好的同学也跑到印度去了，当然这是后话了。

拉萨的武装叛乱很快平息了。我又在军管会工作了一段时间。

1959年7月，我到堆龙德庆县农村搞民主改革，帮助成立人民公社。

1961年底，工委要求所有学校都要恢复教学，我们重新回到教育岗位。

20世纪60年代中期，拉萨社会也安定了，这时我花去大部分的工资到社会上请一些专家学者向他们讨教藏学知识。我先后到门孜康拜西藏著名的星相师益西群培先生，从他那里系统地学习了藏文《诗镜》(སྙན་ངག་མེ་ལོང)(上、中、下)；向原社教班的钦绕维色老师系统地请教了藏语的《三十颂》(སུམ་ཅུ་པ）和《音势论》(རྟགས་འཇུག）等文法论著；向甘丹寺的色宫活佛比较完整地学习了《量理宝藏》十一章等（ཚད་མ་རིགས་གཏེར་རབ་བྱེད་བཅུ་གཅིག)，这些对提高我的藏文水平帮助很大。

大概是 1968 年后，我在文化教育厅教材编译室工作了一段时间，从事教材编译工作。我在西藏人民广播电台开办了藏语广播讲座，当时自治区领导很重视在汉族干部中推广学习使用藏语文，藏语讲座产生了很好的影响。大概是 1971 年，自治区革委会核心领导小组决定成立西藏人民出版社。我们几个同志，从文教厅教材编译室调到出版社，这是当时西藏自治区唯一的一家出版社。

西藏人民出版社遵循“以藏文为主，以普及通俗读物为主”的业务指导思想，在制定年度选题计划时，从西藏实际出发，强调藏文图书应以通俗读物为主，同时适当挖掘整理出版优秀的历史、医药、文学等类图书；在出好藏文书的前提下，努力多出、出好具有西藏特色的汉文图书。出版社成立伊始，为了满足广大农牧区的需求，出版了政策法规、科普常识等大批通俗读物。我们还特别出版了一套小开本 10 册藏文扫盲读本，对当时农村正在进行的扫盲活动起到非常好的作用，受到渴求知识的农牧民朋友们的衷心欢迎，这些都是非常温馨的回忆。

这时我也开始写一些东西发表，如《西藏是祖国不可分割的一部分》《松赞干布和文成公主的历史功绩》《汉藏友情渊源流长》等文章。后来我写《西藏风土志》时得到西藏日报社原编辑蔡贤圣同志的很大帮助。他和该书责任编辑张蜀华同志一起理顺了整个书稿，在文字上作了适当加工，使文字更加通俗、流畅，深受读者的喜爱，该书汉文版曾重印了多次，成为西藏人民出版社的畅销书。后来北京外文出版社出版了该书的英文版向国外发行。20 世纪 70 年代中期，我和蔡贤圣同志作为中方编辑参加了中国和前南斯拉夫两国合作的大型画册《西藏》的编辑工作。参加大型画册《西藏》的编辑工作对我的帮助非常大，当时除了墨脱县，我几乎把全西藏都跑遍了，虽然曾经累得吐血，但开阔了眼界，拓宽了思路，找到了写作的路数。回来后，我在《西藏风土志》书稿的基础上，增加了很多各地的民风民俗内容，编著了《我的家乡——西藏》，由新世纪出版社出版，并翻译成德文和西班牙文，发行到国外。我还接受了日本著名的汉学家池上正治的建议，编著了《西藏的历史与文化》一书，由池上正治译成日文，在日本东京东方书社出版发行日文版。

1985 年，在五省区第六次藏文图书编译出版发行协作会上，决定协作编纂出版《汉藏对照词典》，编纂工作由西藏人民出版社牵头，各出版单位派人参加。社里派我参加编纂工作，我主持了第一、二阶段的编纂和审定工作，参加了资料汇集、词条补充、初步加工、调查研究、延聘专家、综合词汇审定以及组织审定医药、成语、谚语等专科词汇。词典编纂审定工作结束后，交由北京的民族出版社出版。

回来以后，我参加了民间文学《三套集成》的审稿工作。我还是藏文版《水浒传》的翻译和主审之一，为该书我们在北京前后工作了两年，获得了全国翻译一等奖，该书是第一个完整翻译成藏文的中国四大名著之一。对《水浒传》的翻译，当时大家争论很大，后来才慢慢取得共识，决定《水浒传》的翻译应以通俗的书面语为主。许多知名的藏族学者都对《水浒传》的翻译作了肯定。后来我把其中的很多例句写在藏族翻译概论中了。

1987年，我从藏文编辑部主任任上提拔为西藏人民出版社社长、总编辑。我上任后，除了保证每年出版一定比例的藏文通俗读物外，有计划地出版了系列图书，如《西藏地方历史资料选辑》和藏医系列图书等，还支持汉编部出版了《国外藏学研究译文集》，该书对藏学研究起到了很大的参考作用，当然也对提高西藏人民出版社的声誉产生了一定影响。1992年，我被评为编审，接着我获得了国务院颁发的政府特殊津贴和证书。

同年，国家正式批准建设西藏博物馆，把它列为援藏六十二项工程之一，由国家投资建设西藏第一座博物馆。不久我调任博物馆建设领导小组成员兼建设办公室主任。

布达拉宫申请加入世界历史文化遗产名录的时候，我作为申请单位的答辩人，在布达拉宫住了一个月，集中精力进一步研究布达拉宫的历史和文物。联合国教科文组织的专家前来考察的时候，我解答了专家提出的所有提问。

1998年我退休了。

1999年我被聘为西藏大学客座教授、硕士研究生导师，至今带着藏汉翻译学和西藏民俗方向的硕士研究生。

近几年我还进行的一项重要工作，即整理补充历届研究生导论课的讲稿，编著了《藏族翻译史论概要》(བོད་ཀྱི་ལོ་ཙཱའི་རིགས་ལམ་རྣམ་བཤད།)、《藏族翻译史论》，一个“史”一个“论”，内容广，涉及资料很多。

《汉藏对照词典》出版二十多年来，在汉藏译词的统一规范和丰富藏语文词汇、培养汉藏翻译人才等方面起到了重要作用。近年民族出版社决定将该词典修订再版，还是要我把关。历时一年半，我们主要负责将各地翻译工作者分别校对的译稿进行终审，并补充选收了近三千条新词术语，现在这项工作基本结束。

最近我应《中国地质通览》(西藏卷)编辑部之约，撰写了几篇西藏民俗专题文章。七十多年来我是在西藏民俗文化熏陶下成长的，天天实践着民俗、演绎着民俗，民俗成为我们现实生活的重要组成部分。希望在有生之年，把我所熟悉的西藏民俗文化及汉藏民俗文化交流情况记录整理出来，为西藏民俗研究人员提供一些翔实的资料。

自古以来，汉藏民族就有着密切的交往和联系，其中包括文化的交流。文化交流是民族进取精神的表现，其带来的是民族文化的发展和繁荣。经过历代贤哲们的共同努力，汉藏文化交流事业逐步向着纵深发展，造就了一大批汉藏双语藏学研究人员，这是可喜的事情，我祝愿他们继续努力，把文化交流推向全方位，结出更加丰硕的果实。

藏医与天文历算的历史渊源

藏医与天文历算有着深厚的历史渊源，藏医与天文历算有着相同的理论基础，它们的关系可以追溯到 1300 多年的吐蕃时期。

本来，医院里的气氛大同小异，毕竟那里每天上演着生与死的“惊险片”，坐在长椅上排队候诊的人往往面色凝重、心事重重，让人不忍多看。但是，在西藏自治区藏医院门诊有一个特别的科室，门上方挂着“天文历算”的铜牌。我注意到只有进出这个“诊室”的人往往是喜庆而来、满意而去，因为他（她）可能是即将成婚的青年，准备乔迁的老人或者是打算外出的商人，满世界不见得能找到第二家这种独一无二且颇具规模的特色“门诊”。后来，我找到机会在这里待了三天，结识了贡嘎仁增、英巴、次多、尼玛次仁、丹增啦等都是西藏天文历算界声名显赫的人物，他们的人生非常精彩、成功。但是，从我的私心来讲，他们所从事的不为我所知的事业更让我充满好奇和了解的渴望。譬如，多年来，很多人一直想弄明白藏医与历算究竟是一种什么关系，藏族地区“医算连理”的故事究竟是怎么产生的？话题就从这里开始吧。

医与算

历算老人贡嘎仁增从事历算工作 50 年，是这一学科的主要传承人之一，具有丰富的历算知识，听他娓娓道来，很长见识。

他说，藏医与天文历算有着深厚的历史渊源，其间的关系可以追溯到 1300 多年的吐蕃时期，当时，宇妥·宁玛云丹贡布（708—833 年）在工布曼龙地方创办了西藏历史上第一所藏医历算学校，专门培养医算人才，藏医与历算的结合就是从那个时候开始的。宇妥·宁玛云丹贡布后来成为赞普赤松德赞的“拉门”（御医），他活到 125 岁，传说有医算学徒 1000 多人，为开创藏医历算事业付出了极大的心血，“这在藏史里是有记载的”。藏医与天文历算有着相同的理论基础。例如五行学说的提出，五行学说是藏医历算理论的基础，是藏医与历算的总体性理论，藏族有一句民谚说的是“要想成为顶级的医师，至少要掌握中等的算学”，因此，藏医与历算被认为是西藏传统文化中的一对“孪生姐妹”。

贡嘎仁增先生进一步解释道：“譬如，藏医学认为，正常人的脉搏每分钟跳动 75 下，高于这个数字是热症，低于这个数字是寒症，就是身体不正常的表现。为什么不多不少正好是 75 呢？因为正常人每分钟呼吸 15 次，每呼吸一次脉搏跳动 5 下，15 乘以 5 就是 75，这些数据是得到现代医学认可的。另外，人体脉象的周期变化数据，也是由历算师算出来提供给医生的。”跟汉地的农历差不多，藏历中也有类似二十四节气的概念，历书上清楚地写着某一节气时外在的表现是天气的冷暖、动植物盛衰更替的具体情况等，而其内在的表现则是随着季节的转换人体内部相应的发生细微的变化，即自然周期如何作用于人体的生理周期，“以利于医生做出正确的诊断和治疗”。“还有，藏药的炮制是传统藏医学的重要特色之一。藏医在采药时讲究‘适时适地’，所谓‘适时’是说如果采药的时间早了，药力还没有达到，采来的药不能用；如果晚了，药力已经衰退，也不行。所谓‘适地’，因为西藏高原地域辽阔、气候条件千差万别，每个地区的植物生长情况多不相同，例如，阿里和昌都的采药季节一定是不一样的。这些数据就是靠历算师算出的，怎能说医算不是‘孪生姐妹’呢？”

生活中你可以看到人们头疼脑热、生老病死都是请来医生治疗，但是像婚丧嫁娶、乔迁动土什么的，那就要找历算师了。正规的藏医院里现在已经有医算分科的迹象，但是在广大的农村牧区，兼医兼算的乡土郎中还不在少数，他们给当地人的生产生活带来了很大的便利。

得与失

西藏藏医院的历算门诊迄今已有 90 多年的历史了，1916 年“门孜康”创办之初就有这个服务项目。我的问题是现在的活动项目跟过去几十年相比有了哪些变化？丹增说：“我们是一套人马两块牌子，研究所主要搞科研，包括整理古籍、编写历书、预报气象、解疑释惑等工作，我们门诊这块主要是给群众提供日常历算服务，比如，堪舆风水、合婚五行、破土动迁、开耕犁地，还有类似运势、喜庆、丧葬（算）等，都是‘可以做的’，但是像盗窃、人员和财物丢失、经商成功与否，以及‘黑算’（即占星术）和‘戈孜’（关煞）等，一般是不做的。”“这些以前是可以做的是吧？”“可以。”“现在为什么不做？”丹增简洁地回答道：“这是规定。”我依稀觉得这应该是为了避免一些不必要的口舌纠纷什么的。

在丹增啦接待的第一批患者中，有一位中年女患者引起了我的注意，她来自当雄牧区，自述患有妇科病，用了很多偏方仍久治不愈，请大夫算一算。解决这样的难题对丹增不是问题，他给她讲已经确诊的病症我们是不算的，你一定要去专科门诊，配合医生好好治疗，现在的医疗条件好，应该能治愈。该妇女坚持病情不见好转，“请您算算是怎么回事”。丹增啦又耐心地解释：一般来讲，如果是你的病情无法确诊，或者因为某种“业障”所致，病情恶化，我们可以从历算的角度寻找禳解的办法，但你现在的情况不是这样，我建议你最好去专科门诊好好复查。最后，病人被说动，给丹增啦献了一条哈达，磕了个响头。

看到这个场景，我们自然地聊到历算方面的民俗事项，在场的尼玛次仁说，当今的习俗，一个求算者一般是带一条哈达，在里面夹着若干现钞（凭自愿从五元到几十元不等），然后报上所需要算的内容和自己或家人的生辰八字等，由历算师根据历算原理得出相关的数据（如果来的人多，求算者有时候可能要等几个小时或一天才能得到运算的结果）。“记得过去，我曾经见过有很多人是拿着一小块四四方方的氆氇，彩染的白色的都有，外加一把麦粒请历算师算数。这种方氆氇叫做‘孜典’，意思是算术用的垫子，也算是给历算师的一点点酬劳。那这送上来的青稞麦粒又是什么意思？过去我们不是有筹算吗？青稞麦粒是筹算用的筹码，就在‘孜垫’上演算，倒是挺有仪式感的。我个人认为这可能是一种来源于农村的古老习俗，当时可能是历算师的工作条件也比较艰苦，（所以）顾客已经替你想到了一切。后来时间长了，我们发现这些氆氇和青稞的保管反而成了令人烦恼的问题，后来慢慢就不再接受了。”尼玛次仁还说，历算所得的这些收入，过去送哪儿的都有。“布达拉宫每年秋天要把宫墙和僧舍涂灰、粉刷，开支很大，很多拉萨市民会去义务帮忙，我们由于工作关系去不了就把这些钱捐出去。有时候寺庙有什么活动我们也把收入拿去捐献。到最近十几年，我们大多把收入捐给了拉萨城内和周边的敬老院。现在随着社会的发展，敬老院的条件也在逐年改善，不再需要我们帮助了。目前，我们结合自己的工作特点，把主要善款用于资助无钱医治或生活困难的病人。其实这也不是什么大钱，我们几个人轮流值班一个星期，每星期有六七百块的收入，最好的时候也就是 1000 块钱，我们就把这些钱捐给最需要的人，不在于钱多钱少，是我们对病人的一份心意。在门诊工作，我们几个人是排了班的，每人值班一个星期，连续工作 7 天。有的同事住在医院，有的住在鲁布（拉萨一地名——作者注），不管是谁值班，只要是算者找上来，随叫随到。多少年没有加班费了，不是说我们多么有钱，但我们没怎么多想这些。”他们失去了很多眼前利益，但得到了内心的安宁和病人的尊重。

“单子”与“忻孜”

在藏医院的历算门诊，每接待一个客人，医生们在听完对方的主诉和生辰八字后，用历算原理当场演算并把运算的结果录入电脑，打出单子给客人，底下还有值班人的电话，弄不明白的地方可以打电话向他们咨询。丹增啦交给我一张已经打印好的动迁盖房的“单子”，以便让我了解其中的内容。只见上面有需要请喇嘛念诵的经卷目录，有建房动工的日期和时辰等，甚至具体到“需要请属相为猪、牛、鸡，名字吉祥，父母双全，五官不残，以东南、东北任意为‘巧藏’（意为吉祥方，藏俗所说万事如意的吉利方位），挖出第一条地基沟，并在里头放上‘耐萨’和‘耐朵’（意为圣土、圣石，指从佛教圣地取来的少量土料和石料），进行奠基仪式”等等，如此之类。

我发现历算门诊中比较特别的一个项目是“忻孜”——丧葬占算。门诊部有一本厚厚的“丧葬占算收费登记簿”，每一笔账都记得清清楚楚，似乎有专门的用途。贡嘎仁增先生说：“这可能是藏历门诊的一个传统。按藏族的传统观念，死去的人走在往生的路上，需要‘盘缠’。我们就把死者家属送来的这些钱分毫不差地用来积阴德、做善事，让活着的人受益。我们今年刚去了曲水县南木保育院，把这些积累的收费款送给那里最需要帮助的孩子们。我们医院跟附近的村庄有帮扶协议，每年开展送医送药活动，也经常从这里拿钱。”我想，这正是藏医天文历算受到西藏老百姓特别欢迎的重要原因吧。

拉萨当地人眼中的世居穆斯林——“藏回”

拉萨有个河坝林

回族是拉萨的主要少数民族。

对于世居拉萨的回族人，当地有一个习惯性称呼“藏回”，这既是他称，也是自称。

巴桑先生在我们调研时告诉我们：“藏回”这一称呼的缘起可以说与“甲卡契”有关。“甲卡契”最早出现在西藏地方官方文件中，距今有300多年历史，直接翻译的意思是“汉地来的回族人”，特指从祖国内地主要是从西北和东部进入西藏的穆斯林，以与“卡契（克什米尔方向来的穆斯林）”区别，但在民间，当时并无“藏回”之说。直到20世纪80年代初，随着改革开放的不断深入，大量来自祖国内地的穆斯林争先恐后涌入西藏，打工开店做生意，逐渐形成新的穆斯林群体。土生土长的拉萨本地穆斯林强烈感觉到在社会生活中有必要与他们（即“甲卡契”）适当区别，于是由本土出生的回族知识分子率先提出并推广“藏回”这一概念，流传至今。

拉萨市城关区河坝林街区一直是“藏回”集中居住的社区，人数超过了拉萨市“藏回”总人口的60%。此外，铁崩岗居委会也生活着100多个“藏回”，还有少数“藏回”散居于其他社区。

河坝林这一名称源于地理方位的指称。拉萨河从东向西流过拉萨城南，历史上对这一带的河岸有这样的说法，叫“热卡堆”，即东面（或上方）的河坝，“热卡麦”，即西面（或下方）的河坝。由于该居民社区处于拉萨河河岸，原为沿拉萨河河岸边的一块林地，故此叫“河坝林”。

20世纪50年代末，拉萨市组建了四个工作队，第一工作队为东城区，成立了四个居委会，河坝林即其中之一，属吉日办事处管辖。

河坝林紧靠大清真寺西南侧，地理上非常便于信教群众参加日常的宗教活动。目前的辖区从拉萨河大桥往西到体育场为止，自东孜苏路往南一直到拉萨河边，总面积有 782385 平方米，1673.58 亩。居民多信仰藏传佛教和伊斯兰教，多从事农牧业生产。

西藏和平解放前，噶厦政府按照当地大部分人的意愿，顺理成章地把以河坝林回民为主的“藏回”纳入到本地“农务局”的有效管辖之下，一视同仁，让他们在这里安居乐业，从事他们所擅长的传统职业，依此彻底融入当地社会。

西藏和平解放后，居委会内的居民职业开始多样化，有省区级领导人、市级领导人，以及单位职员，但主要经商，包括开茶馆、饭馆、租房等。

何为“藏回”

关于如何为“藏回”定义？我们曾专门请教久居河坝林的一位“藏回”知识分子长者，他告诉我们：所谓“藏回”，一般泛指“藏族里的回族”，更确切地说就是有回族血统的信仰伊斯兰教的藏族群体——虽然这样说也未见得十分准确，在这里强调“藏”字更多是出于出生地和长期的生长环境对一个人的重要影响。

他说：我们知道一个人只能被定性为一种民族，但我们这个情况有点特殊，“藏回”是藏族人或俗称的藏回（穆斯林）“团结族”人信仰伊斯兰教的意思，形成“藏回”最重要的前提是要有藏族的血统，否则就不是“藏回”。至于具体到“藏回”的来源，可以说有两个方面，早期是外国穆斯林，比如尼泊尔、印度、巴基斯坦、伊朗，特别是克什米尔的商人、难民、被俘士兵来拉萨谋生时，跟当地藏族妇女结成连理之后生下的后代，久而久之，可能被称为“藏回”；另外一部分更确定的——是从内地，比如甘肃、青海、陕西、云南、四川、河南等地来到拉萨的回族兵丁、商人、农民、手工业者，和当地的藏族妇女结合，生下的后代，被称为“藏回”。

传说公元10世纪左右曾有一本书，叫做《世界境域志》，这本书是用波斯文写成的，后来便被翻译成了英文，后又从英文翻译成了中文，这本书的作者在书里提到了拉萨的清真寺，说当时的拉萨就是一个小镇，人口少，有很多佛教寺庙，另有一座清真寺，住着部分穆斯林。都是从国外来的穆斯林。但是现在，拉萨的外籍穆斯林其实很少。内地来的穆斯林占多数。现代拉萨人对这些外来回民带着某种自身优越感的泛称是“斯岭”，是“西宁”之义。

这些外来的穆斯林跟我们所说的“藏回”又有哪些不同呢？第一，语言文字不同，我们“藏回”的母语是藏语，书写的文字是藏文；第二个不同点是服饰，我们以前都是穿藏装的，特别是在1984年恢复中国穆斯林到沙特阿拉伯朝觐之后，我们刚开始要先在北京集合，后因北京路途太远，分设了不同的集合点，我们要求在兰州集合，我们西藏朝觐团无论走到哪里其他国家和地区的穆斯林都会很好奇，因为我们穿着藏装的同时头上还戴着纱巾，还说着藏语，他们觉得很特别。第三个不同点是生活习俗跟藏族基本一样，包括家里的装修风格和家具陈设，都是藏式的。唯一跟藏族不太一样的地方是我们穆斯林禁忌的这一部分，包括说我们不能吃动物的血，不能吃大肉。不光是大肉不能吃，包括所有非自然死亡的动物的肉都不能吃，同时也禁止饮酒，其实只要是会对身体造成伤害的东西，一律不能吃喝。

我们拉萨有两座清真寺，都离大昭寺仅几百米距离，这也能体现民族、宗教的交往频繁。虽然国家认定我们是回族，我们肯定是认可的，但其实我们（内心的认同感）还是藏族多些，没有别的原因，历史和生活环境使然，对此，有些学者形象地总结出五句话——“是回不是藏，是回也是藏，是藏也是回，既是回也是藏，既是藏也是回”，你中有我，我中有你。我们（管委会）主任也知道，我们每年去沙特阿拉伯朝觐时，会看到许多信仰伊斯兰教的“藏回”夫妻。我认为这是一个和谐生态下的特殊文化。

我们问他：那您能否说一下有些学者分类的“八廓卡契”和“河坝林卡契”的区别吗？

长者回答道：“八廓卡契”大部分是指客籍（指国外）过来的穆斯林及其后代，“河坝林卡契”多是从内地来的穆斯林及其后代，但是现在已经没有太多“八廓卡契”了，因为1962年甄别国籍，让他们自主选择国籍和地区时，他们大部分人选择了克什米尔，我去过克什米尔，克什米尔斯里那加那边有个挺大的住宅小区，很多从这里过去的八廓卡契如今就住在那里。

问：河坝林卡契和八廓卡契还有什么区别呢？

长者答道：没有太大的区别，但我们河坝林卡契使用藏文和国家通用语言文字（的综合）水平普遍高于八廓卡契。这些方面也可能平均超过我们大部分藏族同胞，过去，噶厦地方政府的两任秘书（和翻译）都是我们河坝林卡契；过去，也有西藏贵族官员中好附庸风雅的人请“藏回”中能言善谈的知识分子到家中用藏语讲说“三国”“水浒”“说唐传”的，以此途径来了解内地的文化和风情。总之，我们这边出去的人文化素养一般是比较高的。那么说到八廓卡契，因为祖上有外国血统，他们可能更注重外国文化的学习，相比而言我们河坝林卡契更重视藏文和国家通用语言文字的学习，以前老拉萨中学很多老师都是河坝林卡契，包括以前给十八军指战员教藏文的，也多有我们这边的人。包括目前我们讲经的时候，也会用藏汉双语同时讲，因为流动人员多，用普通话讲懂得人更多。八廓卡契懂藏汉双语的不多，我们这边清真寺的教职人员大部分都懂汉语，所以讲经非常方便。八廓卡契讲经普遍要带翻译，这是不一样的地方。

问：河坝林卡契和八廓卡契听的经在教义上有区别吗？

答：这个没有区别，每次中国伊斯兰教协会开会的时候我们都会很骄傲地讲，就全国而言，没有教派纷争的地方可能就只有西藏，内地的情况就复杂多了。我们只信仰逊尼派，中国大部分穆斯林都是逊尼派的。

问：“藏回”或者全体穆斯林，给西藏地区带来了什么新的文化或者生产技术？

答：民主改革之前，带来了种菜、磨面、缝纫等技术，因为当时去印度很方便，所以穆斯林商人会从印度采购一些原材料或商品回拉萨，（因此）西藏穆斯林有个特点，几乎都懂乌尔都语，懂乌尔都语的好处是跟南亚人交流会更方便，当然也有益于各族群间的交流和团结。另外，我们“藏回”在文化艺术和体育等各个领域多有建树，这也是众所周知的。

问：河坝林地区及清真寺在民族团结方面有哪些具体特点呢？

答：习近平总书记强调民族团结是各民族的生命线，这是主线和底线，我们河坝林和拉萨的穆斯林很有民族团结的意识，尤其是民主改革之后，在党的领导下，藏汉两族和别的民族都跟我们“交往、交流、交融”，和睦相处，我们秉承着“你中有我，我中有你”的理念，包括“三个离不开”，我们民族里面出现了好多全国民族团结先进模范个人，经常获得表彰，我本人也获得过全国的以及自治区的，还有拉萨市的民族团结模范个人荣誉称号。清真寺教职人员每次礼拜，都会高度重视民族团结这一方面的宣讲。我们这里一方面有毛泽东主席 1956 年送来的锦旗，还有江泽民、胡锦涛、习近平等党和国家领导人送给我们的锦旗。中央在这方面考虑得非常周到，有一次我去大昭寺，看见大昭寺也有一面毛主席时代送来的跟我们清真寺的那个一模一样的锦旗，唯一的不同点是考虑到了宗教信仰的不同，送给大昭寺的锦旗是红色的，送给我们清真寺的锦旗是绿色的，因为伊斯兰教崇尚绿色。绿色是和平的象征。这种细节中央政府都能考虑得那么周到。

在民族团结方面，不仅有总书记带给我们的教诲，伊斯兰教古兰经教义本身也有一些教导，翻译过来就是“你们不要责骂其他人的宗教信仰”以及“你们不要像那样的人，在明证降临之后，自己搞分裂，常常争论，那等人将受重大的惩罚。”所以，我们想紧紧抓住这两方面，只要这两方面不违背，民族团结就没问题了，各民族“交往、交流、交融”就会有很大的成果。比如说大清真寺 1716 年搞扩建翻修，清真寺的部分教职人员、信教群众建议搞一个规模宏大的竣工典礼。准备搞竣工典礼的时候，恰逢藏族的萨嘎达瓦节，我们穆斯林爱吃牛羊肉，办宴席肯定有肉的，但大家讨论之后得出共识，竣工典礼一定要搞，但要尊重藏族同胞的信仰。他们决定在北郊格格厦（墓地）那边过，而且规定宴席一定要全素食，因为平时斋月的开斋饭做人参果饭，所以竣工宴席也是这些素食，还特别邀请附近的藏族群众，包括附近藏传佛教寺庙的僧人，一起庆祝竣工典礼。2016 年又是清真寺扩建 300 周年，我们也是这么搞的。

回族老人伊斯玛尔·夏乾文忆拉萨 60 年生活

到 2022 年，我到拉萨生活已经 62 年了。我祖籍是山东的，传说清朝的时候，菲律宾一带的穆斯林首领去北京朝见皇帝，不期发生叛乱，皇帝无暇顾及客人，他们返回的路上也不太平，于是被匆匆安置在山东德州大槐树一带，划地、建寺，定居下来，这才有了我们（另据记载：明永乐年间，菲律宾群岛南部的苏禄国东王访华入京，归国途中在山东德州归真，其随从多加入中国籍）。

首领去世，就地安葬。我们家人据说是守陵人的后代，二三百年过去了，延续十几二十代。

家族的后代积攒了钱财，三个儿子一个女儿，搬到巨野县，在东关一带置地建房，逐渐形成了四个回族小村子。

我们回族中有广为流传的三句话：“天下穆民（回族）是一家”“争教不争国”“（真主）无处不在，无处不有”，就是说真主无形无影无踪，因此有团结、爱国、慎独的好传统。

我是 1940 年生人，家里太穷，直到 1949 年新中国成立以后，我才有机会上学。

我的家乡虽然解放了，但是贫困的面貌并没有马上得到改变。我的爷爷是 1959 年饿死的，这对我的打击特别大。我是家中老大，所以我非常迫切地想要挣钱养家，为母亲分担一点责任。因此小学只上了五年我就退学到济南水泥厂参加工作，厂里有 1000 多名工人，我们三四个回族人，虽然开特灶吃饭，也不是特别方便。我上学时间不长，但那时候的教学质量还可以，识字多。厂里给我们工人送书《浅说〈矛盾论〉》《浅说〈实践论〉》，内容不多，通俗易懂，很容易接受。

刚开始我没有什么远大理想。我的梦想是到城里参加工作，吃商品粮。饿肚子把我饿怕了。听说因为表现不好各种原因，厂里要“下放”一部分工人回农村，我就非常担心，生怕我被“下放”，又去饿肚子，因为我是农村来的，正好在“下放”范围内，不敢保证就不会被“下放”。

恰好1960年厂里接到要派人到西藏“支边”的任务，说西藏需要建设水泥厂、毛纺厂、玻璃厂，昌都和拉萨基本定了各建一座水泥厂，急需人才，我就动了心思，如果能去西藏“支边”，一可以躲避“下放”，二可以多挣点钱，避免饿肚子，还能帮助家里。至于西藏远不远苦不苦，根本不在我的考虑范围。我知道西藏在祖国边疆，又不是让我到国外去受罪，我就相信解放军，相信共产党，我怕啥呢?

济南水泥厂当时还是很苦的，8小时工作，2小时学习，咸菜开水，开水咸菜，我一天10个小时尿过12次，就更是急着想去西藏工作。西藏要4名工人，我干活肯出力，领导很喜欢，准备重点培养，是不想让我走的，这是一方面。另外一个方面，人家要球磨工，看仪器的，不要搞化验的，我是化验室的，当时我们化验室分三个组，一个物理组，一个化学分析组，一个生产分析组，我有点文化，做水泥配合比工作，不符合进藏规定，这条路好像被堵死了。

我很关注这个事情。“支边”的名单下来了，其中有个18岁不到的小球磨工，一脸稚气，还是个孩子。他死活不肯去，在地上打滚、哭闹，诉说各种困难，说如果逼急了，他就去跳河，特别可怜。我比他大两岁，20岁了，我还要求入党呢！我就找领导，说我可以代替他去，谈了种种理由。领导也没招了，说别的好办，人家要的是球磨工，你是搞化验的，怎么办好呢？他说这次可不是我们济南水泥厂一家“支边”，全国各地都有任务，任务和人员工种是上面分配的，我们厂里也决定不了。最后，厂领导给上面发电报说我们这边有个特殊情况，一个去不了，一个愿意去，但他不是搞球磨的而是搞化验的，还有点文化，可不可以让他去？上面回电：搞水泥的都行。早上同意，晚上我就出发，从济南到拉萨，三千多公里，坐车 8 天，我就这么来到了西藏，从此在西藏愉快地生活了 62 年。可以说来西藏是我的命。我是个被解放者，“滴水之恩当涌泉相报”，这是我真实的想法。

1960 年，我到西藏一看，好呀！人少，地多，这是我的梦想呀，因为我勤劳，我喜欢干活，身体又好，技术上我又可以做藏族同胞的师傅，我高兴呀！

而且，更让很多人想不到的是不到两年时间，我就结婚了，跟我藏族的爱人，那是 1962 年 3 月。为什么呢？因为我喜欢西藏，不想回去。当时的政策还是多变的，“下放”“内调”，随时都有可能。我跟藏族爱人结婚，从心理上就彻底安定下来了。果不其然，我 3 月份结婚，8 月份就来了一批“内调”名额，但已经没我什么事了。

一看情况不错，我马上把三个弟弟也接到拉萨，经济条件大大改善。

我的这个爱人呀，怎么说呢？她稳重，懂事，心地善良，年龄比我大 8 岁，我们感情一直很好。她把我照顾得好好的，我现在干活都不输任何一个小伙子，原因就是她的存在。

当然了，我跟藏族老伴一起生活，也不是说一帆风顺，酥油茶、糌粑一开始也吃不惯，但想到自己是吃腌菜长大的苦孩子，马上就想通了。思想意识提高了，其他问题便迎刃而解。只是不沾青稞酒，到现在也一口不沾。

1965 年，我第一次带着爱人去山东探亲。

我爱人啥都能干，推磨都会，家里人高兴坏了，说没想到藏族媳妇这么好。但她老偷偷拉着我衣角说回去吧回去吧，好像有什么难言之隐，我说这边条件挺好的呀，多待几天多好啊。她面露难色，支支吾吾地说：钱不够呀钱不够了。我恍然大悟，七姑八婶来的太多，确实是花销大，我们小工人哪有钱呀？不敢多待。于是赶紧跑回西藏，3 个月的休假在她家待 20 天，在我家待 20 天，每次都提前上班，等待下一回甜蜜的休假时光。

到了 1975 年，我大儿子 12 岁了，女儿也七八岁了，都没上学，我们两口子想尽一切办法，要求调动，从桥工队先是调到大修二厂，最后调到交通厅下面的汽车三队。目的只有一个就是解决孩子上学的问题。两个多月的时间，我骑车从住地桥工队到工作单位大修厂上班。桥工队有我的老乡，两个刚转业的小兵，我中午没地儿去，吃饭有时在他们那里凑合着解决。那是 1976 年 9 月 3 日，我终身难忘的日子，我们在他们那里吃包子。突然听到外面一声喊："救命呀救命！"原来是当地燃料奇缺，两个小伙子平时冒险用汽油烧火，又不太懂怎么用汽油，把汽油点着了，吓傻在那里。我一听喊声跑去救他们，他一慌张，把一大盆子汽油兜头浇到我身上，他没事，我被烧得浑身都是伤。

我被烧得没有一点儿人样，在医院里报病危躺了 7 个月，也不见好转。我心想还不如死了呢，实在是太难受了。

但是我这个老伴啊，别看她没啥文化，却很有办法，她不知怎么打听到一个青海来的名医，通过他的关系搞到一种特效药，使我的伤势大有缓和。我被烧的眼睛、嘴巴都合不上，脖子僵硬，别人看一眼都怕得不行，都说活不了。只有我爱人一个人相信我能活，说这个人命大，阎王爷带不走他，尽心尽力地伺候我。

在拉萨躺了半年多，治疗效果并不理想。她又求爷爷告奶奶，把我硬是拖到上海瑞金医院整形科，接受国内顶级名医的治疗，整整 3 年。

我要接受大面积植皮手术，医院病人多没有床位，我又是疤痕体质容易留下痕迹，有一次手术我早上 8 点钟进入晚上 8 点钟出来，中间医生说因麻醉事故，停止呼吸 5 分钟，把医生都吓坏了。我爱人在那边受的罪就多了，但终于解决了我脖子不能打弯的大问题，眼睛和嘴巴能闭合了，皮肤状况也得到改善，完全可以自食其力，这就很好了。这方面的变化，除了国家的恩情，她的功劳是最大的。

我说过“土地是聚宝盆，花木是摇钱树”。1987 年退休，我就要下一块地，开荒种地，养牛养羊，不亦乐乎。晚上点上电灯还在打土坯。

“忘记过去意味着背叛”，我儿子都说爸爸见了土地就有精神，现在继续在罗布林卡干活，因为罗布林卡有土地，我就爱罗布林卡这点。罗布林卡给我的钱不多，一个月 600 钱，但我看中的不是钱，而是工作岗位，所以从 1998 年坚持到现在，身体和精神状态都好。我还自己花 3 个月时间到郑州果树科研所旁听、学习，人家很认可我的学习和工作态度。我第一次到拉萨清真大寺是 1961 年，跟在拉萨认识的几个甘肃穆斯林去的，当时我在甘丹寺下面一个砖瓦厂干活，我们一起工作的有 18 个甘肃回族，加上我是 19 个，最大的 60 岁，小的像我才 20 岁，单位请了一个临夏来的老太太给我们做饭，他们去哪里我就跟到哪里，也就去了清真寺，吃到阿訇宰杀的一点牛羊肉。

1961年的拉萨清真大寺很小很破，“大净”“小净”的地方很简陋。但是当地“藏回”生活水平比我们老家的回民高。过古尔邦节，生活富裕的“藏回”，宰杀牲口，分给穷人每家平均5斤带骨肉，还分点钱。记得当时河坝林的贫困人家只有5户，比例并不高。拉萨回民的宗教意识比我们那里强多了。跟我后来看到的西藏过萨嘎达瓦月一样，他们也有扶助穷人的意识。

我是党员，当地的“藏回”同胞也不是很了解我的情况，不多言语，只是很客气地说可以适当到清真寺做礼拜，给我很不错的印象。

在拉萨的河坝林，我有3个穆斯林朋友，一个是马德西，一个是马兴太，还有一个伊拉。年轻的时候我们联系是比较频繁的。

60多年过去了，我的这个大家族现在是一个民族“大观园”，我的二儿子娶了一个汉族姑娘。大姑娘找了一个老家山东的汉族小伙子。小女儿找了当地藏族人。我大弟弟的媳妇儿是贵州三都的水族妇女。他的大儿子找了个苗族媳妇，他的孙媳妇是布依族的。加上我，6个民族一大家，我们老两口宽宏大量，不计较小事，大家和睦相处。我爱人说我们刚结婚时，就一床破棉絮，衣服都没有一件换洗的，她看中的是我的人品，而人品陪伴人一生，是不会改变的。

民国名媛陈乃文

2016年12月的北京。魏公村边的中央民族大学。

街道上缓缓地走来一位身板挺直的白发妇人，她就是我要找的陈乃文①阿姨。

接受采访的时候，老人就那么一直端坐着，自始至终面带微笑，习惯性地不时整理衣襟。

狭小的房间里，一只肥大的黑猫像国王一样不时巡游。

陈阿姨说："我是1944年13岁时进藏的，16岁离藏，20岁回国。当时进藏，如果从昌都走，路上要花3个月，从印度走，乘飞机，坐汽车，骑马，二十几天就到了。一天只走半天，还要照顾那些养马的、牵骡的人。每过一地，当地的官员都出来迎接，在托盘里放一堆鸡蛋送给我们，但这只是一个仪式，我们也不会收，说我们已有了，谢谢他们，给他们一些赏钱。有时送个羊腔来，我们也不会收。"

"过羊卓雍湖的时候，湖区的有些老百姓是吃鱼的，他们会给我们送一些湖里打来的鱼，但我们知道一般藏族老百姓是不吃鱼的，我们就尊重大多数藏族群众的生活习惯，不吃或者放生。"

"一路上，记忆中有个女活佛，桑顶寺的，我们去拜访，关系很不错，她是很爱国的，所以我们很尊敬她。她叫多吉帕姆②，是金刚亥母的化身。据说英国人入侵西藏的时候，因为

① 陈乃文（1931—　），安徽人。早年随养父母在拉萨生活了几年，对藏族文化以及宗教有所了解。1956年考入中央民族学院历史系，1958年参与中国少数民族社会历史调查西北藏族调查工作。

② 桑顶·多吉帕姆·德庆曲珍，女，藏族，1942年12月生，西藏拉萨人。1955年5月参加工作，初中学历。1947年4月被认定为西藏浪卡子县桑顶寺第十二世多吉帕姆活佛，入桑顶寺学经。现任十三届全国政协常委，全国妇联副主席，西藏自治区人大常委会副主任。

插有经幡的墙体一角

她（的前世）很漂亮嘛，英国人对她有非分之想，过去一看，没想到她的坐垫上是头母猪，因为传说她会分身术，外国入侵者就打消了邪念。”

“一路就这么慢慢走到拉萨。现在的拉萨有非常多的人，过去没有那么多人，过了琉璃桥就没有人了，现在琉璃桥已经是市中心了。包括吉堆巴院，过去是驻藏办事处的办公场所。1934 年的时候，致祭十三世达赖喇嘛土登嘉措圆寂的黄慕松一行就下榻于八廓街南边的吉堆巴大院。”

“其实，像吉堆巴院、琉璃桥我觉得应该很好的保留下来，作为历史的一个见证。吉堆巴院据说过去是一个贵族的宅邸，主人犯事被地方政府流放，没收了房产，交给我们作办事处的办公用房，但还是有他们家族的一些后人住在院子的一个角落里，我们也没有因为他们过去的经历而歧视他们，逢年过节还去看看他们。”

“我们一家人到了拉萨租邦达仓的房子住，吉堆巴只是我们的办公场所，一楼是马厩，可能还有养马人住在那里，二楼是拉萨小学，三楼是办公室和测候所。我在那里的生活过得并不枯燥。记得当时有个小女孩，她的父亲是内地来的汉族人，我们来了以后雇他为我们的一个伙夫，背水呀弄饭呀。小女孩跟我玩得很好，就像我的小伙伴一样，也等于我的一个小佣人，会给她一点钱。我的藏族小玩伴主要是擦珠活佛等这些旧时贵族家的女儿。”

“当时的情况是驻藏办事处专门组织大家学习藏语文，请的老师是擦珠等非常有名望的藏族学者。可惜父亲他们都是大人，学起来很慢。我是小孩，本来可以很快就把藏文学会。遗憾的是我的母亲说我们来到这么荒远的地方，你一个孩子学这些将来有什么用呀？我就放弃了，后来我可后悔了，如果当时

八廓街里的藏式民居窗户

把藏文学下来就好了。因为在西藏工作，学会藏语文是非常重要的。”

“这里有一个对比。我们办事处的藏文秘书（兼翻译）是李国霖，对书面语很在行，但不懂口语特别是拉萨敬语，说话就比较冲，哈哈。另一位当地聘请的庶务（兼任翻译）张旺，因从小长在西藏，就懂‘谐萨’（卫藏敬语），谙熟礼仪，工作起来就很受欢迎，不一样吧？”

“但是我对西藏底层确实不太了解。因为那个时候就是去搞统战的嘛，我主要是跟西藏的上层接触，都是跟王公贵族在一起，所以底下的情况，我不是很清楚。”

我们越聊越高兴。

进入“西藏状态”的陈阿姨继续回忆着。

70 年了，旧拉萨的市井民俗可以用“斑驳杂陈”概括。

陈阿姨说：“印象比较深的是在路边玩的时候我见到过八

廓街头的囚犯，有一部分囚犯可能罪行比较轻微，脚上戴着铁镣铐，就在街上要饭，晚上也不关回黑屋。那个铁锁要打开也容易，他也不打开。他们也不愿意打开，意思是有了这个他可以名正言顺地要饭，因为普通藏族老百姓都是乐善好施的佛教徒；兵营里的藏军打的是洋鼓洋号①，吹的是《孟姜女哭长城》；我们从八廓街可以清楚地看到布达拉宫。布达拉宫后面有个龙王潭，龙王潭中心是龙女庙，过去还没有桥，要乘船过去。而且还有个围墙，平时不许人进去；龙王潭西头靠近布达拉宫西北方向有一座很大的象房。大象在西藏是吉祥的象征。过去，外国人给达赖喇嘛送过两头大象，连驯象人都是一起过来的。每当有仪仗队出来，要把它牵出来，成为其中的一个重要成员，转布达拉宫；拉萨市场上银洋、卢比，藏钞、章噶混用，有个相对稳定的市价，自由兑换。”

“刚才你说在历史照片里看到过邦达仓楼顶的女儿墙上绘制的青天白日旗，可以远眺西边的布达拉宫金顶。这个我没有注意过，但是邦达仓确实曾经被我们办事处租来作为我们的宿舍。”

“我们的宿舍为什么不在吉堆巴？因为吉堆巴的大部分房子是校舍，也就是拉萨小学。哪怕在民国时期，中央政府对西

① 关于外国人出任藏军教官的时间，《西藏通史——松石宝串》一书记为 1914 年，书中写道：“藏历木虎年（1914 年），西姆拉会议刚结束不久对藏军进行改编和充实，邀请日本老军官亚苏马季亚（矢岛保治郎——引者），担任藏军一军营的日本式武官教练，邀请毕业于俄罗斯军校的蒙古人丹巴坚参担任一军营的俄式教头，（并）建立英式训练的军营，保留汉式训练的军营。”

藏的教育都是非常重视的。当时，哲蚌寺的汉僧碧松[①]到南京面见教育部长朱家骅，争取支持，他被任命为拉萨小学校长。国立拉萨小学的经费非常充足，除招收汉回子弟，也有个别西藏贵族家的孩子在这里上学。当时在德吉林卡的英国使团也要求支持西藏噶厦办一所英文学校，但是遭到僧人的反对。反之，僧人对我们却很好。据我父亲说，当时，驻藏办事处的主要任务是宣扬中央德意、联络感情；沟通文化，设立无线电网；设立医疗所；做电影宣传；探察英国人在西藏的活动，特别是为了抗日战争胜利准备勘察康藏公路。抗战胜利以后，形势比较好，处理各方面关系就比较主动，我们把主要力量放在争取人心上，包括兴办学校、医疗所、优抚僧众，为西藏人民办实事。”

① 即邢肃芝，一位在 20 世纪上半叶中国大动荡年代中亲身参与了汉藏两地错综复杂的历史演变的枢纽式人物。他曾皈依佛门接受正规严格的佛学教育，进入四川重庆汉藏教理院学习藏语文，同时成为中国佛学会会长、近代佛学泰斗太虚大师的秘书。1937 年只身赴藏，进入三大寺之一的哲蚌寺学习藏传佛教五部大论，拜多位活佛为师。后来，他成为第一位获得藏传佛教最高学位拉然巴格西的汉族人（史上迄今只有两位）。

世界大不过八廓街

八廓街里的行人

我在西藏待了 7 年，我今年 68 岁，我这一生中的一个零头时间，等于给作为小说家的自己做了一个定位，就是“写西藏的马原”。一说西藏，在很多年里大家就会说到马原，甚至我离开西藏十几年之后，那么多去西藏的人，他们回来之后特别感慨，说“我们到了西藏，人家就告诉我这个是马原写的什么，那个是马原写的什么”。

他们讲这些的时候，我内心有一种满足感。因为我发现那 7 年的逗留，把我自己变成了那个地方的传奇，大家不仅看西藏，他们同时也关心马原在西藏是什么状态，有什么故事。你在一个地方生活过一段时间，成了那个地方的传奇，这是我们这个职业最大的幸福，我就是幸福感“爆棚”。

在西藏，我只关心八廓街。

我在西藏时关心的是地摊，20 世纪 80 年代初，西藏有一个庞大的旧货市场——就在八廓街，每天很多来自全球的游客，

小巷子

在八廓街看西藏的痕迹，今天叫古董文物，当时就是地摊货。

西藏几乎全民信教，每天转经像吃饭一样，不可或缺，今天可以没去百货商店，没去打网球，但是今天不可以不吃饭，不去卫生间，也不可以不转八廓街，这就是我刚去时，80年代初，西藏的生活样貌。

在那段时间，我成了一个藏族人，有半小时以上的闲暇时间，我就去八廓街。转经的时候，每个人的精神面貌都非常奇特，特别像1949年新中国成立时的国家面貌，每个人脸上都是红光满面，每个人都气宇轩昂，因为一个时代开始了。作为这个时代的新人，对个人和国家的新生活都充满了信心、热情。

每天转经时，到西藏生活的新毕业生们，包括从全国各地被派到西藏工作的干部们，我们是一个群体，外来的游客是另外一个群体，我们在八廓街上是蔑视那些游客的，因为那些游客不是按照顺时针进入八廓街，他们逆时针进八廓街，就会

八廓街里的小巷

跟转经的人们碰头。

不同的人群，变成了不同流向的人群，而不同流向的人群，又分别演绎出不同的故事来。所以那时候，我的这两本书：《冈底斯的诱惑》和《拉萨河女神》里面很多故事都发生在八廓街，因为我们每天都要和八廓街上的本地藏族或者来自全世界的游客见面。我们完全不知道彼此，但是看到对方的脸感到熟悉，我们经常互相点头示意。在这个过程中，很多不可想象的故事就纷至沓来。我当年写的这些西藏故事，我个人以为都是他们撞进我的眼帘，撞进我的视听，他们都是我的客人。

——马原[①]

① 马原，同济大学教授，中国著名作家，20 世纪 80 年代生活于拉萨。

八廓街里的四合院

2021年2月6日　在云南省西双版纳傣族自治州景洪市，笔者仅凭从一个朋友处临时要来的微信号码，贸然前往远离城市的居民区，造访中国先锋文学的代表性人物、有着“西藏大马”之称的著名作家马原先生，马原先生提前在客厅等着我们的到来，在座的还有马原先生的夫人李小花女士和他们的孩子马格。我们就马原先生心中的八廓街情愫，请他进行了简短的口述追忆。

作者：马原老师，您是哪年来到拉萨的？

马原：我1982年9月4日乘坐飞机到拉萨。因为那个时候可不容易，很多人就是坐车进去的，费劲啊，那个时候从格尔木进去也要一个礼拜到十天差不多。

作者：但是您刚到拉萨时住的好像离八廓街不近？

马原：我刚开始在广播电台工作，离八廓街远，但是跟

拉萨北京路街景

文学圈走得比较近。那时候扎西达娃他们都是年轻小伙子。

1985 年前后西藏不是搞二十周年大庆建设吗？政府花了很多钱，上了很多项目，自治区群众艺术馆就是 85 年建成的，现在你们看到的八廓街广场也是 85 年修好的，我就是那一年调到西藏群艺馆，编《西藏群众文艺》，住的地方离八廓街就不到一公里了。

可以说我就是在那段时间喜欢上八廓街的。其实就是每天转街，啥也不多想。

因为那时候我心里边已经产生了一个幻觉：看得越多，我越觉得整个西藏在围绕着八廓街转。世界之大，大不过八廓街，八廓街就是西藏的核，包括它的老房子里边的那些小窗户，窗户里边的那张脸，我们就天天看那些窗户，看里面的那些小商品，窗户里的那些脸每天也在往外看着我们，觉得非常奇妙。

大昭寺门前夜里磕长头的人

西藏虽说是宗教圣地，应该说我对宗教没有特别多的研究，但是我就觉得八廓街比其他的，比如说我们在内地接触的那些教堂呀，佛教或者基督教的，我就觉得八廓街跟它们是不一样的，在我心目中八廓街永远是第一，所以那么多年我写西藏的东西基本都是从八廓街来的，大多数故事都是我从八廓街获取的那些心得，或者是幻觉。

作者：对，可以感觉到您的很多灵感就是来自八廓街。我还记得您还写过一首长诗《八角街雪》。

马原：对，我写过一篇长诗《八角街雪》，在《拉萨晚报》发了一整版，我自己都没有保存下来，这你都知道呀，时间过得可真快。几十年就这么过来了。

作者：还有早期在八廓街经商的康巴人，您也写到过他们。八廓街原住民您写得倒不是太多。

马原：我是太迷恋八廓街了，可以说汉族、藏族里面，比

木如寺里朝佛的人

我了解八廓街的不多，尤其文化界里我是唯一一个最了解八廓街的，因为我住得近，有时候我每天都去八廓街，有时候是一天去两趟。完全放空，没有目的，特别是那些小店铺，一待就是很长时间，这里看看那里看看，都不愿意离开。

我刚开始是关注原住民也就是老八廓街人和他们那些神秘的店铺，当时还有好几家尼泊尔人的店铺，估计现在还有。后来去尼泊尔以后，发现那么小的国家，但是东西很有特点啊。再后来，慢慢发现卖有意思的东西还是康巴人多些。因为他们流动性大嘛，原住民手里东西倒不多，后来他们干脆把房子租给八廓街上越来越多的康巴人，自己收点租金可能过得更轻松了。我也是买康巴人的东西多些。当然也有来自西藏各地的商人，包括日喀则的，那曲的，但是康巴人多些。

当时我们觉得康巴人长得比较漂亮，按现在的说法就是比较帅嘛，陈丹青的《西藏组画》就是画八廓街上的康巴人，

转经殿

八廓街原住民不是陈丹青笔下那种人。康巴人可以说是被陈丹青的画带到世人面前的，反过来也可以说康巴人是从八廓街扬名世界的。

我到现在跟朋友聊得最多的还是八廓街，因为我是八廓街的居民嘛，那些房子、街道，曲折交错，就是有特别多的神秘感。

后来据他们说叙利亚有个大马士革古城，是世界上最古老的城市，有两千多年的历史，跟八廓街很像，到处都是迷，但即使这样我相信没有一个人能进去过八廓街所有的门，我不知道八廓街居委会的那些工作人员有没有机会进到每个门里去。

我又是一个特别在意灵感的作家。阿里多有名，我都没有去过，到了仲巴就回来了，但是八廓街对我来说的是挥之不去的，任何东西都取代不了的存在，也因为八廓街是我创作灵感的源泉。她是不可替代的，是我心中一个独一无二的存在。

作者：所以有了您那些奇思妙想的创作。除了寻找创作灵感，您在八廓街还有什么活动？购物吗？

马原：当然买过东西。因为什么呢？我当时每月的工资是七十多块钱，但是我有稿费收入，所以在拉萨的文化人里面我还算是比较宽裕的，会买些有意思的东西，我见过的最值钱的东西是一张巨大的老虎皮，非常大，而且很完整，剥得也好，要 900 块钱，这等于我一年的薪资都不够，根本买不起。

总的来说，确实我比周围的朋友多一点钱，所以我每天都可以在那边转呐，买点这个买点那个。现在说起来当年的好多东西好便宜呀。也是因为看东西呀，带朋友转八廓街呀，我身边总是聚集着很多人，我们围绕着八廓街不停地转呀不停地转。

作者：所以听说您在八廓街的家被称为西藏的“第二文联”。

马原：对，当时西藏主管文艺的区党委副书记是李文珊，他要内调回河北，临走时最后一次见文艺界的这些人。我们俩是第一次见面，他笑着对我说，不容易呀，我要走了我们才第一次见面，我知道你的家是西藏的“第二文联”，西藏的文学艺术家都喜欢在你家里聚会。确实是这样，大家都到我家里混饭吃。这是现在的年轻人理解不了的原始共产主义生活。

作者：现在您跟八廓街还有联系吗？

马原：其实我回去过很多次，开始十几次没事，但是后来一到拉萨我全身水肿，高原反应十几天都退不下，这个高海拔让我的身体过不去，不敢再去了，好在八廓街长在我的心里，当然现在的八廓街气息也不对了，不完全是原来我心里的那个八廓街了。

但是要是说没有联系，我刚才吃的是藏药，我的肺出现了严重的问题，我现在吃的是拉萨有名的藏医强巴大夫给我开的药，他在拉萨开有诊所，也是八廓街的常客了，因为版纳这边气候好，他们几家在这边买了房子，冬天也住在这里，我跟他是邻居，今年因疫情他还没有来。

我觉得八廓街的文脉就在他们这些人身上。

看看，马原老人都已经68岁了，兜兜转转，还是八廓街，还是八廓街的人和事。我们不得不承认，世界很小，但是八廓街，很大，很大，大到深不可测。

八角街雪

马原

我的八角街是十月的金黄
白墙红墙交替叠上印象
夜里雪声喧沸山也白了
白了弯着巨角的黑色放生羊
许多红黑两色的头缨
许多红白两色的高墙
许多的老人许多的孩子来了呵
脸上挂着许多古铜色的太阳
只有白杨树沉着地落下叶子
只有灿烂的落叶的缤纷色彩

于是相信了十一月
相信落叶也会扫动西北风

大昭寺夜色

那就骑上自行车到八角街
把八角街蹬得风轮一样转动
这时才有林芝的红草果
那曲的酥油也到了冲赛康了
短促的十一月啊
人们的口袋里
一下装满了钱

十二月又过分漫长了
太阳过分地好也过分散漫
色拉山的野狗群漫进拉萨
我认真戴好盛锡福呢礼帽
走进大昭寺神情庄重

八廓商店前一条忧郁的狗

让我的酥油使长明灯更明
佛祖自然更加金碧辉煌
然后出入每一家甜茶馆
喝青稞酒到门外打饱嗝
对路上的女人说恭维话

大昭寺外的弯曲小巷

我和神和鬼和天地一道守岁
在钟声里愉快地进入一月
酥油清油猪油还有精粉干果
鲜牛肉鲜羊肉还有干肉冻肉
春节的前三天开始放鞭炮
藏历年的前五天就做点心

拉萨话古

一月是充满节日的时间
充满年轻人的愉悦的笑声
一月里下了两场齐踝深的雪
八角街是一幅美妙绝伦的风俗画

一个喇嘛在前面走步履缓重
二月的小喇嘛快步赶过了他

大达说三月是有风的季节
有许多人迟疑地走
到墨脱看花到北京讲礼貌
只看见商人们原地不动
纸鹞在一个早上布满天空
小尼玛就势撒开手里的长丝
攀上越野丰田车的脚踏板
嘀——嘀嘀——嘀——嘀嘀——
跟卖甜茶姑娘调笑的司机回过头
朝随时想逃掉的小尼玛灿然一笑

四月不一定是最残忍的月份
混和的全部记忆与绿色相联系
包括雪包括曾经干枯的土豆
八角街重新湿润而有弹性
三棵年轻的经柱就势拔地而起
五色经幡飘拂　雨后的霓虹
从而绕过了许多时间和想法
来了长鼻子金发的外国人

来自西雅图或阿姆斯特丹
因为丛柳一夜之间绿了咕吗林卡
随随便便地拉萨就暖了
真正铺张的想法都来源于五月
跛脚商人十七天跑了两趟印度
辛苦的确辛苦可是赚鼓了腰包
他热烈抱怨说拉萨总是夜里下雨
到了早上太阳照得四山洁白
更多的人们想的不是这个
他们虔敬忙着佛祖释迦的生辰
也为伟大的宫墙涂红涂白
有心和无意耽搁下来的外国佬
弥漫在薪柴不起火的蓝烟里了

九只长毛藏狗在六月的夜晚追逐
逆时针进入八角街又突然回头
吠叫不是为了一个很具体的想法
多数人重新陷入等待
等待杨树开花六月雪飘进八廓街
带来温馨且了无生气的缠绵
秋吉站在门内软声软语
你可要再来呵再来呵
可是外面只有澄碧如洗的夜
只有弯曲晦暗的夜八角街

七月阳光灿烂
两种声音同时充满幽默

扎康，拉萨最早的邮局

拐进八角街拐进古怪的想法
每一扇小门后面都有鲜花
爱花的藏族也爱酥油的气息
爱在狭窄的院子里养奶牛
爱听牛哞召唤叽喳的麻雀
七月没有腐烂的声音

八月最热夜雨连绵如梦
土地和记忆相继结出了果实
只有日落后的凉爽只有宁静
显示着八角街也有几分虚无

我在九月里做诗做梦
做一个美丽的花环送给拉萨
之后我就要走了

我带上关于拉萨的故事
继续我的流浪
也有痛苦，也有喜乐
也有不绝于耳的赞美诗

生活在拉萨的汉族后裔

夏萨苏街区（金海摄影）

大清西竺义冢碑记

窃思天覆地载，日月照临，造化万物，无不普被。古圣人掩骼埋胔，实仁爱之盛心也。兹西藏以东山脚，旧有军民冢地一座，起自乾隆六十年，沭前任钦差大人松和暨藏文武官员军民人等，捐胔采购中陇荒地一所，周围共计四百五十四丈，界址分明。原备以兵民病故者为寄葬之区，尚曾竖碑为志，以期垂著不朽，讵于嘉庆八年间，有附近夷民将碑击坏；迨至九年复行刊立，雇觅民人建房看守；甫经十载，满口甘棠建树，勿剪勿伐；而膏泽下于氓，禅之异，黎感其厚德，于结草御环也。熟意夷人复谋侵占，因而涉讼，蒙驻藏各宪明察秋毫，公

夏萨苏街区（金海摄影）

平剖断，以成信谳惟是。深思及九泉者，弗致尸骸暴露四周，俱载界址柱石，八面插立灰椿，重立埤记，镌刻衔名，建盖碑亭一所，造修石桥二道，不致倾圮之处，免其侵占之患，永远流传百世矣，是为序。[1]

地图上显示，在拉萨市城关区日古林路与加荣路交叉的

①《拉萨市文物志》。

T形路口，有一片绿地。这片绿地周围修建了楼房、马路、厂房，这些现代化的建筑，将绿地与城市做了物理隔断。一条马路，一侧喧嚣热闹，一侧寂静无声。

这处用围墙圈起来的绿地，入口处挂着藏汉双文“藏热村汉族古墓地”的牌子。

土墙围起一个方形区域，视线穿过黄叶，被树木圈起的圆堡形坟冢，安葬的是旺青多杰的父亲——龚海青。

站在小土坡上，拉萨藏热村汉族墓地尽收眼底。

清代，当时的驻藏清军是一支由满汉蒙古等多民族成员组建的军队，因而“汉族墓地”是笼统的说法，这里埋葬了多个民族士兵，以及跟随而来的汉地百姓，还有驻藏大臣下属、部分在藏商人的遗骸等。

这片墓地，首建于乾隆六十年（1795年），是当时的驻藏大臣以及驻藏文武官员等捐资购买的，“备以兵民病故者为寄葬之区”。

“我父亲是1958年5月1日辞世的。遵照习俗，家人将其埋葬在藏热村汉族墓地。”提起父亲，旺青多杰打开了话匣子：“父亲是沿着茶马古道进藏的，祖籍应该是云南宣威。进藏后定居在拉萨，娶了一个藏族妻子。1947年的一个雪天，我出生了，所以我的汉族名字叫龚雪清。”后来我们发现在藏汉裔后代的名字中多见“雪”字，如罗雪莱、张雪引、龚雪清等。

在旺青多杰的记忆中，父亲很能干，还很有善心。“他是做豆腐的，除了卖豆腐，还用豆渣养鸡、养猪，空闲时还去街上给乞丐理发。”

根据中国西藏网驻拉萨记者王媛媛描述：父子间最难忘的记忆，就是旺青多杰背着母亲偷着给父亲买酒、给他带小

拉萨街角汉藏戏曲图案

人书看。“他进藏时，带着一个箱子，很宝贝，不让我们打开。我们只见过两样东西，一个是老花镜，一个是《三国演义》。”那时候，还在读小学的旺青多杰常常从学校带回很多小人书给父亲。父亲葬在藏热村“汉族墓地”后，家人们每年都会去祭拜。旺青多杰的记忆中，拉萨的清明节充满着“咕咕”的鸟叫声。“很多时候，清明节正好也是布谷鸟节，大家在这里拜关帝、祭先人，然后过林卡。听到布谷鸟的声音，就感觉很吉祥。”

这样的氛围，随着城市的快速发展逐渐消失。“后来，土地庙拆了，墓地北面靠山一侧修了条水渠；再后来，墓地南面又修了公路；城市建设需要土石，就到这里取，垃圾也都往这里倒……就这样，现在看到的墓地大概仅存原来的四分之一。”

为了防止父亲的墓地被掘，旺青多杰和兄妹们每年来烧香祭祀时，总要给附近的小孩一些吃食，让他们帮着照看墓地。后来，他们将父亲坟茔圈了起来，又在外面修了土墙加以隔断。

先辈们历经千辛万苦来到拉萨。他们辛勤工作，靠自己的手艺养活家人，定居于此。“我们后代一直按照习俗前往祭祀，但是很多墓地现在不知姓甚名谁，对于我们后人来说，情感伤害很大，这里不应该被遗忘。”

根据王媛媛调查：2003 年，部分在藏汉族后裔向有关部门提交了一份关于抢救修复藏热村“汉族墓地”的报告。希望有关部门出于尊重民族习俗习惯，安慰祖先英灵，对这一墓地采取修筑围墙、维修祭奠堂及碑文等措施，保护这一历史上有着重大意义的墓地。此后，有关部门召开墓地保护协调会议、评审会议，对墓地进行了修筑围墙等修缮保护。

2019 年，有关部门再次启动藏热村“汉族墓地”保护项目。他们希望通过收集墓地历史、建造纪念馆，告慰先辈、教育后代，也让这里从“遗忘”中走出，让更多人知晓这处见证民族团结、回望历史的墓地。

66 岁的次仁卓玛是拉萨的一位退休老人，也是一位标准的“西藏汉裔”的后代。她告诉我说：“生活在拉萨的汉族后裔不少人有藏族和汉族两个名字，我姐姐的汉族名字叫张德琴，她的藏族名字是德琴桑姆。我的汉族名字是张雪引，藏族名字是次仁卓玛。名字本身就代表着我们是汉藏结合家庭的后代。”

她自己是藏汉族后裔第三代人，据说当年她的爷爷从四川合川进藏，做百货生意，在帕里碰到她的奶奶，跟她结婚，组成了这个汉藏结合的家庭。

辛亥革命爆发后，西藏发生动乱，很多在西藏的汉裔军人和商民被迫离开西藏返回内地，次仁卓玛的爷爷也在其中。

也许是骨子里的那种西藏情结，她父亲在小时候千辛万苦又经云南进入拉萨。她说："不是说爱情和音乐是没有民族界限的吗？我母亲本来是出生于尼泊尔夏尔昆布地方的夏尔巴人，她跟着家里老人来拉萨朝佛的时候遇见了父亲，组成我们这个多民族的家庭。父亲就劝说她改变国籍，成了一个中国籍拉萨居民。长期住在拉萨过去非常著名的老建筑、现在的市委所在地车仁旧宅的一座附属建筑里面。"

在拉萨，有姓氏的汉族后裔当地人习惯称他们为"张家""李家""龙家"等，"比如父亲让我们到鲁布菜地的龙家取菜，就会说你去龙家找你龙家大爷取什么什么东西，反之，龙家大爷到父亲这里办事就会说我去张家张先生那里办什么什么事情。我父亲张莲成（藏族名字索南次仁）从小学习藏汉文字，在汉裔中属于知识分子，在拉萨主要帮云南茂恒商号做生意，我二哥家里至今还保存着刻有'茂恒'两字的矮茶几（当时用作打麻将），这个茶几是父亲送茂恒老板回内地的时候帮着拉到帕里的。到了帕里，茂恒老板发现有些东西还是带不走，就把茶几扔在帕里，父亲又把这个东西运回拉萨，可以说很多人没有走过的远路它都走到了。1951 年，解放军进藏，我父亲参加工作，先后在西藏自治区筹委会、拉萨市公安局做翻译工作。1964 年在军区总医院病故，葬在藏热墓地。"

过去，这些拉萨汉裔后代一般每年到藏热墓地进行两次扫墓、祭拜，春季的扫墓习俗跟内地差不多，就是清明节去，但是也有西藏特色。因为过去西藏地方特别是官方机构有一个习俗，在一个特定时间里进行更换夏装和冬装的特殊仪式，其他时间不能随意更换着装。清明节那天他们在藏热墓地首先进行扫墓、敬香等活动，然后进行更换夏装的活动。每年夏季藏历七月，他们也会带着孩子和厨师，在墓地祠堂的土地庙里过“亚吉”（夏乐），也就是俗称的“过林卡”（次仁卓玛记得土地庙西边有一排桌子，“大爷”们坐在那里喝茶、聊天、打麻将，妇女们熬茶、带孩子），跟藏族本地人过林卡没有太大区别。

进入藏历九月以后，他们再进行秋季扫墓。拉萨的藏族人在藏历九月过拉伯堆钦（降神节），因为汉裔后代的父母一方也是藏族，所以，秋季的扫墓活动一般不会跟降神节发生冲突，会灵活选择在立冬前后的一个日子。西藏的拉伯堆钦在民间有个仪式就是过了这个日子以后才开始对寺庙、官宅和民房进行刷粉、涂灰等美化和保护措施。他们在那天也会给坟墓刷上白灰，进行清扫，也在那一天进行冬装更换仪式。

当然，文化交流是相互的。现在，西藏人有给 80 岁以上的老人穿白色坎肩，背后绣年龄数字和吉祥图案的习惯，这种老人会得到特别的尊敬。根据作家平措扎西研究：此贺寿方式，可能源自 1791 年乾隆帝八十大寿时的做法。那年下令西藏将 70 岁至百岁老人名单奏报，这一年，卫藏地区共有 192 人得到了赏银 732 两，同时颁发白色长寿衣，居家屋顶特建飞檐斗拱房顶，以示长寿老人在此居住，让全社会来尊重。

根据平措扎西研究，当时拉萨的汉人社会由于其成员生活水平普遍比较低下，形成一个个帮会，还有一种大家共同集资捐助的互惠形式叫“摇会”。举一个简单的例子，一个帮会想提高成员的生活水平，比如说有 9 个家庭，帮会本身也作为一个成员组成 10 个家庭，每一个帮会成员每次交出固定的资金数，然后用掷骰子的方法，给每个家庭排出先后顺序，把集到的钱除去利息后，按先后顺序轮流投资到各个家庭，各个

紧邻大昭寺的藏式小院

家庭用这些钱做生意，或维持生计，或购买大件东西，或办建房、婚嫁等本人一时无法筹措的大事，目的是“集中力量办大事”并让这家的生活殷实起来。到了下一次，上次受益的家除交固定的钱数外，还要交利息，其他家庭还是按固定的钱数交，最后集资到的钱除利息归帮会外，剩余的部分归下一个家庭享用，以此类推，轮流受益。帮会收取利息，也有了家底，可以一起去过林卡活跃生活，料理帮会内部的事情等。这种做法，对改善帮会内部人员生活的作用很大，但各人的能力是不同的，一笔相同的钱拿在不同人手中，会创造出不同的结果，因为能力是没法给予的。

帮会内部有一个大爷和副大爷，他们总揽帮会的事情。在各帮会中以慈善会（其前身是义济会）名声最佳。这个帮会不仅关心自己会中的人，如果别的帮会有人死去没人料理时，慈善会也会出人出资料理后事。有人遇到生活困难时，慈善会也会帮助他渡过难关。次仁卓玛的父亲就曾当过慈善会的“大爷”。

还有一个单刀会，不算帮会，是川帮组织的一个活动，这个活动所有汉族人都可以参加。次仁卓玛的父亲曾主持举办过两三次慈善单刀会，据说是5月13日那天在关帝庙磨刀，求雨。

具体到次仁卓玛个人，她的父亲是汉族，母亲是夏尔巴人，户口上填的是藏族，但因为父亲的老家在内地，实际上能享受在藏工作的外省人的休假待遇，这也是好政策带给他们的实惠。

第二天，我对老人继续进行采访。快人快语的次仁卓玛说：“其实，生活在拉萨的汉族后代还是很多的，比如拉萨徐家是清代驻藏官员的后代，他们家的儿子徐盛（多吉啦）是中央民族学院的老师。然后还有龙家、戴家、张家、赵家，赵家的儿子索朗多吉退休前是中国藏学出版社的社长。而龙家跟我家是世交，他们家的儿子龙国泰也是西藏著名的大学者，编著过藏语词典。龙家大爷生前是我父亲最要好的朋友，龙家老人去世后也是我母亲帮忙操办后事，两位老人的墓地也在一起。”

她认为：在西藏，可以说比西郊烈士陵园更早的墓园就是这个。他们中的很多人是把子孙送上保家卫国的战场，牺牲后葬在此地的，还有很多烈士的父兄姐妹也葬在这里。有一次去扫墓，当地乡里的一个负责人不了解情况，说你烧纸烧香是搞封建迷信，我一五一十地解释一番，他们才会明白一些。

据说刚开始，墓园还有专门的守墓人，给他地和牛羊，给他盖房子，让他一边种田养牛一边看守墓园。但是后来有一段时间特别是“文化大革命”期间，墓园长期无人看管，遭到了破坏，被人为分成四块。“你们现在去，墓园里基本看不到墓碑，但原来都是有墓碑的。因为无人看管，墓碑被人拿去盖房筑墙、修水渠，慢慢丢光了，出现很多无主墓。”

根据次仁卓玛老人描述，过去的墓园是非常大的，整个山窝窝里都是，而且有规划，东边墓园埋葬的多是官员，西边的是平民墓，平民墓区也是按照原籍地和生前的亲疏关系、老人遗嘱等，有一定的设计和讲究。“但是我觉得我们的祖先还是很有先见之明。为什么这么说呢？因为虽然不少文物遭到了破坏，但最重要的文物清代大石碑却得以完整保留，因为从最初起，石碑就被镶嵌在祠堂的墙体里，想拿走也很难，现在倒成了最好的历史见证。”

在墓地形成发展历史上，先后有三位驻藏大臣发挥了重要的作用，他们是松筠（任期 1794—1799 年）、和宁（任期

维修前的喜德林寺

喜德林寺大院里打乒乓球的孩子

1800—1801 年）和瑚图礼（任期 1811—1814 年）。根据历史学家巴桑旺堆介绍，拉萨的“汉族墓地”最早是松筠、和宁从清军官兵中集资购地，周长“丈四百五十四”，用以埋葬病故的兵民。后因各种原因与当地农民发生纠纷，几度遭到破坏，几度进行维修，嘉庆十五年打赢了官司，现在所能看到的石碑正是当时所立。

进入民国后，1914 年和 1931 年，墓地又分别进行了两次比较大的维修，1931 年的那次维修，上面的捐助人名录里出现了阿沛、擦绒、龙夏，这些旧西藏地方政府高官和“仲巴”甲萨、“宗本”旺主仓等普通藏族人的名字。后来发掘出的木匾中还发现记载有“请喇嘛开光”，用去了“经资银二百元”等，表明在土地庙修缮一新的竣工之日，邀请了藏族僧人参加宗教仪式，这既是在藏族地区的变通之举，也是参加土地庙修缮的捐助者中，有藏族妇女及汉藏通婚者后裔的自然要求。

特别是原蒙藏委员会委员长吴忠信于 1940 年 3 月 3 日到汉族墓地致祭后，在 4 月 10 日接见噶伦彭许时反复说明“西藏地方政府应维护旅拉萨之汉族百姓，否则将来必影响汉藏关系甚大”；4 月 14 日，吴忠信于启程东返之前，接见西藏地方官员龙图嘉措，嘱其转告摄政热振三事，其中第三件事是“中央所希望热振者，一、保护旅藏汉族百姓；二、恢复交通等事”。在这一背景下，深受藏传佛教影响的西藏地方政府各级官员，对于汉族墓地及土地庙等，自然格外宽容。

对此，次仁卓玛的二哥土登益西老人补充说：“生活在拉萨的所谓‘汉裔’，无非就是川帮和回帮这两个部分，因为他们安分守己，曾得到十三世达赖喇嘛免除差役的优待，这可是有据可查的。为了表达感激之情，川帮和回帮每年主动向西藏地方献艺一次，表演‘双龙戏珠’，因为川帮在经济上比较穷困，回帮比较富有，一般是川帮出人出力，回帮出钱出资，齐心协力完成这个演出任务。当时，西藏地方政府管理‘汉裔’的机构是索朗列空（农务局），索朗列空平时只有两名公务员，他们依靠‘汉裔’里的‘乡约’和‘乡约’底下几个跑腿的，管理所有人。应该说关系是相当融洽的，气氛是相当宽松的。”

对于为何要保护墓园，次仁卓玛老人告诉我们：“刚开始，我是自发行动，先把自家先人的坟墓找到，进行力所能及的维护，栽树浇水粉刷。然后把周边的墓也相应照应一下，但是墓园太大，非我能力所能达到，要做更多的也是心有余而力不足。比如有一次我了解到村里的个别领导把墓地的边角块地低价卖给了别人之后，才有人敢来采石取土。我个人肯定没有什么办法，但是我们及时向有关部门反映，使这里得到了保护。”

她谦虚地表示：“我个人没有什么崇高的目标，就是看到为西藏建设付出辛劳的祖先们的安息地，我们都保护不了，于心不忍。我主要跑腿、穿针引线，最后在汉裔后代中的代表人物王晞华（云聪·索朗次仁）、学者巴旺老师、作家平措扎西、电视台的旺多啦（龚雪清）兄妹等，包括我们很多人的奔走呼吁下（还收到过 4 位北京援藏干部个人捐款 3600 元），汉族墓地最后得到了有效的保护，我也就心满意足了，因为我们的付出最终得到了回报，我们保留了一段值得记忆的历史，这是最让我们感到欣慰的。但是没有人民政府的高度重视，这一切是无从谈起的。第一次是西藏自治区文物局向自治区政府提交抢修报告，批下 80 万元，修缮了围墙和祠堂。听说自治区几任政府主席都有批文，做了抢救性的保护，解决了很多问

桑珠颇章大院内部

题。当时的拉萨市副市长计明南加两次主持会议进行协调和处理。因为这里涉及复杂的管辖权问题，拉萨的四座汉回墓园本来是民政系统在管理，但因为我们的墓园里发现的石碑是文物，因此由文物部门负责修缮，交给拉萨市文化文物局管理。后面还有第二次维修，并被确定为市级文物保护单位。慢慢理顺以后，最后交给城关区文旅局管理至今。”

过去，拉萨城边还有专门给驻藏大臣衙门府提供蔬菜的“安班菜兴”，他们的后代大概有四五家还生活在拉萨，在拉萨八中一带随便打听，基本都是他们的人。

次仁卓玛最后说：“徐、江东、龙、安班菜兴这一批总有几百人，我们张家、赵家、戴家，云南一帮（包括王睎华老师他们‘云聪’一系），还有瞿姓的赤列曲扎老师他们一批，等等，官员、商人、百姓；压面的、钉鞋的、理发的，各行各业都有他们的身影。我们的先人为了生计来到高原，在这里安家

唐卡之都大门

落户，各显其能。与当地民众互帮互助，从语言到服饰，从生活习惯到思想感情，完全融入藏族中，为巩固边疆、建设边疆发挥了应有的作用，这是任何人替代不了的。”

“汉餐十八道”背后

曾经的鲁布菜兴

隐匿在八廓街院子里的餐馆

过去，拉萨人的高级宴席上有所谓“汉餐十八道”的说法，那是富人宴会高标准的标志，不是非得有十八道菜，而是极言菜品之丰盛。在高海拔的拉萨，菜品丰富的背后，不仅有菜农的辛苦劳作，也有藏汉人民友好相处的动人往事。据供给满藏合璧名称的驻藏大臣衙门府——“安班[①]菜兴”蔬菜的后人次仁曲央说，过去的拉萨的宇妥路一带，有一块叫“鲁布菜兴[②]”的菜地，这块菜地由八九家菜园组成，菜农多为汉藏融合的多民族家庭。

鲁固（布）是拉萨的一个地名，“鲁”在藏语里称为龙族，“固”为等待，可理解为龙族在此等待的地方。鲁固在大昭寺的西南面，传说当扎拉鲁普岩石上的释迦牟尼像完全凸显

① 安班：钦差。清代驻藏大臣。

② “菜兴”：菜地。

成立体佛像时，拉萨有被洪水淹没的危险。因此，许多龙在现今鲁固这个地方等待大昭寺内的释迦牟尼佛，届时准备把他迎请到龙族的世界。还有一段史料，说这个地方曾经是一片园林，为顺利完成千佛像造像工程敬献于大昭寺的盛世，在此地举办过招待会，以名目繁多的汉、回、藏各地特色食品和青稞酒、酥油茶隆重招待工程的管理员和技师等，这是1806年《多仁家族史》中的记载。拉萨当地口语中一般称为“鲁布”，有过著名的鲁布菜兴（菜地）。

提到鲁布菜兴，一条信息跃入我眼帘：宇妥路。在上了年纪的人眼中，宇妥路曾是拉萨第一家百货商场和铁皮大礼堂所在地；在年轻人眼中，现在时尚品牌云集，是一条现代化商业步行街。

而在另外一些拉萨人的心底，还藏着一段关于这条路的温暖记忆——在宇妥路东南方向，曾开辟过一块名叫“鲁固（布）菜兴”的菜地，依靠这块菜地过日子的菜农，用勤劳的双手腌制出了脍炙人口的“熟芽菜”，也因此成就了一段关于美食的佳话。这条信息很珍贵，但我对“熟芽菜”这个名字心存怀疑，问了当地的两个藏族厨师都不知道这道菜，还是当过中学教员的前菜农次仁曲央老人见多识广，他说“熟芽菜”是“拉萨式汉语”发音，其实是水腌菜的变音，酸酸咸咸的，特别好吃。现在只有一两户前菜农还在坚持制作水腌菜，念旧的拉萨老百姓，馋了就会去她那里买点儿吃。次仁曲央又说水腌菜拌着用水泡好的粉条炒肉，是拉萨人的一道美食，特别下饭。

老人接着说道：“水腌菜的做法很简单，过去是用芹菜现在多用白菜在一个叫‘匈木’的特制木盆里腌泡几天即可。炒菜时，要先把水腌菜用流水冲洗几遍，稀释腌渍带来的咸味。

八廓街驻藏大臣衙门外的夜景

如果是炒肉，有的人还喜欢加点白糖，这样酸酸甜甜咸咸的味道都有了。应该说水腌菜、酸萝卜、凉粉等，都是我们的汉族祖先从川藏古道上带入西藏的民间美食。”

“安班菜兴”后人次仁曲央

今年 81 岁的次仁曲央是拉萨鲁布菜地的嫡系传人，别看他平时不看手机短信，也不上微信，但他在手机上安装了以藏文“安班菜兴”为名的个人微信号，“安班菜兴”正是满汉藏合璧的驻藏大臣衙门府菜地之义。

次仁曲央虽然是拉萨宇妥路南如今这块昔日菜地的知情者，但是老人非常谦虚和低调。他说：我实在不了解多少情况，有位“阿爷啦”对过去的那些历史是最清楚的，可惜在 20 世纪 80 年代就去世了，现在能讲清楚历史的人不多，我虽

次仁曲央（索穷摄影）

然80多岁了，但是从小时候上学、工作到最后退休，一直都没有再去种菜，对菜地的事情知道得并不多，而其他菜园的后代、子孙也差不多是这种情况，能提供的信息很有限。他说比如你问的“郭康”（主人叫张天保）是其中一家种菜户，就在紧挨着宇妥桑巴（琉璃桥）那个地方，既然叫“郭康”（牛皮房），估计他们家祖上的阿玛啦可能从事跟皮匠、皮具甚至牛皮船等有关的工作（牛皮船藏语也叫“郭”），只是他们后来成为鲁布菜兴（菜地）的八户菜农之一。

根据次仁曲央回忆，“鲁布菜兴”最早是8家菜园，1959年以后扩展到9家。而次仁曲央家的历史更离奇一些罢了。他们最初是“安班菜兴”，后来又变身为“甲米菜兴”。根据他的解释：清朝驻藏大臣时期，他们是专供衙门府蔬菜的菜农，随着辛亥革命后清朝灭亡，他们失去了大主顾。大概 20 世纪二三十年代，有人突然告诉他们往罗布林卡或布达拉宫送菜，需要什么菜，提前一天派一名郭恰瓦（巡逻员）通知菜品名称，第二天按通知要求送到罗布林卡或布达拉宫，先记账后集中结账。从此就不叫“安班菜兴”，改称为“甲米菜兴家的”。

何为“甲米”呢？说来话就长了。甲米，藏语为“饮食”，引申为敬语“品膳”，拉萨过去至少有过三处“甲米”，一个是供菜的菜园甲米，是汉族后代在经营；一个是北郊娘热沟里向布宫里供糌粑的磨坊“甲米曲果”，由一家藏族农民在经营；第三个是清真寺附近向布宫里供鲜肉的屠户“甲米”，由一个拉萨的穆斯林屠宰户经营。

在西藏农区和部分牧区，人们利用山间水的落差建造水磨坊，用来加工糌粑、面粉及家畜饲料，其中以“甲米曲果”最为驰名，位于拉萨市北郊的娘热沟里。历史上这里共建有大小 21 座水磨坊。甲米水磨坊约建于公元 17 世纪，传说五世达赖喇嘛在帕邦喀岩洞修行时，磨坊主人曾向他供奉过该磨坊所产的糌粑。这些糌粑加工精细，纯白无杂，美味可口，五世达赖喇嘛对其赞不绝口。到七世达赖喇嘛时，娘热甲米水磨坊成为向达赖喇嘛供奉糌粑的定点磨坊，获得正式命名，并给予甲米水磨坊优先使用水资源的特权。但是从我们的调查来看，“甲米”也并非特指往达赖宫里选送食品的，也指供“安班”即驻藏大臣衙门食品原料的人特别是鲜肉“甲米”，西藏学者甲日巴认为屠户“甲米”最初是给驻藏大臣府送肉的官方屠夫，但是也有西藏特色，譬如根据地方上的宗教仪轨，藏历每月十五和三十日，他们也得暂停屠宰牲口休息一天等。

八廓街里的大清真寺

次仁曲央说："过去在鲁布一带有过一个'衙门玛噶'兵营，可以认为我们的祖辈是跟随衙门玛噶官兵进藏的，听说我爷爷的老家是成都那边的，他是拉萨'川帮'成员，到这边靠种田为生，成为鲁布的菜园主之一。过去的那8家菜园，我现在能记起名字的还有'措那菜兴''郭康菜兴'（他家祖父叫张阴龙，父亲叫张天保）、'萨卧岗菜兴''阿仲菜兴'（分阿仲东、中、西3家菜地）、'辛热菜兴'（其后代还在，开办有辛热茶馆）、'丁家菜园子'和现在拉萨电影院附近的'龙家菜园'（但这个不属于鲁布菜地范围）。还有一家可能是邢姓人家开的菜园，我们小孩不知其名，按照藏族习惯叫'接接（姐姐）仓觉啦家的菜园'，这就正好8个了。后来在原藏药厂附近有人新开了一家菜园叫'菜兴萨巴'，由一个青海回族菜农经营，这就9家了。但其实拉萨城市周边当时几乎都是菜地，东边现在市委所在地车仁宅附近是阿佳扎桑啦的菜园。

八廓街里的小清真寺

往西北方向有个叫老铺子的地方（现在叫八廓商城），铺子主人姓戴，开始也是种菜的，还经营果园。再往西南方向走，还有‘嘉兴菜园’‘萨迦菜园’等等。现在的拉萨二中一带过去有新疆人叶巴热啦开辟的菜园，五中那边也是一个穆斯林人家开的菜地，西藏日报社位置过去是‘蔡麦菜兴’（他们家的孩子中有练成才等名人），听说西藏和平解放的时候他们把菜地卖给了西藏日报社，原址成为西藏日报社的办公场所。其他的，还有‘崩塘菜兴’‘张家菜兴’，等等。”

次仁曲央老人继续说道：“如果我没有记错，现在的西藏自治区发改委所在地方过去可能是宇妥老宅，中央驻藏代表张经武他们住过的老房子可能都还在，从这里往东往南，除了一部分树林、沼泽地和水塘，过去基本都是农田。早先种植白菜、萝卜、莴笋、莲花白、大蒜、洋葱，后来种南瓜、西红柿、菠菜，最后引进的是丝瓜等新品种。当时的城市人口可能也就两三万人，所以虽然产量没有现在大，品种没有现在丰富，但是基本能够保证市场供应。我们两家是直接把菜批发出去，其余几家会在八廓街措那巷夏冲（肉市）摆开摊位卖菜。”

次仁曲央出生在一户张姓人家，在他的记忆中，他们这些拉萨汉裔没有直呼老人名字的习惯，对年龄大的尊称阿伯啦，对父辈叫阿爹啦。“文化大革命”期间，他们这些种菜人的后代属于拉萨市城关区胜利路居委会属下的蔬菜生产队社员。他们记得他们生产的个别菜品还有充满西藏特色的名字，如索朗白宗（香菜），完全是藏语名字，传说最早找到香菜种子的藏族姑娘就叫索朗白宗，因此得名，但真正的渊源已经无从查证。

菜园主人间的穷人互助组织

76 岁的赵长瑞（索朗）老人非常和蔼可亲，他一边翻开笔记本一边告诉我：“我叫赵长瑞，我的父亲叫赵庆丰（藏族人叫他‘哥冬寿啦’），我的哥哥叫赵长青。我的祖父祖母是汉族人，大概是清末进藏的。但我母亲是尼木那边的藏族，按现在说起来应该是拉让宁巴家族的传人。我还记得小时候全家租住在市区原属于色拉寺色麦扎仓的房子里。父亲是个裁缝，靠做衣服为生。有时候，我父亲会被叫去给拉萨的贵族人家比如阿沛家里，给他们家人做衣服。1954 年，阿沛的几个子女去内地上学的时候，按照当时的习惯，我哥哥赵长青作为贵族子弟的仆从陪他们家孩子去成都、武汉、北京上学。也是按照当时的风俗习惯，我爸爸的一个姐姐和一个妹妹嫁给了同一个男人，姐姐生下的孩子叫益西旦增，后来成为城北萨迦菜园的主人，这个菜园就在小昭寺朵桑巴（石桥巷）那边。"

休息了片刻，老人又开始翻阅笔记本。

他根据之前对李培荣等拉萨老人的访谈，向我们详细介绍了以拉萨菜农为主的汉裔底层帮会组织成员的情况。

老人认为当时的汉藏关系总体来说是相当融洽的，关系处得不错。比如孝义会的成员中就有两个是藏族人，像擦珠仓的阿努啦等，但需要有举荐人才能入会。李培荣老人（拉萨人称他李贝啦）谈到的帮会情况，主要是这样的：

1. 慈善会。前身是义济会。较早前就已不存在。

2. 忠孝会。当初约有 40 户，是最大的帮会。成员有李培荣家、白仓家、余丹喜（音）等，余丹喜的父亲在八廓北街措那巷开了一家很有名的饭馆叫果那萨康，很小，但他们家父亲是个大厨师，人称大啦，长得白白胖胖的，穿一身长袍，脖子后面插一根烟袋，手里拿着"折子"。噶厦及贵族官员办宴会都会请他掌勺，饭菜味道很香。我们拉萨汉裔们在藏热墓地聚会时，有时也叫他主厨。他们家母亲经营杂货，卖玉米、花生等。

3. 新盛会。主要成员有徐兴、徐盛（多吉）家、张达瓦家、强巴益西家、穆江祥家（卖甜茶、开赌场）。

拉萨老建筑改造的林仓酒店

4. 孝义会。主要成员有安班菜兴、朗杰卓嘎家（卖青稞酒的，父母都是汉族）、郭康（张天保）家、邢丁宇（索达啦家，他是索达哥哥），萨卧岗菜园子家、甲木东三家、擦珠仓阿努啦家等。

5. 还有一部分汉裔没有参与帮会，如云南聪康（商铺）等。他们把很多内地的东西带进了西藏，促进了西藏经济的发展，如拉萨过去少见的蔬菜、花卉等，也是他们带进藏的。

“汉餐十八道”背后

57 岁的阿妈白玛卓嘎看着自己在大棚里种植的丝瓜喜笑颜开。西藏堆龙德庆县乃琼镇为在当地农民中推广蔬菜大棚种植技术，选择 11 户农户做试点，种植温室蔬菜和花卉，每户每栋温室的年收入达 4000 元。

藏式民居院落

次仁曲央老人说丝瓜就是最早在鲁布菜兴种成功的。蚕豆，一年生草本，原产里海南部至非洲北部，公元一世纪时始由欧洲传入我国，现我国南方各地广为栽培。在西藏，人们把蚕豆叫做“甲散”，表示其种源来自内地。西藏农村喜欢种植味美的香葱，甘甜适口。将香葱捣碎拌于生辣椒面水中，作为吃糌粑的蘸料别有风味。每年初春，农民除自己食用外，还将多余部分捆成小把，拿到市场上出售，最早也是汉族菜农带进西藏的，如今在拉萨广泛种植，由于葱头外层有膜质鳞片，能阻碍水分和空气，较耐贮藏和运输，拉萨地区一般可保存到5月左右。

对青藏高原的农业发展历史，唐人王建乐府诗《凉州行》曾说：“蕃人旧日不耕犁，相学如今种禾黍”。从王建的诗看，这些地区从“每岁盛夏，畜牧青海”的单纯游牧区一变而成为许多农业区，无疑是一个很大的变化。当时吐蕃境内多风

八廓街的巷子

少雨，多雷、电、雹、积雪，气温较低，自然灾害频仍。这种情况也不利于蔬菜、果树等种植业的发展。但是，勤劳的藏族人民并不气馁，他们依靠自己的力量，在与自然相处、学习的同时，逐渐获取了利用自然、开发自然的智慧，并率先在雅鲁藏布江两岸的河谷台地开垦荒地、种植粮食，走出栽培作物的第一步。文成公主还将汉地芜菁（圆根）种子带进吐蕃，教人种植，可以说，这一不起眼的块根植物是见之于文字的西藏最早的外来作物之一。在圆根之后，才有了“萝卜”“白菜”“葱”等陆续引入的果蔬和花草植物，丰富了藏族人的餐桌。

拉萨饭店的退休老厨师次仁旺堆是西藏藏餐界的祖师爷级人物，他问了记者一句：藏语中火锅怎么说你知道吗？叫“甲廓”，意思是“汉地（来）的盛锅”。过去，拉萨人的高级宴席上有所谓“汉餐十八道”的说法，那是富人宴会高标准的标志，不是非得有十八道菜，而是极言菜品之丰盛（但是也有人认为确有“汉餐十八道的说法”即“噶杰叠杰”八碗八碟，表示 8 个汤菜和 8 个不带汤的菜品外加两盘蒸菜），汉餐厨师在拉萨是非常吃香的职业。

在旧西藏，贵族官员出门最喜欢带的“汉刀碗套”——是一种佩戴在腰间的汉刀、碗筷、荷包的包具，如今已成珍贵文物。而穷人的餐桌更是离不开这些，酸萝卜、黄白凉粉儿、油香等，无不是汉地传来的廉价美食，连名称都原样用汉语发音。“汉餐十八道”的背后是藏汉人民友好相处的动人往事。

今天，由于城市的快速发展，“鲁布菜地”仅仅是门牌号上的一个地名。菜农的生活已经发生了巨大的变化。有的出租房屋，有的开办菜馆，有的打工挣钱，更多的人已经找到各种合适的工作，过上了富足的生活。

寻找“上海照相馆”

藏汉兄弟不为人知的手足情缘

那天晚上我跟一位西藏画家、一位藏族作家小聚。

在座的还有这位作家的姐姐旺珍啦和一位气度非凡、少言寡语的拉萨老人。

画家说他想画一批拉萨有名有姓的老人物、老建筑和老物件，他特别提起了著名的老“上海照相馆”及其人事变故。在他上学的那个年代，老拉萨残存的独特遗韵，给年少的他留下了很深的印象。我作为一个西藏近代史业余爱好者，也想乘机求教在座的这几位拉萨通。

当我们谈起神秘莫测的“上海照相馆”的老板是谁时，一直少言寡语的老人家摇摇头说道：“你可以问摄影家旺多啦他们，或许他们了解一些信息。”

一旁的旺珍啦是个热心人，她突然想起了什么，说：“我们小时候好像叫他杨叔叔，他好像有个女儿在山南工作，我帮你问问。”

旺珍啦翻开电话簿便一通拨打，不到几分钟果然找到一个叫米玛曲珍的人的联系方式，说她可能就是上海照相馆老板的女儿。

等我和米玛曲珍通话后，才知道她家跟上海照相馆并没有什么关系，她爸爸也不姓杨，而是叫严开文，是个钟表匠，但她确实是在八廓街长大的汉族女孩。她说：“非常抱歉，帮不上你们什么忙了。不过，你找下冲赛康居委会的刚祖书记，他应该很了解照相馆的情况。”

是吗？冲赛康？书记？刚祖？会有怎样的故事呢？

冲赛康的当家人：“民族团结，我是有名的”

冲赛康从古至今都是西藏著名的商品集散地之一，来自

八廓小巷

区内外的汉、藏、回、维等不同民族的商户及打工人员云集于此。如今，在冲赛康社区居委会党支部书记刚祖的带领下，各族居民和商户和谐相处，共同谱写着冲赛康的兴盛和繁荣。

几十年来，刚祖的足迹遍布辖区的56个居民大院，937户人家。冲赛康的每一条大街小巷，花名册上的2320个居民都深深刻在他的脑海里。在辖区商户眼中，与其说刚祖书记是位基层社区干部，倒不如说是一位慈祥的老人，更是一位民族团结的典范。

在冲赛康商场内的上千家商户中，70%为汉、回以及来自新疆等地的商户。冲赛康社区党支部和居委会给社区从事社会治安、交警协管、环境卫生等综合治理的工作人员，上岗的第一堂课就是民族团结教育。要求他们处理问题时，必须做到秉公办理，依法处置，在工作中任何人不允许有狭隘的民族情绪，要做到一碗水端平。

在一幅半个世纪前拉萨城市概貌的手绘地图上，年过古稀的刚祖指着位于八廓北街的一幢建筑说：“这就是最初的冲赛康。”回忆起几十年前的冲赛康时，说出了给他留下深刻印象的一段记忆……

“那您所了解的上海照相馆的情况是怎样的呢？”我在一旁问道。

刚祖说：“上海照相馆刚开始在八廓北街，后来搬到八廓西街班绕康萨门面，再后来，大概是20世纪八九十年代搬到拉萨体育场东侧的河坝林路口，可能是在那里倒闭了。”

“那您跟上海照相馆的老板熟吗？你们关系怎样？”

刚祖啦笑着说：“那你问对了，我们之间不但熟，关系还非常亲密。小时候我们就住在一个大院，那个上海照相馆的人每天和我们一起生活，但我们小孩子绝对不会去打听大人的名

冲赛康市场内部

字，我只知道别人管他叫简大啦（意为老板），称呼他的夫人为太太啦。我家里现在留下来的最好的老照片都是上海照相馆拍的，你看我手机里这张‘全家福’，我跟爱人和三个孩子五口人在一起，就是上海照相馆的杰作，应该是藏历新年照的，质量非常好。”

“那时候院子里好像还有两三户汉族人，一个叫列白吴啦，修表的，一个叫曾德华（音），修自行车的，我们的关系搞得特别好。1962 年，中国对印度自卫反击战的时候，西藏军区在拉萨、山南等地街道农村的积极分子中精挑细选组织支前民工队伍支援前方，我也积极报名并被选中。我们的队伍中就有列白吴啦和曾德华。我们藏族民工在前线的工作主要是背送弹药、背运伤员等，但是曾德华他们有个长处就是藏汉语都懂，所以他们做翻译工作，起了特殊作用。当年参加支前活动的现在只剩下雪居委会老支书洛桑啦和我两个年过八旬的老

夏扎大院

人，曾德华他们在哪里都已经无从知晓了。”

“那他们对西藏的贡献，您是怎么评价的?”

“怎么评价都不过分。往大里说他们是民族团结的楷模，往小里也可以说是这些毫不起眼的小人物把现代文明的种子如修理自行车、手表的技术带进了西藏并慢慢传授给当地人。拉萨本地人还‘爱面子’，但是他们没有，钉鞋子、扫地，什么脏活累活都能干。所以他们是建设西藏的功臣，我很喜欢他们。”

“这么一说，那您的民族团结一定搞得很好了!”

刚祖啦一听这话，乐了:“真的是。民族团结，我是有名的，我拿的民族团结奖状就不一一说了，说两个最简单的，一是我们社区党支部非常注重民族团结，对各民族服务对象绝对做到一碗水端平，所以我们现在党支部里就有几位党员是做生意的普通汉族商贩，他们就是在冲赛康做生意的时候自己主动

申请入党的。今天早上我还收到一个回族商贩交来的入党申请书。二是，我们是全西藏自治区内第一个成立人力三轮车服务公司的社区，公司成立 20 年来，主要是解决了一大批汉族和回族打工者的就业问题，因为藏族农村青年事情多，一会儿回家去收割，一会儿回家去放羊，稳定不下来。汉族和回族打工人员不存在这个问题，他们在三轮车公司是最大的受益者。我们的民族团结工作就是从这些鸡毛蒜皮的事做起。你们可能不知道我们拉萨冲赛康和八廓街搞民族团结是有传统的，‘文化

八廓街往来打招呼的老奶奶

大革命’期间拉萨的地名都有基于革命理念的特殊改造。如，药王山叫胜利峰，罗布林卡叫人民公园，我们冲赛康叫卫星居委会，八廓街叫立新居委会，立新居委会里有个十组，大概有四五十人全是汉族，他们的后代有一个在八廓街当保安，你要了解老上海照相馆的故事他们肯定更清楚。我可以给你介绍八廓居委会的次啦书记，她肯定会帮你。我记得有个杨太文，现在还在那边。你们去找找看吧。”

小窗户

杨太文：八廓街的汉族人

杨太文，中等身材，一张精瘦的典型四川人脸庞，一开腔却是一口标准的拉萨藏话，不知道的肯定会犯迷糊：他是从哪里冒出来的。但说到自己的“来历”，快人快语的杨太文倒也不会让你失望，连说：“对对，我就是‘立新十组’的后代。当年‘立新十组’的人大部分都已经散了，少数后代还在，丹杰林有一个，八廓有两个。”

扎康建筑的挂牌

他告诉我说：“我自己出生在八廓夏大院，我的父母在八廓街合作社做过裁缝，后来去给人理发，一直到 20 世纪 80 年代合作社关张为止他们都在那里。当时，从现在的大昭寺广场北面公厕到朵果果水井一带，一字儿排开，都是合作社的营业场所，有理发合作社、自行车修理合作社、铁木合作社，还有裁缝店、钟表店、修鞋店、照相馆等等。我父母亲都是在拉萨去世的，他们中间回（老家）去过一次，但回去也待不长，说孩子都在这边，又想回拉萨。”

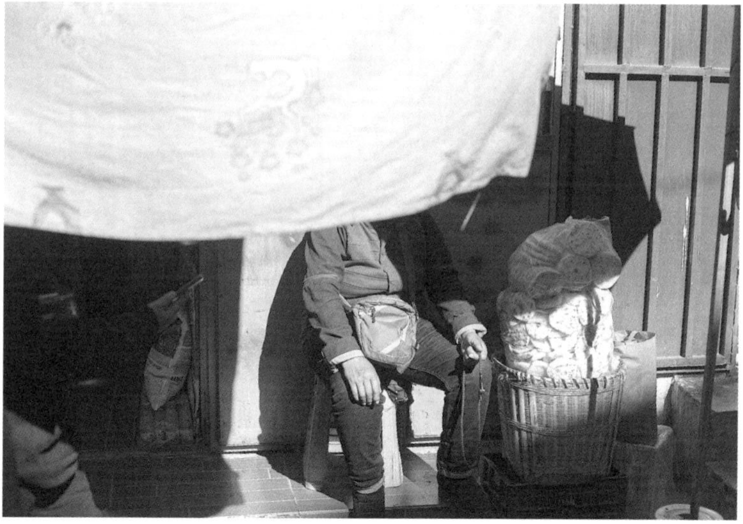

撑伞摆摊儿

我们谈到已经离世的父亲和母亲，杨太文陷入片刻的沉默。

他偏过头去吸了一口烟，好像想起了什么："唉，我的父母亲是八九十年代相继在拉萨去世的，现在在八廓的汉族后代可能就只有我、冯永义，还有一个叫钟琴的女孩。不像我们的父母辈，我和冯永义他们的配偶已经都是当地藏族了。"

他瞥了眼站在身边的爱人说："我的老婆也是山南藏族，以前在一个人家当保姆认识的，现在我们有一个孩子在上学。"

"我的大哥在内地生活，其他兄弟姐妹有的退休了，有的在阿里当公务员。我最差，因为我小时候太调皮，没好好上学。但是八廓居委会对我没啥说的，历届领导从根曲杰啦到现在的书记次啦，都是有口皆碑。我自己是保安，爱人是环卫工，今年还给我解决了 80 多平方米的廉租房，2015 年 12 月就交钥匙了。现在八廓的这间房子也很便宜，每年象征性地交 180 元租金就能长住。

八廓街里的商业区和做生意的人

“但是你要找上海照相馆的故事，我们当时还小，不是很清楚。当时立新十组的老人中好像冯永义的爸爸妈妈在那里工作过，他们会不会知道一些呢？”

张藏月母子：“妈妈啦”与“肖迪迪”

在八廓街，你找冯永义肯定没戏，但是你说找“肖迪迪”（小弟弟），没有人不知道。“狡兔三窟”的冯永义笑着说：“他们不知道我还有个藏族名字叫平措旺堆。我的妹妹叫冯同娟，她也有藏族名字叫普布卓玛。”

“谁给起的？”

“不知道。”

“你妈妈张藏月的名字是谁给起的？”

“不知道。”

“‘藏月’，西藏的岁月。真是缘分呢！那你们的妈妈是哪年进藏的？”

望向天空的藏式小院

“1960年。”

当年，张藏月的丈夫冯俊才在北京的掌柜那儿帮着做生意。后来，丈夫被派到拉萨，在“北京商号”当学徒。老冯20世纪50年代回去过一次，跟张藏月订婚。为了夫妻团聚，张藏月婚后第三年便离开内地，从老家河北来到拉萨。

我问冯永义：“阿妈啦现在在哪儿？”

冯永义说老人家跟在成都的大哥一起生活。“她天天都想回来，想她的藏族老街坊们，但她年纪大了，我们不敢让她回来。毕竟已经83岁了。”

“阿妈啦在上海照相馆待过吗？

“她可能是那儿的临时工，我爸爸后来也在那里，是摄影师。”

“你知道上海照相馆的老板是谁吗？”

“喔，换得太多了。可能是在他们内部熟人之间换来换去的。我隐约记得成都牛街一位叫袁姨的就当过老板，她的女儿现在还在牛街（这么说来也可能是拉萨回民的后代）。”

“最后呢？”

“最后不清楚是被收购为国营或街道办企业还是改制了呢，但我爸爸从上海照相馆退下来是有退休金的。”

“哦哦，那您和妹妹，跟当地藏族的关系怎么样？”

“我们早就把自己当成西藏人了，生在这里，长在这里，将来也得死在这里。”小冯的语气里带着一丝果决。

我想：也许跟张藏月阿姨打个电话，就能了解照相馆的更多详情。

在那个年代的八廓街住户中，很多家庭都是丈夫做些小生意，妻子去打零工。迫于生计，张藏月也四处去找零活。

问起这么多年都干过什么活，老人家曾告诉采访她的记者："我的打工经历很丰富。开始，在半公半私的照相服务部干过，后来又去地毯厂干了两年。那时我年轻、能干，在地毯厂主要缝衣服和藏被，一天缝十一二条藏被，缝一条有三毛二分钱的报酬，一天工作 8 小时。"

老人特意补充说，这不算很辛苦。最辛苦的要数修马路、背石块。拉萨的阳光强烈，在大太阳底下背石块，实在很难受。工人劳累了一天，能挣一块二毛的工钱。有时她也去帮人盖房子，她干了五六年。那时，大儿子已经懂事，一放学，就帮她一起做小工。

20 世纪 80 年代后，为了照顾生病的丈夫和几个孩子的生活，她开始在街上卖瓜子、烙饼。

讲到自己做小买卖时，老人的语调开始变得很轻松："白天我还有点儿不好意思，晚上六七点才开始卖。卖的东西有泡泡糖、蒸土豆。土豆里面撒盐和胡椒，不像现在街上的那么油，能卖不少。到了晚上一两点，还给别人缝衣服、补衣服。只要勤快一点，就能挣钱。慢慢的，家里条件不错了，老二结婚时，家里的经济条件已经很好了。"

老人的几个孩子因为从小在拉萨长大，藏语说得挺好，反而是汉话倒不太利索了。大儿子退休后在成都生活；女儿嫁在拉萨，丈夫是山南藏族；小儿子在八廓街开店，小儿媳妇也是藏族，是老人邻居的亲戚介绍的。

平时，她和藏族人一样，吃糌粑，喝酥油茶，每天围绕八廓街转经。在院子里，她和藏族老人一起说话，打麻将，已经习惯了藏族的风俗。和很多藏族人一样，她也信仰佛教，手上挂着一串佛珠，已经念了十几年了。

事实上，在寻找西藏早期现代文明火苗的路上，正是这些普普通通的"执火者"在帮我一点一点地捋清思绪，并一点一点地靠近历史真相。忽然间我觉得已经没有继续深挖所谓“上海照相馆”故事的必要了。反而因为认识了这么多有意思的汉族、藏族，这些平凡到谦卑、朴素，仿佛总是在躲着你的人，听他们讲那么多温馨感人的、带苦带甜带泪的故事，跟他们彼此视若知己的异族兄弟姐妹，手牵手，肩并肩，走过艰难困苦的岁月和阳光明媚的日子，我，作为一名记录者，还有什么遗憾的呢！

旧事琐记

索朗旺堆访谈录

2002 年 5 月笔者对索朗旺堆先生进行了访谈。以下为访谈内容：

1942 年，我出生在拉萨冲赛康附近一间民宅，父亲是位还俗喇嘛，担任旧西藏鞋匠行会的秘书，母亲是家庭主妇。因性格不合，父母离异，我成了流浪儿。10 岁那年，西藏已经和平解放，我就跟鞋匠师傅当学徒，为进藏部队赶制布鞋。鞋子做完了，我的生活又无着落了。

拉萨过去有在吉曲河边管理水运和船夫的机构，负责人叫“郭奔”，我有位大伯父，他是郭奔大人的管家，叫做“郭奔聂拔”。看我可怜，鞋匠行会组织不忍心，就把我带到水运官管家那里，请他看在孩子是他亲侄子的份上收留孩子，给他口饭吃。

在伯父家，我其实是个小佣人，陪堂弟堂妹去娘容辖——拉萨最大的私塾学校读书。

我小时候比较聪明，从小羡慕别人能上学读书，现在虽然是陪少爷小姐，但能听到先生讲课，学习写字看书的本领，我已经非常满足了。

旧西藏的私塾学校等级森严，上课得排座次。活佛、喇嘛被请到楼上，贵族子弟进楼下客厅，商人和富家子弟在庭院的天井里，而陪读的佣人只能缩在楼梯下面。我正是在阴暗杂乱的楼梯下，在那块向学校借的写字板上，写下第一个藏文字母的。我是娘容辖没有地位的学生，却也是学习最刻苦、最努力、最认真的学生。

旧西藏的私塾学校也公布考试成绩，那时就不讲地位高低、出身贵贱，无论是活佛、贵族、富人子弟还是佣人，都以成绩排座次，谁的成绩最好，就安排在第一的位置，谁的成绩差就被罚站在最后面。我小时候经常考第一，经常坐在第一名的座位上。这时老师会把一把竹尺交到第一名手里，让他打那些比自己成绩差的学生。

娘容辖家族已故强巴欧珠老人说拉萨风筝季（2008 年采访）

我喜欢风筝是出名的。小时候，一进入藏历八月份就到了拉萨的风筝季。那时候，放风筝没有固定的场所，爱好斗风筝的人喜欢爬上自家的屋顶升起风筝，我放风筝有时候到痴迷的程度，有时候干脆晚上睡在屋顶，就是为了方便早晨从被窝里坐起半个身子放飞风筝玩。

过去，拉萨人在各个林卡里放风筝。爱好者中不乏像江洛金、噶苏、唐麦、多贡等贵族大户的公子少爷。他们最开始是在房顶放风筝，西藏的屋顶皆为平面、女墙矮小，因此掉下摔死摔伤的也不少，所以慢慢就改在林卡里放。

当时，拉萨河边有藏纸作坊，藏纸做风筝的好处是结实挺括，不怕水湿雨淋。西藏和平解放前还进过一批印度货，颜色有纯白纯黄纯蓝，现在想起来应该是锡纸类的东西，在阳光下闪闪发亮，在空中打斗时发出哗啦啦的声音，很出风头。

在市场化程度很低的时候风筝器具都是爱好者自行解决。

八廓的风筝会“打架”是出名的。

我们八廓孩子放飞风筝的技巧就体现在空中的争斗玩耍。放线与收线的微妙变化，可以使风筝在空中迅速地升降、旋转、左右打滚，以最后断线飘走者为败。

而各种打斗技巧最后都集中在“绞线”上，线的质量至关重要，故在制作时有一道工序即上“那”。

过去，著名的八廓回族艺人上哉上“那”的时候会在院坝的空场上立两根高高的木棍，走来走去把风筝线一根根缠绕、绷紧、晾干。八廓街里还有几家做风筝的藏族艺人，一到风筝季，藏式房屋的柱子间一道又一道地缠满等待晒干的风筝线，密密麻麻，蔚为壮观。这一切就是为了一个“斗”字。

“斗风筝”也有诸多讲究，根据风筝的拴线方式，可选择风筝飞行的方式，争斗时，选位置很重要，最好能骑在对方线上，如果可能再缠上一圈。一旦双方的线缠上，不到万不得已不可收线，双方在此过程中比的是线的锋利度、风筝拖拽棉线的速度和玩家的技术。若输了，别难过，吃个肉饼，喝口甜茶，休息会儿，或者加入抢风筝大军，去抢那些已经断了线的风筝；若是赢了，大可对着对方玩儿家高喊“你的断咯！”放心，人家也会对你很友好地大笑表示“愿斗服输”。

这个抢风筝，同样又有很多技巧。我小时候零花钱少，几角钱一个的单色风筝也时常买不起，怎么办，抢！在西藏，断了线的风筝就是无主物，即便主人在身旁，也不会吼“那是我家的”，因此在放风筝的季节，基本就是三拨人，一拨只管放，断了再买；一拨只管抢，抢到手后卖钱；而最后一拨就是既放又抢的类型，我常常属于第三类人，好玩儿又实惠。

抢风筝时，很多人就冲风筝去了，而风筝在风中飘忽不定，一左一右，抢者大有不看路后落水者、撞墙者等，即便抢到了，也是很多人一拥而上，结果是风筝早已被扯烂。

因此要提醒风筝爱好者注意的是由于斗风筝极其具有趣味，一旦投入，很少有人再去观察周围的环境，来往的车辆，后面的危险物等等。我小时候经常听说谁谁放风筝从楼上摔了下来，被高压线电到了，所以放风筝要选择视野宽广的平地，如拉萨仙足岛河滩边，视野好，对手多，风又大。

拉萨放风筝除了“斗”，还有一种玩法，就是把风筝放飞到很高、很远的时候，或者是当天空中只剩下你那只击溃了所有对手，“万众景仰”、独孤求败的风筝的时候，用佛香把线烧断，让风筝随风飞走，放风筝的人认为这样可以为自己带来好运，能够心想事成。

拉萨桥概说

早期西藏的桥以悬桥和索桥为主。索桥有藤索桥、铁索桥和溜索桥等。藤索桥多见于西藏东南部的门巴珞巴地区。悬索桥常见于昌都一带，在江河两岸仅一索相连，行人吊在两端挂有滑轮的横杆上，飞驶过江。悬桥，亦称挑桥、飞桥、伸臂桥，多见于山高水深、不易打桩的江河上。

但是，有桥并不等于就能平安通达。清代诗人吴升对过去青藏高原高山峡谷地区溜索悬渡的惊险情景曾做过这样的描述：

上无一发可援手，
下则百丈奔惊龙；
身如云浮脚绵软，
达岸回视人飞空。

读此诗，路人横身飞渡悬桥的惊险场面如在眼前。

和平解放前，拉萨及周边地区曾经有赤桑桥、门仲桥、格桑桥、顿觉桥、夺桑（石桥）等六七座大小桥梁。其中有些桥梁简陋至极，河水上涨时仅露出桥面，两头则成了“泽国”，成了徒有虚名的“桥”了。

这些桥中，地处拉萨城外的赤桑桥比较有名，又叫“英吉桑吧”，它原本是一座木桥，是拉萨通往后藏的必经之路。这座桥几乎每年都被洪水冲垮，年年需要重修。为此，1937年，西藏地方政府安排扎萨擦绒·达桑占堆、准切·阿旺土登为正副主管，从印度购进钢筋、水泥，带领当地民工建造了水泥钢架桥，这是西藏境内由藏族人自己设计、建造的第一座水泥钢架桥。直到1965年在原桥址旁边新建了一座大桥，年久失修的赤桑桥才算完成了历史使命。

拉萨城东的门仲桥原址位于现北京东路与林廓东路交会处，是一座两孔石桥，过了这个桥就算从东面进入了拉萨古城。过去，拉萨城外的八朗学（藏语“黑帐篷”）一带住的都是康巴人，他们很多人是从四川康定、雅安等地运茶到拉萨，在拉萨城边的八朗学扎下帐篷以销售砖茶为生，帐篷旁边垒起的砖茶像一堵堵墙一样矗立着。

他们从遥远的地方跋山涉水、千辛万苦地把一驮驮茶叶运往拉萨，当走过小小的门仲桥时，他们的旅程总算走到了尽头。

而夺桑桥（石桥）位于拉萨城北的“热木齐”一带，就是小昭寺路上至今叫“石桥巷”的地方。那里原来有一座南北向单孔石桥，附近有小昭寺、密宗上院，还有贵族彭雪家的私宅和一座小型屠宰场，桥的西面是林卡，周边有回民经营的菜地。

在拉萨老城与布达拉宫之间有大名鼎鼎的琉璃桥，位于拉萨宇拓路上的琉璃桥是西藏和平解放前联结拉萨老城与布达拉宫的一座桥梁，这座桥梁上部封顶，其形为歇山状，用绿色琉璃瓦装饰，桥身长 28.3 米、宽 6.5 米，是一座汉藏建筑工艺结合的桥梁。过去拉萨城区排出的生活污水基本上从这座桥下流过。桥中心木梁上搭有一把铁环，据说这是过去朗子厦和雪巴列空两个司法机关管辖区域分界的标志。民间传说该桥是文成公主修建，但是在有关历史文献和壁画中没有发现有力证据。另外一种说法是这座桥是在公元 18 世纪由清朝一位驻藏大臣主持修建，这种说法客观一点。传说驻藏大臣属下的一个官吏假借大臣的名义，给皇上上奏折请求修建“雪”至拉萨之间的大桥，并称工程艰巨、耗资巨大，建成后的规模将达到需“乘马八天”的长度。皇帝信以为真，拨了笔巨款并命其负责修建琉璃桥。尽管当今这座桥已经失去了交通意义，但是作为历史文物，它仍然有着重要的意义并得到了很好的保护。

虽然过去拉萨城内有不少桥，但最需要桥的拉萨河上却一直没有。旅客从西藏东部进拉萨老城靠木船和牛皮船摆渡，渡口的名字叫拉通鲜喀（在现拉萨市城关区蔡公堂乡香嘎村江边）。这个渡口终年繁忙，夏季由牛皮船接送客人，冬季由木船摆渡。但是，由于过往费用昂贵，时间又不能保证，旅客常常抱怨，于是民间流传出这样一首民谣：

拉通鲜喀渡口，
乘坐早班渡船，
走到布宫眼前，
太阳已上西山。

拉萨河上为什么迟迟没有建起一座桥呢？据说，早在 20 世纪 40 年代，西藏的一些贵族、大商人曾经商议合伙投资建造大桥，以解决交通问题。当时有一位好事者说："啊兹兹，各位官人、大老爷，你们难道不知道？我们圣城拉萨四面被圣山包围，被八瓣莲花护卫，东有老虎嘎东沃玛，西有红鸟迪普东，北有黑乌龟帕蚌卡岩，南有飞龙拉萨河。如此祥瑞的圣洁之地，现在老爷们要在拉萨河上建桥，那不是往龙王身上架鞍吗？万万使不得呀！"建造拉萨大桥的设想就取消了。

到 1954 年，在中央人民政府的关怀下，拉萨大桥动工修建。由于大量农民工的涌入，此时，拉通鲜喀渡口更加繁忙，渡口摆渡费突然大涨，往返旅客怨声载道，船老板却乘机大捞了一把。

在人民解放军和筑路农民工的努力下，经过一年的奋战，拉萨大桥终于竣工，人们从此彻底摆脱了牛皮船。渡口管理官员耀武扬威的日子结束了。拉萨街头又流传出这样一首民歌：

西藏得了解放，
河上架了新桥；
夏苏胖子大妈，
嘴上打了叉叉。

"胖子大妈"指的是掌管渡口大权的夏苏大官，因为他长得白白胖胖，嘴上不长胡须，被人戏称为"胖子大妈"。这首歌说他已经没有油水可揩了。

时至今日，拉萨大桥在民间仍叫"估如桑巴"（意为斜叉大桥"）。"估如"本意为手工纺织时悬垂经线的小木棍，后来特指奶牛产奶期间为防止牛犊偷吃而在其嘴上套的木头斜叉。人们以此表达对对昔日那位贪婪官员的辛辣嘲讽。

拉萨旅店早期雏形

西藏，地处中国西南边疆，地域辽阔，客旅往返和物资交流都十分频繁，自然形成了大量的寄宿行为，以及随之而来的寄宿习俗和寄宿伦理。

古时，往来大道上有驿站、达桑（藏语“马站”的意思）等客店性质的机构，解决来往人员基本的水草和茶炊之急，邮差房也有充做客舍的历史。

吃大户——地方政府接待官方客人的方式

西藏和平解放以前，整个拉萨市没有一座现代意义上的旅馆客栈。那时候，地方政府接待官方客人的时候都是给各贵族大户签发一种特殊的文告——“采尔厦”，不管情愿不情愿，贴在谁家的大门口，就起到一种类似发放租赁通告的作用，这户人家理所当然的就要承担接待贵宾的任务。

1940 年，国民政府蒙藏委员会委员长吴忠信赴藏主持十四世达赖喇嘛坐床典礼，噶厦政府召开会议决定：“借用贵族色兴家的别墅，即行修缮粉刷；新制桌椅床铺和炊具，并按以往惯例向各寺庙、各大贵族借用所需之高级器皿和柴草，由经办者提出预算，由噶厦命令各宗、谿，限期向指定地点交送；所需经费、木柴，向噶厦支领”。

一般比较重要的接待工作，地方政府还要专门选派一个叫“鼐先哇”的七品孜仲接待官。在大户人家的屋门口贴“采尔厦”的工作就由这位七品官“鼐先哇”来完成。远道来的客人跟地方政府有什么接洽之事，他们需要向地方政府各个部门汇报政教事务等，也是通过作为联络官的“鼐先哇”来办理。但如果他们要进入寺庙参加一些宗教活动，时间比较长的，则“鼐先哇”一般可以不管，因为寺庙里又有专门的接待人员。

1951 年，西藏地方政府派往中印边境亚东迎接中央驻藏代表张经武的雪康赛和后来负责接待解放军官兵的地方政府官员定甲赛等，实际上做的就是“鼐先哇”的工作。

其实，和平解放前的拉萨原有一些属于公用性质的建筑；另外还有一些用于商业性的租赁用房，这些房子的主人主要是贵族、寺院和一部分商人，哲蚌寺基索（财务官）在拉萨城内的公房果瓦康色即属此类。

但即使有专门的租赁用房，远方来的客人住在空空荡荡、冷冷清清的房子里肯定没有住在贵族大户人家里舒适，所以那些专门用来租赁的客房资源并没有充分利用起来。

康定锅庄——最早期的商旅堆栈和客栈形式

商人和香客一般是自己找房住。有实力的商人想常住拉萨的多是自己盖房子定居。像邦达仓这些大的官商在地方政府中任职，在拉萨街区建有豪华府邸。小商人，主要是康区来的，有的在街上开商店，吃住都在一起，还有很多康巴商人在八朗学一带卖砖茶，他们喜欢住在搭建于野外的帐篷中。

当时，拉萨还有贡桑孜达热、夏禹达热等七八家公共或私人马厩（达热），提供简单的水草饲料，人也可以寄宿。马厩客栈的来历既可能是西藏古代相延下来的兼具堆货、炊饮、客舍性质的综合市肆，也可能与闻名中外的康定锅庄之间存在着某种相互影响的关系。

锅庄是康定特有的行业。历史上，康定锅庄多达 54 家。清代以来，随着汉藏贸易的发展，打箭炉（今康定）成为川藏交通枢纽。汉藏商人云集，搭起帐篷，埋锅灶膳。明正土司的属下转而为来往客商服务，修筑具有汉藏结合样式的锅庄大院，“锅庄”也应运而生了。这些明正土司的属下长期居住在这里，熟悉汉藏语言。随着明正土司家族的衰落，他们也逐渐转化为专业的汉藏贸易经纪人，“锅庄”便成为具有内地特色的货栈。

到康定从事贸易的藏族商人与各家锅庄有着稳定的主客关系，并不随意选择。在康定经商期间，这些商人的食宿均由锅庄主人负责供给，不计费用，主客犹如一家，关系十分亲密。商人销售土产和购买茶叶等活动，均委托锅庄主人与汉族商人交易，成交后，锅庄主人按总金额收 2% ~ 4% 的佣金，收入亦十分可观。

拉萨很多大户人家的院落修得特别大，就是因为有这种与康定锅庄类似的需求。譬如，每当有商队马帮，或者乡下人赶着大群牛马来到拉萨，就可以请他们直接住在院子里，这有很多好处。当时，拉萨的燃料比较缺乏，马粪牛粪晒干可以当柴烧，晒干的牛粪错落有致的斜排在墙头，既很美观又具有防盗功能。房东还可以跟牛队和马帮主人做物物交易。

被遗忘的“江冬仓”——因投宿成几辈至交

在西藏，朝拜著名寺庙和神山圣湖的香客历来很多。普通香客多是找同乡亲友借宿。如果是长期住客，除了向房东缴纳房租外，还须再为房东支应一定的力役差徭，两者是分开进行的，这是旧西藏世俗社会公认的一种约定。

有一些香客是从牧区来的，多是冬季传召法会之前来到拉萨，他们一般自带帐篷，住在拉萨周边收割完的青稞地里。他们的牲口晚上放养在农田里，等于给当地农民留下了上等的农家肥料，而当他们的牲口面临断顿危险的时候，当地农民也能帮他们提供廉价的秸秆饲料。此外，农牧民之间还能方便地进行物资交换，这是人情社会里普遍的交换方式。

至于说到俗人的长途寄宿行为，普通人出门投宿，多是送点土特产品，因为投宿关系而成为几辈至交的也大有人在。

常租客要以劳役支付部分房租的形式，譬如参加每年雨季前一年一度的“喜鹊筑巢节”活动，跟着房东参加房顶培土、加固屋檐等劳动。

因为旧时代的拉萨盗匪横行，小毛贼的偷盗习俗是白天踩点，三更半夜挖墙洞，盗窃屋里的东西。因此按照客户的要求，投宿旅客的骡马店一般是一个大院落，院落里面的墙边上仆人们支起帐篷睡，牲口拴在旁边，起到警戒作用。院中的大屋是店主和商主休息的地方，贵重的东西放在屋内，不容易失窃。

拉萨的旅馆业发展得很晚，以前基本上没有这个概念，20 世纪 50 年代，解放军刚进藏不久，随着流动人口的增加，有个绰号叫徐马阿古的西宁人瞅准时机，仿照内地车马店的形式，在铁崩岗那边的广场上盖了一座很大的院落专门接待往来旅客，人们印象中拉萨最早的客店，就是它了。

但是西藏著名油画家大次仁多吉另有一番说法。如今已年近古稀的大次说：“我家的前辈专门以接待投宿客为生，我们家的房子叫‘江冬仓’，位置就在现在的拉萨市人民医院斜对面。过去，这里有一座门仲桥，是茶马客进入拉萨的最后一座标志性建筑。那时的‘旅社’一般建在郊区，当时我们家就在靠近八郎学的荒郊野外，周边是溪流、湿地、草坪、树林。离我们家不远处还有一个叫‘亚热’的驮牛店，在热木其（小昭寺）那边还有几家藏北牧民开办的简易骡马店，热木其当时就属于郊区。开这种接待商队的客店必得有宽阔的空场，普通人在城里是找不到那么大的地盘的。当时，我们店里的住客主要是来自藏东的康巴商人和来自藏北牧区的老主顾，他们是每年都要来的。甚至还有来自新疆的干果商。康巴商人一般是以马帮的形式到拉萨，一个马帮至少由 30 多匹骡马加十来个佣人和护卫组成。他们到了我们这里以后，我们家的人要帮助他们把马拴在院子里，把佣人们安排住在围绕主屋的平房里，把领队的商官请上二楼专门留给他们的几间偏房，他们的货物就集中存放在底楼几个很大的储物间里。”但是当时的“江东仓”和“亚热”一类都不能视为真正的旅店，因为没有店钱这一说。大次接着说：“从牧区来的人有时候送点酥油给房东，有时候送一条羊腿肉，有时候送点奶渣。住进来的人投宿的时间一般也不确定，因为谁也预料不到他们的生意何时能结清。当他们要返回家乡时我们店主家还要送点回礼，但店主家跟房客做生意一般会得到优惠。”

大次老人现在还住在古老的江冬仓大院，不过由于城市人口的增加，大次的住房面积比以前小了很多。他说：“一些藏北牧民直到现在跟我们的关系都很密切。牧区来的客人对住屋没有什么要求，只要有躺的地方，能烧茶就行。有时候十来个人住在一间屋里他们也能把自己的生活弄得井然有序。就在前几年他们还来我们家投宿。我们家现在已经完全没有接待他们的条件，但他们不愿意走，他们几乎是哀求着要住在这里。我只能把厨房腾出来让他们住。虽然时代在发展、进步，可他们还是非常念旧，习惯于传统的一些生活方式。这就是拉萨早期特殊的旅馆形态带给他们的影响。”

滇藏间贸易源远流长的交往史

滇藏贸易始于宋元。

明清以来滇藏间贸易加速发展，已有不少西藏、青海等藏族地区的“古宗驮队”南下到滇西北地区，与此同时，丽江一带也有不少自养马帮、自主经营的行商“藏客”深入雪域高原。“藏客”是纳西族商人进藏经营的传统方式，历史悠久。他们自己养有马帮，春赴思茅运茶，一路放马，五月份赴西藏，一年一次，夏去冬回，经营物资主要是茶、糖、牛羊皮及山货药材等。“藏客”一词原本是对这些经营方式独特的纳西族行商的特殊称谓。如清末民初丽江诗人杨应先就有诗云：（丽江）“种稻良田少，行商藏客多。”但后来随着纳西族进西藏经商的人数扩增，这一称谓便逐渐泛指丽江境内所有进西藏经商营生的人，不管是赶马人、行商还是坐商。有人将“藏客”等同于“藏商”，这其实是一个历史的误解。自清嘉庆年间起，在云南滇西北一代，就崛起了前往西藏做生意的“藏客”，他们不辞辛劳，一年一度往来于云贵—青藏两大高原间，将云南盛产的茶叶运到西藏，将西藏的山货皮毛运进内地。

到抗日战争中后期，这条茶马古道成为中国唯一通向盟国的陆路通道，骤然兴旺，经营此路的云南大小商户有上千家，其中著名的有杨家的“永聚兴”、李家的“永兴号”、牛家的“裕春和”、赖家的“仁和昌”、张家的“恒盛公”、马家的“铸记”等等。据说他们在拉萨的信誉良好，与西藏上层贵族和商人往来密切，并资助清朝驻藏大臣，同时对各大寺庙进行布施，其数额之庞大，闻名一时。

云南商号在拉萨的 40 多家分号大多集中在八廓街吉日巷

一带，在 19 世纪中后期，那里曾建有“云南会馆”，藏族称之为“云南拉康”。会馆里塑有关帝像和云南纳西族“三朵神”像，会馆直到今天还在。笔者探访八廓街时，路过重新修缮过的“云南拉康”，虽然房门洞开，但往日的商业氛围已经淡去，取而代之的是市井生活景象，目前这栋房子为当地的百姓居住。

近代以后，以丽江、中甸、鹤庆等地商人为主的许多滇籍商人已从行商发展到坐商，实力逐渐增强，成为滇藏商贸交流的主力军，以滇西北商人为主的云南人在西藏开设的商号主要集中于拉萨这个经济中心，是近代西藏最有实力的商帮之一，在西藏经济中占相当地位。“到 20 世纪 40 年代后期（在拉萨的五大商帮中雄踞第二的是滇帮），云南商人最多时有 30 多家，他们主要的业务是进口茶业、铜器、食品等，有时也做点非法生意，如贩运鸦片。他们在滇、缅、康、藏接界的区域，跑得很熟”，并在拉萨开办了多家云南丛康。

云南输入西藏的商品主要是茶叶、红糖、火腿、铜器、藏服、藏靴、布匹、针线等日常生活物资，由西藏输出云南的主要是牛羊皮革、氆氇、山货药材等。近代活跃于滇藏商贸舞台上的云南商人中以丽江纳西族商人为主，几家驻拉萨商号的经营者都是丽江纳西族商人。赖敬庵、杨超然这两位丽江商界的前辈曾回忆说：“（往西藏）运送的货物为茶、糖，其次是布匹、铜铁器、酒，以至一针一线，皆仰给于纳西族商人。”两位前辈的话虽有绝对之嫌，但丽江纳西商人在滇藏贸易中的重要性及在此基础之上的自信心一目了然。近代滇藏商贸有一个特别显著的发展特征，就是滇藏商贸已不再是单纯的省际间贸易，而是已发展转化成滇、藏、缅、印国际贸易圈中的一个重要组成部分。滇、缅、印、藏及滇、藏、印通道，是当时连接近代滇、缅、印、藏间各个重要商贸市场并维系商贸交流的主要渠道。近代有不少云南商人就是沿着这两条通道远赴印度。由于近代云南商人在西藏的经营状况随着经商环境的好坏而屡仆屡起，在拉萨开设的商号也是前仆后继，新旧更替频繁。

丽江商人杨聚贤在清末经商于拉萨时曾与当时的驻藏大臣有泰和十三世达赖喇嘛往来密切，得到了二人的赏识与信任。1904 年，在反击英帝国主义侵藏战争中，我军给养发生困难，因路途遥远，清廷又一时接济不至，于是杨聚贤慷慨借资垫支，支持三个月之久。清光绪三十二年（1906 年），清廷新任驻藏大臣联豫在拉萨推行新政，拟开办学堂、医馆等，于是杨聚贤以各种形式先后捐助了白银七千余两，帮助联豫开办了藏文讲习所、汉文读习所各一所、初级小学堂两所、白话报馆一所、施医馆一所、商品陈列所一所，为西藏近代化历程的推进作出了积极贡献。1945 年 8 月 15 日抗日战争胜利后，驻藏商人热烈庆祝并举行联欢大会。云南商人积极参与，不仅出资凑钱资助大会，还在会上自编自演了滇剧《三娘教子》等颇具云南文化特色的文艺节目，让藏族同胞领略了滇文化的奇异风彩。同时，近代滇藏两地商人的频繁往来，带动了纳西、藏、白、汉等兄弟民族间友好关系的发展。（根据《丽江文史资料》等）

北京和西藏地区源远流长的贸易关系

北京商人较早就到了拉萨。

在拉萨设立商号是近百年间的事。起初是由北京的“外管”，即走外蒙古大库伦的商人转过来的。据说，最早的一个人就是解文会。他来藏后，开始也是做生意。后来给西藏地方政府的扎萨柳霞·土丹塔巴当管家，积累了一定的资本，于是给“文发隆”“兴记”商号出钱，当了东家。他和一位藏族妇女结了婚，生儿育女。他的儿子也当过柳霞的大管家。“兴盛合”“广益兴”两家也是在外蒙古独立后，转到拉萨来的。在拉萨的北京商人，实际上没有一个北京城里的，都是北京郊区的乡下人，来自京郊的香河、武清等县，但绝大多数是京南一带的深县、束鹿、冀县、枣强、景县、饶阳等地的人，从前走“外管”的也多为这几个县的人。各家掌柜大都住在北京办货，其伙计在拉萨坐庄营业。货从天津上船，经香港、加尔各答，到噶伦堡后再用骡马、牦牛、毛驴等驮运到拉萨。一年大致进两三次货，约三百驮，价值大洋六万余元。冬货夏天办，夏货冬天办。货物由天津运到拉萨大概需要三个月。最初，北京商人并没有开设铺面，各家商号合在一起，也只有十来个小伙计，不管哪家的，吃、住都在“果芒康萨”楼上。大家在一起做些小手工活，如铜器、丝线辫绳等，货源也很少，而且多为零碎商品，并且大都批发给街上的小摊贩和回民商人出售。因为东家和掌柜都是有房产、地产的人，生活富裕，自己住在北京城里，派伙计出来跑生意，不过是想捞点外快而已，不敢放手让伙计做大生意。后来经验丰富了，觉得有利可图，才开始大干，直到 20 世纪 30 年代，才陆续在拉萨八廓街开了六七家商号。1945 年前后，“兴记”和“文发隆”两家商店生意最为兴隆，因有柳霞作东家，本钱大约都在一万品藏银（每品为 50 两）。其他北京商店也各有本钱五六千品左右。本钱不够时，可以通过关系向西藏地方政府借款。拉恰列空、孜恰列空、扎豀列空等放账；大商人根拉敏、邦达昌和贵族等也都放账。每品藏银年息在六七两左右。调换印度卢比，则大多通过康巴商人之手进行。因为当时没有银行和钱庄，而康巴商人，如邦达仓、桑多仓等都是做羊毛生意的，羊毛价钱好就低，羊毛价钱不好就高，一卢比兑换藏银三两多，直到和平解放时，才定为五两。此外就是在本地买土特产发往内地，如麝香、熊胆、狐皮、豹皮、水獭皮、虫草、贝母等，大都集中在康定、玉树等地交换。一些康巴商人在那里换茶叶运进来，并把虫草、贝母等运往广州出售。

各北京商号经营的货物主要是绸缎、瓷器、玉器以及铜器、丝线、小手工艺品等杂货。绸缎虽是大宗商品，我们也都是从北京“正源兴”绸缎庄买的苏、杭绸缎。丝线也是在北京办货，买的是山东邹县的产品。只有瓷器是我们亲自派人到江西景德镇办货。这些商品中，花绸缎销路最广，因寺庙里做“佛衣”“供品”“神伞”“画轴”“顶棚”等均需此物。铜器自然也是佛事用的占多数，唢呐、曼扎、净水壶、提炉等。丝线的销路也特别广，因为，藏族人无论男女老少都留辫子，扎辫结，所以买丝线的人也多。大宗货物，如绸缎等可得利润 20% 左右，瓷器在 40% 左右，其他商品的利润也在 20% ~ 40%。北京商号的人事规矩是很严格的。“三爷”，即姑爷、少爷、舅爷不许在同一个商店，这是因为怕裙带关系排挤其他人。此外，为了商号的荣誉不能欺老骗幼，除了必要的人情往来外，商品价格都是一样的。各商号之间没有什么大的竞争，行情、货价等基本相同，只是办来了什么货，各自保密。（资料来源《西藏文史资料选辑》）

国立拉萨小学简介

1934 年，国民政府派参谋本部次长黄慕松入藏致祭十三世达赖喇嘛，同时与西藏地方政府协商，在拉萨设立蒙藏委员会驻藏办事处、交通部拉萨无线电台、中央气象测候局拉萨气象测候站、国立拉萨小学。

噶厦政府虽同意国民政府在拉萨办小学，但对于校址、校舍则不予协助解决。驻藏办事处的参议蒋致余多次与噶厦官员磋商，都被对方以种种借口推诿，或口头承诺而无实际行动，以致延误了三年之久。后来办事处与噶厦政府的翻译官马和堂商议，暂时借用他的三间房舍（约 50 平方米）作为课堂，1938 年夏末，在极其简陋的情况下，国立拉萨小学勉强招生开学。

刚开学时有五六十名学生，汉文教员是驻藏办事处的职员李玉堂、李耀南，气象测候所所长曹巽，阿文教员是马延福阿訇。汉文课初学汉语拼音字母、千字文。因房屋过于窄小，无法容纳更多的学生，而且小学处在闹市边缘，也没有足够的经费修建校舍，不得不于 1939 年将校址迁到驻藏办事处二楼。

第一任校长由办事处参议蒋致余兼任，后由拉萨电台台长张威白接任，开始时教员几乎全部由驻藏办事处的官员兼任。最初在校学生不到 100 人，主要是回族和汉族，藏族学生很少；课程设置有藏文、国语、算术、历史、地理、公民、常识、音乐、图画、体育、习字和阿拉伯文等。藏文和阿拉伯文由喇嘛、阿訇分别任教。汉文课本由国民政府教育部审定。

1940 年，国民政府教育部边疆教育司委任王信隆任拉萨小学校长。他到任后，调整了师资结构和课程设置，并根据民族和信仰的不同，分别设置了汉文、阿拉伯文和藏文三个班，教学质量有所提高，在校学生人数增至 150 多人。

1946 年，邢肃芝任拉萨小学校长时，学校的经费已增加至10万卢比（印币）以上，师资也提高了三四倍，学校规模不断扩大，除修建了操场、礼堂等各种设施外，还增设了特别班和幼儿班，在校学生人数近300人，教职员工有20余人。学校还制定和颁布了物质奖励和奖学金制度，帮助救济家境贫寒的学生，鼓励学生积极向上。

1949年，国立拉萨小学停办。

除创办拉萨小学外，国民政府还特别补助印度大吉岭和噶伦堡两所中华小学，使其能够吸收藏族子弟入学，为藏族子弟以后到内地升学创造了条件。据记载，1947年大吉岭中华小学有藏族学生20名，噶伦堡中华小学有藏族学生35名。

竺可桢与拉萨测候所①

竺可桢（1890—1974年），浙江绍兴人，中国科学院院士，近代气象学家、地理学家、教育家，是中国近代地理学和气象学的奠基者，曾任浙江大学校长等职，为国家民族作出过重要贡献，享誉海内外。不过他为西藏气象测候工作做出的努力，则知者不多。1934年4月，国民政府派参谋本部次长、边务组主任黄慕松作为专使前往拉萨致祭十三世达赖喇嘛。与此同时，青海黎丹等组成巡礼团，前往拉萨。时任中央研究院气象研究所所长的竺可桢早就对边疆气象事业高度重视，见此机会，立刻电告在成都的徐近之，另派测候员王廷璋协同前往。竺可桢在给“西藏巡礼团”黎丹的电报中特意提到“由敝所派测候员王廷璋携带仪器随台出发，定于本月十五日乘欧亚飞机赴兰，赶趋西宁会同赴藏”，“拟抵拉萨后，觅定相当地

① 摘自科学出版社1979年版《竺可桢文集》。

址，实施测候工作，为期至少一年，至多两年。谨此专达，切望随时指导”。西藏地质气象复杂，若无气象数据积累，则不具备相关条件，不能预报天气变幻。故测候是西藏与内地通航的前戏。徐近之与王廷璋奉命于 1934 年 9 月 20 日随巡礼团到达拉萨。他们在巡礼团拉萨住处的楼顶，安置了全套仪器。1935 年 3 月迁至八廓南侧吉堆巴院内，占房两间。最初，“藏中官民不明测候意旨，颇多疑虑”，“噶厦恐测候与飞航有关所致”。竺可桢颇为着急，后经当时专使行署留藏人员蒋致余以及已就任蒙藏委员会委员长的黄慕松等说明“测候所任务仅系用科学方法测量天空现象为晴雨风向等之变化，对于地方上有百利无一弊用”，始有转机。1935 年 5 月中旬，拉萨测候所正式成立。应中国气象学会之邀，测候所的徐近之利用观测结果并全力搜寻资料，写出多篇论文。他还辑成《青康藏高原及毗连地区西文文献目录》，并将青藏自然地理资料包括地质、水文、气候、植物也辑成四册，于 20 世纪 50 年代相继出版。这是一项为青藏研究后来人提供路标的工作。1936 年底，中央大学地理系主任胡焕庸发来电报，要求徐近之回学校任教。徐近之这才奉命回京，测候所工作由王廷璋负责。竺可桢一直对拉萨的气象工作高度重视，为了筹建和维持拉萨测候所，不但花费大量经费，而且付出了大量的精力。他多次与拉萨的王廷璋通电通信，称其“廷璋同学足下”。他对拉萨测候所既有工作安排，也有生活关心，更有具体指导。如当时，拉萨测候所“在藏用途月以六十元为限”，而其他地方测候所每月只限用二十元。且拉萨由公家供膳属额外优待。有鉴于西藏的特殊及王廷璋的具体情况，他屡屡有派人进藏接替王廷璋的打算，但因时局多变、意外频发，未能实现。如他曾举荐秦雨民随九世班禅一行进藏。因 1937 年卢沟桥事变，九世班禅未能入藏，赍志而终。竺可桢只得让秦雨民驻留西宁。后来，他还曾考虑派懂藏语的李兴西去拉萨，也未能如愿。王廷璋在藏时间已久，思乡心切，多次提出请示。1939 年 10 月 23 日，中央气象研究所致电拉萨哲蚌寺碧松法师（汉藏教理院留藏学僧，后任拉萨小学校长），请他代理观测工作。电文内容："拉萨测候所观测员王廷璋君旅藏已久，急思返乡，该所观测工作仁者愿接替否，每日只需观测 3 次，观测项目只需温度、雨量，每次所需时间不过数分钟，自明年元旦开始，每月津贴法币 40 元。"1940 年 1 月 1 日，拉萨测候所工作改由碧松法师担任，王廷璋候资返川，暂留拉萨整理气象资料。这期间，竺可桢在经过充分考虑后，认为"西藏拉萨测候所王廷璋早届瓜代之期，现有曹巽、邓明渊二人可以继任，自可前往任职。惟渠二人赴藏以前，对于观测方面必须经过精密之检考，以免日后所作记录有种种错误"。还强调二人之工作必须经详细之考核，不然则等于虚縻国帑自欺欺人也。7 月 1 日，中央气象研究所任命曹巽、邓明渊（后参军，任十八军先遣支队政治部秘书科翻译）为拉萨测候所测候生，曹巽兼主任。1940 年 11 月 29 日，曹巽等抵拉萨。1942 年元旦之后，拉萨测候所移交给中央气象局。3 月 17 日，王廷璋离开拉萨经云南大理回重庆。曹巽等虽远在西藏，但与竺可桢的关系仍很密切。1946 年，色拉寺汉僧善化（即钟善化，1952 年 7 月—1961 年 7 月在中央民族学院图书馆工作，之后被下放到了甘南；80 年代回学校）参与了测候所工作。1948 年，有材料表明，拉萨测候所的职员为技士兼主任曹巽、技佐（观测员）善化。1949 年 7 月 8 日，西藏发生"七八事件"，测候所人员曹巽和善化"被迫撤离拉萨，经印度返回内地，拉萨测候所工作随之终止。观测记录至 1949 年 6 月。在这整个时间段里，除特殊情况外（竺可桢曾去电严厉批评说“现拉萨所记录断缺不全，殊失该所创设之初衷”），其间未曾中断。有学者评论，该所为全国天气预报和东亚季风以及西藏气候的研究，提供了宝贵的资料。

“坝后人”热加巴

拉萨河从古寺大昭寺南面向西流去，当时拉萨河的河床比现在拉萨河的河床大得多，北岸的河水从现在的林廓南路流过，坝后江边上有一幢公房楼，叫作“热卡擦催”，居住着一帮赤贫者，拉萨人称为“热夺”或“热加巴”，这些人起初靠送葬维持生活。

当时拉萨河北岸河坝背后有一个天葬场，拉萨街面暴尸荒野的无主尸体就由这些热加巴（坝后人）在这里处理。这个特殊的吉度组织由号称“三十个热加阿爸”和“三十个热加阿妈”组成。地方政府很多市政机构束手无策、屡教不改的小偷强盗等人犯被交与“热加巴”组织收容管束并成为他们的新成员。

自从 1679 年第巴朗孜巴的官府收归公有，在这里设立了统管拉萨市区社会治安的机构——朗子厦机关，所有的“热加巴”归朗子厦管理。他们为西藏地方政府支差，主要根据地方政府明文规定，承担每年藏历新年期间八廓街上经杆除旧立新的工作；第二，管理城内流窜乞丐、追捕逃犯、收藏宗教仪式上所需特殊祭品等等工作也都由“热加巴”来承担。所谓收藏特殊祭品指的是某些宗教祈愿法会仪式上需要死人身上的某些器官作为祭品，这些特殊祭品只有“热加巴”才能提供；第三，其女性成员在大昭寺前有个临时住处，每天需安排值班人员防止街头野狗窜入大昭寺；第四，在洪水季节加固堤坝。

“热加巴”这帮人除了完成地方政府规定的任务以外，为了生活需要他们将手工制作的牦牛毛绳子推销到市场上，以增加收入。同时他们还不定规地进行一种不同寻常的乞讨。他们乞讨不像一般乞丐挨家挨户去讨饭，而是利用城内达官贵人，名门豪府举行家宴、小姐上头、公子升官、乔迁婚嫁等机会，成群结队在俗称“大爷”的“热加阿爸”的带领下，戴上黄色圆形的职业帽，在大门口高声喊叫：“我们热加巴这个帮，说人多不多，说人少也不少。三十个汉子，三十个妇女。今逢府上喜事，施舍小钱多少多少。区区小钱，如同府上门后的垃圾，腰包里的碎钱，赐给我们，我们感激不尽，我们这就给府上吟诵祝词，祝贺主人飞黄腾达，官运亨通。若主人吝啬这点小钱，我们也不强求，让全市人知道，在拉萨城内丢尽你们的脸面”。如此这般的话语在那些富豪门前大声嚷嚷，他们受不了这些话语，又怕真会丢尽脸面，往往成全“热加巴”的要求。“热加阿爸”们“领赏”退去后，轮到“热加阿妈”们上阵，她们能乞讨到钱物的是“热加阿爸”的一半。

每年秋末初冬来拉萨朝圣做生意的人很多，“热加巴”向他们要钱要财。“热加巴”对他们说：“夏天制伏凶猛的洪水，冬天换立顶天的经杆，我们用光膀赤臂为拉萨卖力，你们应该给我们钱和物”。“热夺巴”或者“热加巴”团体是受过刑罚的人或者流窜的乞丐组成的，因此他们在互助“吉度”中属于最底层的团体。

甜茶馆

西藏的甜茶馆大都没有豪华的装饰。一般茶馆的馆名牌就挂在房门顶上，门的顶沿上垂着“香布”帘。茶馆内，在茶客方便拿到的地方，排放着一堆喝茶用的无花纹玻璃杯。喝茶时必须一个人用一只杯子，藏族人非亲非故的绝不用一只杯子饮用热饮。即便有亲缘关系的人，也很少用一个碗吃喝。大多数茶馆里，摆放着简便的木制桌子和板凳，除了这些必需品外，没有任何美观用具和吸引人的设施。但是，大部分茶馆总是座无虚席，后到的茶客，只好从近处的柴火堆上搬来木头坐。他们冬天靠阳面，夏天坐阴面，一年四季天天都这样坐着喝茶。在茶馆，不时有进来要求布施的僧人和乞丐，他们在你耳旁诵经或唱歌，茶客就从桌上的钱里拿出几角或几元给他们。说起桌上的钱，也是很有意思，围坐一桌的茶客一到座，马上从兜里掏出几元钱放在桌上。倒茶的姑娘倒一次茶，就自行从桌上收一次钱。也有茶馆的倒茶姑娘凭记忆从桌上收总钱，茶客风趣地说，这是电脑计算出来的。这种付钱形式体现了卖主与客人之间的极度信任。茶客之间也不计较谁付的多，谁付的少，最后散伙时，桌上剩的钱总在互相谦让中由一个人拿走。

甜茶不像酥油茶和青稞酒一样，发明权不属于藏族人，它是一种外来的饮品，但藏族人早就把它纳入自己的生活中，成为日常生活必不可少的饮品。

关于甜茶是怎样传入西藏的，有各种不同的说法。有人说英国人入侵西藏时，将喝甜茶的习惯留在了西藏；也有的说这是受印度和尼泊尔的影响，因为那两个国家是甜茶的故乡。那里喝甜茶很普遍，家里来了客人，要用甜茶款待，街上也有卖甜茶的茶馆。

但是对领略过异国习俗的人来说，西藏的甜茶和那边的甜茶味道不一样，浓淡也有很大区别。但不管怎样，茶叶都是一样的，是红茶，甜茶必须用红茶来做，不能以其他茶叶代替。西藏不产红茶，红茶在过去随着贸易交往和商贾来往，慢慢走进了西藏高原。与印度毗邻的亚东和江孜的甜茶，做法和饮用，就比较接近印度和尼泊尔的习惯。

改革开放以来，各种娱乐用品在甜茶馆里活跃起来，先后占领市场。当然，这些娱乐用品都是茶馆用来招揽茶客的。七八年前，每个茶馆里都有很好的音响来放电视插曲和流行歌曲，让茶客在享受音乐的同时多喝茶。“格尔让”以其战术多变、技术性高、观赏性强的特点普遍落入茶馆。鼎盛时期，大的茶馆里能摆上十几台，除了玩耍的人之外，其他茶客围观那些打得最精彩的对手，有的出谋划策，有的高声呐喊，好不热闹。

以后，茶馆又出现了象棋、扑克牌。当时茶馆主人以定时出租这些来收取租金，后来茶馆日趋增多，又受其他娱乐项目的冲击，茶馆主人只好免费提供，但茶馆里使用这些娱乐用具的人还是大大减少了。于是，一些不断更新招客设施的茶馆主人把电视和放映机搬进了茶馆，他们主要播放的节目是武侠片、枪战片和译制的藏语节目。最受欢迎的是藏语电视连续剧。从农村来城里的老百姓，一走进茶馆和录像室，便陶醉在他们喜欢的《西游记》《聊斋》《济公》等电视节目中。这样茶馆主人的收入就比较稳定。茶馆的花样增多，茶客的层次和爱好也不同，人们选择喜欢的茶馆去喝茶。当然在茶馆里看藏语电视剧的都是乡下人，与其说他们是来喝茶的，不如说是来看电视的。

鞋摊

藏鞋种类多样。

平绒、氆氇或皮革是藏鞋的主要原料，色彩搭配十分讲究，有的还以丝线绣上各种花纹图案，有的用金丝缎镶边、贴花。鞋尖更是有方有圆，有尖有钩，形式不一，很有特色。只是各式藏鞋腰后部都留有十多厘米长的开口，以便穿脱，所有穿藏鞋的都要系带。鞋带又是一种美丽而讲究的手工艺品，使用细毛绒编织而成，带上有各种图案。两端留有彩穗，色彩艳丽，与藏鞋配在一起，十分悦目。西藏高原地域辽阔，每个地区都有属于自己的鞋子，农民和牧人的鞋子更是大相径庭，人们能从一个人所穿的鞋子判断出一个人的职业和社会阶层。

一般藏族男女通行的长筒靴，底高 2 厘米，腰高至小腿之上，用鞋带系帮。从大的方面讲，藏鞋分为四种，即“松巴拉姆”、“嘎洛”鞋、靴子和“嘉庆”等，还有单层底、多层底等不同的鞋种，用氆氇、毛呢、皮革、毡子、绸缎、麻布等做料子。“松巴拉姆”又称松巴鞋，根据地区不同，松巴鞋还可分为藏松巴、江孜松巴、拉萨松巴等，以花纹秀丽繁杂著称。藏鞋根据形状和用料的不同又可分出多种。较为高级的松巴鞋称“松巴梯呢玛”，它用牛皮制底，并以粗毛线或绵线密密缝制，底厚 1 厘米多，靴帮色彩斑斓，分别用红、黄、绿、蓝等 8 种颜色的丝线在上面绣出美丽的图案，靴面也有绣花，十分艳丽。这种靴，做工精致考究，以前是喜庆日子里才穿用。西藏妇女喜欢穿松巴鞋中最好的“梯呢玛”，是因为这种鞋的鞋头上有复杂的花卉图案（俗称“鱼骨刺纹”，要求其线条如鱼骨刺挺拔犀利），在旧社会是家庭条件好、出身高贵的妇女才穿得起的。当然，现在一般的老百姓都可以轻松拥有了。比“松巴梯呢玛”档次低一点的鞋子叫“过布杂”，这种鞋的底子全部用牛皮包起来，非常结实。还有一种鞋子叫“替日”，所谓替日，是专门用粗线纳底，氆氇缝帮，多产于山南地区，因为在山南很多地区的农田边有一种叫“苏玛热杂”的植物，汉语叫大麻子、苎麻，农民们把它揪下扎成条缝进鞋底而得名。“替日”的特点是比较暖和，经久耐磨，经水浸泡会越变越硬，变得更结实，所以深受农民的欢迎。在牧区，牧民都喜欢自己缝鞋，比如像“朱朗”，意思是产自康区甘孜朱诿地方的靴子，老一辈人管它叫霍尔鞋。还有“珠西替杂”鞋，青海玉树人喜欢穿，因为这种鞋很结实，在雪地上走路也不会变形。藏靴还有一个特点，就是不分左脚和右脚。怎么做，做什么样式，都不分左右脚。这是因为生活中有的人腿脚有毛病，有的人拖着脚走路，所以有的鞋底左侧坏得快，有的右侧坏得快。藏靴的好处就在于一看到任何一侧有磨损，就可以把鞋子调换一下，可以继续穿用很长时间。

西藏地方过去没有专门的制鞋厂，多以家庭作坊形式存在。也有半官方的鞋匠行会组织，就在八廓街。全藏的皮鞋匠都可以自由参加。向西藏地方政府支差，交租。按照公约，皮鞋匠只能做皮鞋，不能制作马具。汉族鞋匠只能做皮鞋，马具匠只能由藏族工匠担任。所做马具，包括缰鞍辔头、马袋、垫等。

拉萨的汉、藏工匠间彼此不许跨行乱做，否则要罚款，要打板子，重者不许再从事这种行业。到西藏地方政府去支差的皮匠，由西藏地方政府给一点工资，由于工资少，故多不愿参加此组织。有时参加行会的反而比不参加者差重。

帽摊

藏帽，一般有夏帽和冬帽之分，按其特性，又可归纳为普通帽、官帽、僧人帽、艺人帽和军人帽等多类。

还有不同样式的羔皮帽、金花帽等人们日常生活中常用的普通帽，这都是农牧民自己的手工制品，形态各异，美观大方。

大型民间市集上有专门的帽摊。

藏族人最喜欢也是最有西藏民族特色的的帽子无疑是金花闪闪、透着富贵和喜庆的锦顶（或圆顶）长寿帽——“次仁金果”（亦即金花帽）。

金花帽除了用当地产的氆氇和内地产的毛毡坯、进口的海龙皮作原料，还使用印度和内地出品的金丝缎、金丝带和银丝做装饰，主要产地为西藏拉萨、山南、日喀则、江孜等地，其外观金彩辉映、制作精巧。

最有特点的是帽檐有前后左右四扇。前后两扇大，左右两扇小，以起防风、保暖作用。因其使用方便，样式美观，男女老幼都喜欢戴。女帽的样式与男帽明显不同，戴时一般把四个帽檐都留在外面，两个帽檐的缝隙处对着脑门正中；男子则多把左右及后面的帽檐都折进去，只留前面的一扇大帽檐。老年男人则会把四个帽檐都露在外面。

在农牧区，如遇天寒，则把帽檐的耳后部分往下一拉，耳、颈、肩全都没于皮毛之中，甚至将大半个脸也遮盖起来，非常暖和，很适应高原的气候特点。

每逢过节，每户人家男女老少一身崭新藏装，再戴上“次仁金果”帽显得气派喜庆。因此，每到过节之前也是“次仁金果”帽生意最好的时段。

传说古代一位圣人在布达拉宫一次歌舞宴会上，看到雪山上飘绕着金色的彩云，有所启发而连夜秉烛设计制作了一顶帽子，这是关于藏帽“次仁金果”最初来源的民间故事。这种帽子开始是男性戴，不知道从什么时候开始，有人发现女性戴着这顶“金花帽”显得华贵美丽，女人们便叫它做“娘霞”（20世纪20年代开始流行）。从此，“次仁金果”就有了男女两种样式，男式帽筒比女式帽筒高得多，而女式的“娘霞帽”比男式的更艳丽、小巧，图案也更丰富讲究。但是在过去，贵族男子则很少戴“次仁金果”帽，因为他们有代表官衔级别的官服和官帽，是不得造次的。

1913年，十三世达赖喇嘛从国外回西藏后曾对西藏当时流行的所谓“奇装异服”进行了严厉禁止，包括从印度等地进口的西方女士礼帽“佳噶霞帽”都在禁绝之列，促成本地产的女帽“娘霞”畅销。

西藏和平解放后，拉萨的很多街道合作社承担了制造传统藏帽的任务，他们中间有著名匠人“钦莫”（大师）边巴、边次和次仁顿珠等，有的来自布达拉宫原著名裁缝工坊“囊木撒钦莫”。

拉萨当地传说，次仁金果帽最初叫“贾唐巴洛”，意思是茶汤色绸子为底料的翻毛帽子（也有人认为这只是次仁金果帽的雏形），次仁金果是后来起的名字。

“次仁”在藏语中特别常用，是长寿的意思。倒是后两个字skyin khebs（金果），特别是skyin字，在藏文中用得很少。有学者认为这是汉语“锦”的藏语音译，就是指锦缎。但是Khebs字很好理解，是顶盖、覆盖的意思，因此应翻译为长寿锦顶帽。“次仁金果”帽所用锦缎颜色以黄底居多，主要图案有提古松杂（三果纹）、马佳卓塔（孔雀羽翎纹）、白玛贾佳（游莲舞凤纹）、降察（红、蓝色为主）、提古甲木等。提古松杂（三果纹）是瓜果纹的一种，以三种瑞果为题材，多见于明、清景德镇瓷器上，如著名的宣德釉里红三果纹高足杯。马佳卓塔（孔雀羽翎纹）是一种墨绿色的料底上绣着孔雀羽翎，过去很畅销，但是现在的人不太喜欢这种略显沉闷的颜色，所以名气虽大做得却少了。

还有一种颜色比较素雅的锦缎西藏人管它叫“吴如思”，即俄罗斯的意思，说明这种原料产地为俄罗斯。

也有当地人说这种帽子是“从北京传过来的”，特别是主要原料，因为当时在西藏经营绸缎生意的都是北京商人和“北京商号”（尽管他们中的很多人来自河北乡下），特别是毛毡坯几乎百分之百从河北、山西进货。著名毛毡生产商王自清是山西大同人，他的父亲就是做毡帽的，刚开始由甘肃、河北商人牵线向西藏提供毡料。后来自己独立设厂跟西藏帽匠合作。“次仁金果”帽子最主要的原料海龙皮一般认为是海獭皮。还有一说海狗皮也称“海龙皮”，毛皮显棕色，质地纤细柔软，富有光泽。但虽然皮毛是“次仁金果”最贵重的原材料，其实有很多心照不宣的替代品，她们曾经用过兔子毛染上“海龙皮”的颜色。甚至早期有西北商人为她们的工坊提供皮毛，一般都是某种鼠类的皮毛。现在，由于动物保护意识增强，“次仁金果”帽越来越多地开始使用人造皮毛，从视觉效果来讲人造毛更漂亮，而且省钱。

石木行会（朵星基巴）和画师行会

石木行会“朵星基巴”或“朵星吉度”位于布达拉宫脚下旧时藏军总部近旁，由于是正式的官方行会（西藏过去的官方行会还有鞋业行会、裁缝行会等），因此，由噶厦政府设“阿波列空”（建设局）与“堆白列空”两个机构共同管理。据当时的木匠回忆，民主改革前加入该行会的劳动者有300多人，其中的石木行业人员是来自西藏各地的优秀工匠，而泥水匠由于工作相对简单，从业者多为附近的工人。其他习俗多与金属工人行会行规相似。画师行会：过去的西藏地方政府专门设立了管理画师和裁缝的机构，称为“索康多唐巴”（藏文意为“工院管理局”）。画师的行会组织叫“随炯哇”（工艺院），办公地点设在拉萨大昭寺南侧的“兴热”大院，他们在那里占有一间小小的公房。依惯例，地方政府派出一僧一俗两名末等官员，僧官叫“列参巴”，俗官叫“仲多”，充任画师的管理者。十三世达赖喇嘛土登嘉措时期规定这两种官员直接从画师中选拔，职务虽不高，位居末等，但农奴进入贵族官员行列，毕竟是难得的事。

修建布达拉宫早朝，有时也让画师头领参加贵族活动。不过不能进入布达拉宫顶层的日光殿内，只能远远地坐在众多的真正的贵族后边。达赖赏赐的酥油茶，他们也有福分喝三碗。贵族、官员和上层喇嘛的议事大会“聪堆杰曹”，有他们的一块四方小坐垫，但他们却从不敢在会上发言。如果发言，贵族们会不高兴，认为这是“野狗上了房，要吠天上的星星！”布达拉宫画师行会的建立，与布达拉宫的建筑密切相关。公元17世纪中期，五世达赖喇嘛阿旺罗桑嘉措主持修建布达拉宫，征集画师63人，从1648年5月开始绘制壁画，历时十年完成。稍后，第司桑杰嘉措主持布达拉宫红宫的修造，调集画师236人绘制壁画。当时拉萨人口不多，画师非常短缺。大部分画师来自山南的拉加里、后藏江孜、拉萨北面的澎波等地方。

画师的待遇，西藏地方政府也做了若干改变。民主改革前，列参巴和仲多每月“饷银”（藏银）10两，“乌钦”（工头）每月9两，“乌琼”（副工头）每月8两，一般画师7两。同时一律按月发给青稞三藏克（84斤）。早先规定的酥油、糌粑和肉，由“随炯哇”集体认领，用于全体成员玩林卡和过节。这样的活动，每年三次：藏历新年，聚餐三天；夏天过“雅吉”节，即夏日游乐会，全体成员到拉萨河边树林里野宴七日；结算账目、分红，吃喝一天，大约是在藏历十月二十日。

掌管画师组织的机构叫“基巴”，意即“公事人”，由7人组成，两名官员，两名工头，还有老年画师代表、中年画师代表、徒工代表各一人。“基巴”权力不小，可以训斥、体罚、开除任何一个成员。石木工人组织“朵星基巴”和制作金属法器的组织“雪堆白”可以使用柳条鞭打同行业成员，画师组织则不准使用柳条鞭打，只能用皮拍子掌嘴。非画师组织成员不能从事商业性绘画，僧人画师也只能在寺院活动，不能在社会上揽活。如违反规定，“随炯哇”就要干涉：“绘画是我们的饭碗，也是达赖五世给我们的差！你们要靠绘画赚钱，就来跟我们一起支差！不支差光想赚钱，噶厦没有这样的规矩！”过去拉萨有几位相当出名的画师，如安多强巴，还有在人民大会堂绘制壁画的益西希绕、洛桑格勒，他们都出身于哲蚌寺和色拉寺，过去因绘画受过“随炯哇”种种制裁，甚至挨过掌嘴。

过去，西藏所有大型佛画绘制活动，都由“随炯哇”承担。除老弱病残，无一例外地都得参加。

画师们只有在没有差务时，可以干些私活。如果离开拉萨到外地绘画，必须经“随炯哇”批准，一旦有任务，就得赶回来支绘画差。佛画开始绘制时，一定要请大活佛主持净土仪式，念经、祈祷。

加入行会有严格的规定。一个青年人想加入到画师团体，必须要向“随炯哇”的主管者，也就是列参巴、仲多、正副工头申请，并献上哈达一条、藏银 5 两，作为报名费。经“吉巴”会议同意，呈报“索康多唐巴”备案后，就可以跟师傅学习绘画。“随炯哇”公事房里，收藏着一些画样，供学徒们模仿、练习，到规定时间进行考试。

裁缝铺

西藏和平解放前的成衣匠，只靠在谿卡（庄园）中为各户缝制衣服、鞋帮维持生活，多半不支差。根据学者调查，住巴美赞康的一个成衣匠，原是西藏地方政府的差民，在拉萨时专为布达拉宫缝制帐篷、窗帘等物。每年工资藏银 24 秤（每半年发 12 秤，年发两次），但需每年向索囊列空缴纳人头税藏银 165.5 两。1951 年，该人向地方政府请假获准，专门串乡缝衣，收入除缴纳人头税 165.5 两外，余下全归已有。而拉萨市区的成衣匠有两种：一种是给西藏地方政府当差的，地位较高，有类似行会的组织，首席是一个孜仲列参巴（五品僧官）；另一种是比较低级的普通成衣匠人，多为兼职，因手艺好被人雇请。

另外，在拉萨的汉裔和回民当中，有靠缝纫为生的人。他们虽然不会做复杂多样的神服、袈裟之类的寺院用品，但是做起普通的裤子、上装还是拿手的。从 20 世纪 30 年代开始，拉萨市内的贵族豪门、富裕商贾的子女们，开始脱下藏袍，穿上西装，追求时髦。社会的选择、市场的需要，带给缝纫匠们良好的机遇。在他们的缝纫店里定做西服的风流人士络绎不绝，于是回民缝纫师伊斯卡这样的人物出名了。拉萨的藏族裁缝擅长藏装的制作，汉裔裁缝会做才俊马（旗袍）、大褂等汉族顾客喜欢的衣物。

滇西南，访“藏客”

人们都知道迪庆是云南省的藏族自治州，许多藏族人生活在那里，却不知道在滇西南其他市县也生活着很多藏族同胞。

在云南省保山市腾冲县绮罗镇，流传着一位腾冲儒商和一位藏族姑娘充满传奇色彩的爱情故事，邻里们尊敬地称她为“西藏公主”。

2018 年 3 月 18 日，一个晴朗的午后，记者来到保山市腾冲县绮罗古镇李大仁巷的一所大宅院，庭院里的茶花开的正艳，桂树兰草也郁郁葱葱，两块乾隆时的牌画显示出主人家曾经的地位和辉煌。这所五进大院子的主人是一位名叫罗布启春的藏族老太太。记者到的时候，罗布启春（西藏一般写作罗布曲珍）老人正坐在正屋门口，看到家中来人造访，也只是礼节性地微微一笑。

据说，这间祖宅是李家的祖先明朝年间在此带兵屯建的，已有 300 多年历史，到罗布启春老人儿子辈已是第 17 代了。房子的大柱、房梁、板壁都是楠木的，其飞檐和雕梁虽然古旧但依然十分精美。

李家祖上有多人到缅甸经商。罗布启春老人的丈夫李和仁等 4 兄弟都在缅甸做生意，但日本人的枪炮不仅打乱了他们的生活，还逼迫他们抛弃家业四散逃离。其他兄弟及后人，后来主要还是在缅甸，也有一些在国外其他地区安家。

1944 年，李和仁被派驻到其兄入股的腾冲三大商号之一——茂恒商号担任西藏分号经理，在随马帮进藏途经拉萨时，遇到了藏族姑娘罗布启春，并结为连理，生育两个女儿。不久，李和仁到印度、尼泊尔等地闯荡，罗布启春义无反顾地跟随丈夫的马帮开始充满艰辛的旅途。后来他们到缅甸，1953 年后又生育了几个孩子。此后因被驱逐避难到缅北邦隆和腊戍等地，之后又到香港、腾冲等地。那些年，华侨在外创业实在不易。

现在，罗布启春的亲人主要在东南亚、南亚、美国、加拿大、欧洲以及港台地区。如果能聚齐的话，会有四五十人。老人家告诉记者，今年春节，拉萨的亲戚已有几人住在这里了，是母亲姐姐的孩子。

在李家的大花厅里，唐卡和水墨画相映生辉，显示这个汉藏融合大家庭的其乐融融。

几百年前，徐霞客来到腾冲的时候，也被这里的山水吸引，流连多日，称腾冲（腾越）为极边第一城。

是的，传奇故事的源头需要从腾冲的历史说起。绮罗及不远处的和顺都是著名的侨乡，这里的人们传统上就是“穷走夷方急走厂”，走夷方是指去西藏等地做生意，走厂是说到附近缅甸的玉石厂做玉石生意。所以这里自古便是对外贸易通道的重要一站。抗战时，日本侵略者为切断中国外援通道，占领腾冲，传统滇缅公路被阻断。当年急需的军事物资是通过驼峰航线空运，更多的生活物资就依靠这条新开辟的茶马道来运输，最鼎盛时，这条路上每日有数万人牵赶着马队日夜兼程。李和仁的马帮也在其中。从腾冲辗转到印度、缅甸，马帮要走 3 个月。成婚后，罗布启春也跟随丈夫辗转在这条茶马路上。李先生途中写诗记载当时的艰辛，“溶水破冰吃炒面，作薪捡粪祛风寒”。对于那时的艰辛，或已被数十年的漂泊淡化了，启春老人只是微笑着回忆自己当时抱着孩子坐在马背上，一程接一程地走。好在这一切都已经过去了，老人过着安静祥和的晚年生活。

苍山脚下的藏族新村

在云南省大理白族自治州大理市和下关等地，生活着许多来自西藏、四川、云南等地的藏族同胞。

作为滇藏茶马古道的枢纽，自古以来大理地区就同西藏和各省涉藏州县保持着频密的人员往来，在茶马古道民歌中就有“古宗（藏族）放马驻村外，民家（白族）姑娘进帐来”等大理地区民族交流交往的内容。

上世纪 50 年代初期，藏族群众在丽江地区主要从事马帮运输等工作，当时由于藏区武装势力较多，大理、丽江当地部分藏胞组织成立了“进藏马帮运输队”，为进藏解放军运输战略物资及生活用品，也为后来的平息叛乱做出了贡献。

后来由于各种原因，大量运输队的藏族群众滞留在大理，当地政府给予帮助，将他们落户在大理下关境内，并成立了隶属于下关市交通局的“藏族运输社”，有的赶马车，有的在交通系统的道班和客运站工作，他们也是大理的第一代现代交通工人。2000 年前后，村中的人口规模已由原来的十九户发展到四十多户，总人口达一百多人，很多藏族村民在大理经营的酥油茶馆成为大理市民和各地游客的“口碑店”。

现在的大理藏族新村坐落在下关南郊青山脚下，靠山面海，开窗即能看到高耸入云的苍山和碧波万顷的洱海，是在当地政府支持下历时两年多建成的。整个新村融合了大理白族建筑风格和藏族民居风格，可以说既满足了藏族民众多彩的文化生活需求，也留住了浓浓的乡愁。

根据中国西藏网的记者报道，农历新年和藏历新年佳节期间，大理藏族村民们在新村内隆重集会，邀请当地各族群众一起载歌载舞，用酥油茶、油麻花等民族传统食品招待来宾和远道而来的亲朋，互致祝贺，共庆新年。

2018 年 3 月 20 日早上，记者一行三人也来到这个藏族村落采访。

村中老人玉鲁竹玛，今年 77 岁。她跟儿子批楚此仁（汉名杨红民）和小女儿日千卓玛（汉名杨红丽）生活在下关，大女儿跟丈夫一起住在德钦。老人一家热情地接待了我们一行。

根据玉鲁竹玛老人的回忆，当时到大理和下关的这批藏族同胞成分比较多样，有的是茶马古道上的小商小贩，有的是四处流浪的民间艺人（如欧米加参等），还有的是逃难者，更多的可能是茶马古道上马帮人的后代。

玉鲁竹玛老人出生在德钦，她的爱人叫果知诗，他们在下关组建了一个平凡却温暖的家庭。

老人说，提起果知诗这个名字，还有一段有趣的故事呢。

原来，果为家族名，本是哑巴之意。据说其家族的先人五岁多了还不曾开口说话，人们都以为他是哑巴，于是取名“果”。可是他六岁时却突然开口，说话行如流水。人们才知道他其实什么都会，而且非常聪明，后来还成了家族的头领。而他的名字“知诗”在卫藏地区一般被写作扎西，是吉祥的意思。

进入新社会以后，人们才知道去登记身份。派出所的赵所长却犯难了，在他的认知中被接待者总得有名有姓的才好办理户口。一问，“果”是哑巴的意思，他总觉得有歧视的成分，落不下笔去。没有办法，他问果知诗，我给你起个名字行不行呀？果知诗一想没有什么不可以的，况且办户口是政府要给咱办福利呢！有何不可。赵所长呵呵笑着说，那你就姓杨，怎么样？果知诗说可以。但是这位赵所长很懂得尊重少数民族的心理和风俗习惯，想无论如何要保留他的藏族名字，于是把知诗转写为占时，变成杨占时的果知诗欣然接受了新的名字，从此他的后代也就姓杨了，但还有自己的藏族名字。

受苦人出身的果知诗勤劳肯干，为人正派，被任命为下关“藏族运输社”的负责人，在处理一起意外事故时受重伤，不幸去世，留下孤儿寡母 4 人。

当时也只有三十几岁的玉鲁竹玛挥泪送别丈夫，面对的困境是显而易见的。她是一个道班工人，每月 30 多块钱的收入要养活一家 4 口人，日子可想而知。

在上世纪 80 年代改革开放刚开始的时候，她一个大字不识的文盲妇女，在深思熟虑后毅然决定闯荡世界挣口饭钱。从此，在将近二十年的时间里，这位聪慧而倔强的康巴女人，有时候是自己，有时候是带着同族的姐妹们，带着自己采集或从德钦等地购买的藏药材和民族土特产去内地销售。按她的说法“除了上海和北京，把全中国都走遍了”。

可是她连车站标牌都不会看呀。老人根本不在乎，以至于跟原道班失联太久，最后也失去了退休待遇。但是三个孩子非常争气，她就觉得一切都值了。

……

可不能小看这里小小的藏族群体，也出过不少人才呢。

欧米加参，藏族，舞蹈演员，四川巴安（今巴塘）县人。曾担任中央民族歌舞团副团长，中国舞蹈家协会第三至五届理事，全国劳动模范。他编导的《草原上的热巴》在 1957 年获第六届世界青年联欢节舞蹈比赛铜奖，并走上《东方红》的大舞台。他就是从这里去了北京的。

当年他和夫人，还有另外两个藏族女孩被招到中央民族歌舞团工作，两位女孩后来因为水土不服又回到了藏区。他们都是玉鲁竹玛奶奶当年在大理下关时的小伙伴。

当年的穷亲戚、老相识，如今还经常凑在一起，日子越来越好了，感情也越来越深了。

……

作为虔诚的佛教徒，玉鲁竹玛觉得人生最幸运的莫过于受到两世班禅大师的摸顶和赐福。第一次是 1986 年，第十世班禅大师来大理视察下关茶厂。大师看她们表演节目，问当地政府对她们怎么样，民族政策是否得到了落实？她们说很好很好，落实了落实了。大师说，那就行，你们不要忘本，要传承民族文化，年轻人要学习藏文，老年人要多念经。

二十多年以后，第十一世班禅额尔德尼·确吉杰布到云南省参观学习并举行佛事活动时，途径大理，当地主要媒体发布的十一世班禅在大理古城与藏族群众进行交谈的照片正是与玉鲁竹玛和她的大女儿、小孙子对话的场面，老人备感荣幸。

玉鲁竹玛的儿子杨红民如今是大理康巴文化研究会的负责人，为增进民族团结、辅助贫困居民做了大量实实在在的工作，受到当地政府的支持和赞场。自大理州康巴文化研究会成立以来，大理藏族同胞的“康巴文化艺术节”已连续举办了十余届，每年的康巴文化艺术节所展示的藏族传统的优秀文化和民族风采，对大理的经济发展、文化交流起到了积极的促进作用。

后 记

我出生在西藏西部的牧民家庭。1984年，是我第一次到拉萨。

1992年，我辞去公职，来拉萨谋生。距今已整整30年了。

我喜欢听拉萨的故事，喜欢结交拉萨老人，于是就有了这本小书。

我在拉萨的生活，很多时候是在写作、摄影和倾听中度过的。

在拉萨，我有幸结识了西藏、北京和涉藏地区各个时期重要书刊的编辑：叶玉林、秦文玉、色波、李佳俊、贺中、诺杰·洛桑嘉措、张晓明、李海平、格桑才让、张小平、马丽华等等，以及已故的田文女士、央珍女士，还有很多记不清名字编辑老师，在他们的无私提携和帮助下，我的事业逐年发展，被吸收为中国作家协会会员、中国民间文艺家协会会员。先后在北京、拉萨出版9部专著。其中，中国藏学出版社就出版了3部，如果加上这本就是第四部了。可以说我跟中国藏学出版社结下了殊胜的善缘，无论是早期的总编辑马丽华女士、副总编辑冯良女士，还是现任社长洪涛先生和本书的责任编辑马建军等，他们对我助益很大，在此表达我最诚挚的谢意。

本书的主摄影师大刀和摄影师金海，一个是与我合作多年的朋友，一个是我的前同事。大刀贡献了他多年的积累，金海曾专程飞拉萨一趟，完成一组作品。

还有许许多多耐心接受我采访的拉萨“亲友”，本书的写作是我们共同的心愿。另外，本书的写作还参考了《西藏大学学报》达瓦等采访甲日巴的文章，还有《西藏商报》记者沈米兰等有关八廓街的文章，在此一并表示衷心的感谢。是为后记。

作者于 8 月 14 日

抗疫中的拉萨古城

图书在版编目(CIP)数据

拉萨话古 / 索穷著 . -- 北京：中国藏学出版社，2023. 6
ISBN 978-7-5211-0447-9

Ⅰ . ①拉… Ⅱ . ①索… Ⅲ . ①散文集 - 中国 - 当代 Ⅳ . ① I267

中国国家版本馆 CIP 数据核字（2023）第 174582 号

拉萨话古 索穷 著

策划编辑 洪涛
责任编辑 永红 马建军 张欣
装帧设计 海龙视觉
出版发行 中国藏学出版社
印　　刷 北京隆昌伟业印刷有限公司
版　　次 2023 年 10 月第 1 版第 1 次印刷
开　　本 787 毫米 ×1092 毫米 1/16
印　　张 18.75
字　　数 219 千字
定　　价 88.00 元
书　　号 ISBN 978-7-5211-0447-9

图书如有印装质量问题 请与本社发行部联系
E-mail: dfhw64892902@126.com 电话: 010-64892902